疼

Pain

孙频 著

北京联合出版公司
Beijing United Publishing Co.,Ltd.

图书在版编目（CIP）数据

疼 / 孙频著. -- 北京：北京联合出版公司，
2022.12
ISBN 978-7-5596-6498-3

Ⅰ.①疼… Ⅱ.①孙… Ⅲ.①中篇小说—小说集—中
国—当代 Ⅳ.①I247.5

中国版本图书馆CIP数据核字(2022)第190559号

疼

作　　者：孙　频　　　　　　出版监制：辛海峰　陈　江
出品人：赵红仕　　　　　　　产品经理：李　娜
责任编辑：龚　将　　　　　　特约编辑：丛龙艳
封面设计：白　沙　　　　　　内文制作：任尚洁

北京联合出版公司出版
（北京市西城区德外大街83号楼9层　100088）
北京联合天畅文化传播公司发行
三河市信达兴印刷有限公司印刷　新华书店经销
字数 200千字　880毫米×1230毫米　1/32　8.5印张
2022年12月第1版　2022年12月第1次印刷
ISBN 978-7-5596-6498-3
定价：58.00元

序

　　有时候我会想，对人来说，十年，究竟是一个怎样的时间单位。在我十岁的时候，我畅想过自己二十岁时会变成什么样子。在我二十岁的时候，我又在想，等我到了三十岁是什么样子。那时候觉得三十岁很遥远很遥远，觉得三十岁的人已经很老很老了。后来我过了三十岁，又过了三十五岁。

　　这些小说都是我十年前写的。写作十四年，如果以2016年为界碑，我的小说可以分为前期和后期，我曾把前期的小说出版为三部曲，就是《疼》《盐》《裂》，等到今年再版做修订的时候，我把《疼》《盐》《裂》三部曲编成了一部新的《疼》，此后就没有《盐》和《裂》了，但也可以说，《盐》和《裂》就包裹在《疼》当中，它们变成了《疼》的一部分。我觉得《疼》还有再版的必要，是因为无论写得好还是不好，是幼稚还是成熟，它都是我生命的一部分，我曾在这些文字里付出了极大的真诚、浓度极高的情感，即使是字里行间的疼痛，也没有丝毫的虚伪与做作，那就是一个二十多岁、混杂着骄傲与自卑的女孩看待这个世界的目光。

　　我无法说清楚《疼》《盐》《裂》三部曲出版后带给我的种种感受。有时候我会默默地在豆瓣上、在当当上看读者朋友们的评论，因为评论本身就是读者与作者之间的一种对话。其中，有鼓励，有感动，有伤害。在我二十多岁的时候，我天真地以为，现实的世界和小说里的世界是割裂开的，甚至是互补的：如果你在现实中软弱，那你可以在小说里勇敢；如果你在现实中没有爱，那你可以在小说中创造出很多很多的爱；如果你在现实中失去了亲人，那你可以在小说中为自己创造出永恒的亲人，只要你不死，他们就不会死，他们就会永远陪伴你，而不是只在梦中与你再度相逢。后来我慢慢明白了，这两个世界并不是割裂开的，甚至会相互伤害。可是，无论怎样，我都是感谢写作、感谢小说的，这么多年里，如果没有写作，没有小说，我不知道我还能拿什么来支撑自己、温暖自己。所以，如今，当我还愿意写下去的时候，不是因为别的，只是因为，我的生命中需要文学，需要这些文字。

在修订《祛魅》这篇小说的时候，重读十年前的它，我忽然就落下泪来，我在小说中写到的那个叫李林燕的女性是一个文学的祭品、时代的祭品，而我自己何尝不是一个献给文学的祭品？至于时代的祭品，只要走过一个时代，回头再看，又有几个人不是时代的祭品？我们的父辈、祖辈，他们已经老去，有的已经死亡，而我们正慢慢走过时代，走向一个必将到来的终点。与十年前不同的是，我的内心平静、安宁了很多，我愿意接受所谓的命运，是因为，我想明白了，命运就是我们该承受的一切，无论是苦难还是欢愉，无论是孤独还是喧闹，无论是懂得还是伤害，那都是属于我们自己的。而且，在这世上走过一遭，无论是什么样的命运，哪怕是最卑微、最黯淡的命运，也曾有过片刻的光华与尊严吧，而这一点光华与尊严或许就是活着的本质。

当把《疼》《盐》《裂》合成一部书的时候，我仍然愿意叫它《疼》，是因为，我觉得，这样真挚的、清醒的疼痛是我们无论如何都回避不了的，它就是生活的一部分，甚至就是生活的底色。无论如何，一个小说家每写一本书，就是要把自己的心掏出来一次，她把心掏出来，渴望对话，渴望理解，渴望懂得，更渴望慈悲。是的，我想说，无论如何，对作家，尤其是对女性作家，还是要慈悲一点。因为她们其实是这世界上一群脆弱而敏感的人。

就说这么多吧，把一切交给文字。

目录

无相

他们两个隔着这堆火站着，默默对视着。熊熊的火焰烤着她的脸，烤着她的四肢，在她身上嫁接了一种可怕的能量。就着这火光，她终于狠下了心，她必须报答他。

一

　　于国琴从不和任何人提起自己的大学，别人问起她关于大学的事情，她向来含糊其词，似乎那四年时间根本就没有存在过。它们对于她来说，是被她抛在路上的一段时间的尸骸，她亲手把它们埋葬了，所以从不愿去碰它们。偶尔想起它们的时候，她得穿过一条黑洞洞的走道，才能走到那只尸匣前。那些回忆就是关在这匣子里的魂魄，她总怕它们会随便现身。

　　四年前她回到北方工作后才发现，在南方上学时的那种阴冷、饥饿一旦渐渐散去，就有更嶙峋、更坚硬的东西浮出来，鱼骨一样卡在她眼睛里、喉咙里。这更嶙峋的东西其实是一个人——一个叫廖秋良的老教授。

　　那已经是八年前的事了。拿到大学录取通知书之后，于国琴便和父亲从吕梁山出发，一路上经由拖拉机、汽车、火车、摩的等各种交通工具，千里迢迢来到苏南的这所大学。父女两人都是第一次出门，都换上了自己最好的一件衣服，像是准备过年一样。胆怯使他们忽然获得了一种共同的人格，这让他们脸上的表情看起来惊人地相似，像戴着同一种型号的面具，恐惧、无措下面掩盖着一缕明灭可见的期待。

　　父女俩坐了三十多个小时的火车硬座，不洗脸、不刷牙、不上厕所——因为厕所里站满了人，身体的排泄功能只好自动关闭。为了不上厕所，父女俩两天一夜几乎不敢喝一滴水，只能干嚼带在身边的火烧，往下咽的时候噎得直翻白眼，干硬的火烧简直要把食道割开。晚上，于国琴贪睡，整个晚上她父亲靠抽烟解乏，一边抽烟一边吊着眼角看着那卷行李。他固执地觉得会有人趁他们睡着了把行李偷走。于国琴怎么睡都觉得不舒服，一晚上醒来无数次，脚没处搁，只能悬着，肿得都要从布鞋里溢出来了。座位下面像塞麻袋一样塞满了人，她知道一脚踩下去一定会准确无误地踩中一张脸。座位下面都满了，于是有人像鸟类一样爬到行李架上去睡觉。在这密封的绿皮车厢里，人经过疲劳和饥渴的煎熬，已经变成了一种没有尊严的物质，像液体一样无孔不入，只要遇到一点缝隙，就会势不可挡地流进去。

终于，父女俩带着一身臭烘烘的宿夜的气息，蓬头垢面地到达南京火车站。因为两天一夜没有喝水，一出火车站，父女俩就像两头牲畜一样四处找水。然而他们发现，要喝水只能掏钱买。这是他们第一次见到雪碧，实在是渴得受不了了，她父亲居然舍得掏七块钱买了一大瓶雪碧，然后父女俩就站在路边你一口我一口地把一大瓶雪碧牛饮完了。

父女俩不敢打出租车，理所当然地觉得出租车司机一定会宰人，摩的貌似安全一点。于是他们租了一辆摩的，灰头土脸地到了学校。于国琴在教学楼前的接待处报到，又被热情的师兄师姐领到了女生宿舍楼。父亲把于国琴安顿好之后，又坐三十多个小时的火车咣当咣当地回吕梁山了。

那天于国琴把父亲送走，出了火车站已经是黄昏了，血色的夕阳硕大宁静地在城市的高楼间慢慢沉下去。她隐隐约约听到了火车的汽笛声，是父亲坐的那趟火车开走了吧。她不动，站在陌生的人群里久久地看着那轮巨大的夕阳，静静等着那列火车的汽笛声一点一点消失。

来学校报到，于国琴全身只带了四百块钱，顺理成章地被划成了历史系的特困生。学费可以通过申请助学贷款解决，但她还要考虑生活费的问题，最后也是系里帮她解决了。历史系一名已经退休的老教授愿意资助她，他会在每个月的月初往她饭卡里打三百块钱作为生活费。这名老教授就是廖秋良，历史系原来的系主任，著作等身，是中国古代史研究方面的专家。据说，他妻子早已病逝，有个女儿远在美国，他一个人生活多年，每届系里的新生来了，他都要资助两个特困生。

于国琴在领到饭卡的那个中午特意早早跑进食堂，心情颇为忐忑地刷了一下饭卡，她要验证一下钱打进来了没有。果然，卡里面已经有了三百块钱。一个月的伙食费突然固化成一张薄薄的卡，被她牢牢地捏在手里了，她觉得力气陡增，身体里像突然铸了个铅芯子一样，被夯实在大地上了。一种巨大的踏实感一浪高过一浪地冲刷她的内心，她简直要喜极而泣，恨不得立刻告诉吕梁山上的父母，大学这四年里她有饭吃了。

她又连忙像剖竹子一样把这三百块钱细细剖开。一个月三十天，每天可以用卡里的十块钱。饭卡也可以在校园里的超市买东西，如果再买买洗发水、洗衣粉之类的东西，那一天吃饭都摊不上十块钱。如果还想买一件衣服，那就得少吃饭。可是为了添一件衣服也值得吧，不管用在里面还是用在外面，总归都是用在她自己身上。

她暗暗盘算着，然后像参观展览馆一样把食堂的所有窗口都观察了一遍，比较了一番，最后才折回去要了一盘看中的菜。这盘菜看上去不会太贵，但还算体面，里面还有些闪现的肉末证明这是盘荤菜。一刷卡，四块钱，她吓了一大跳，一天最多能吃十块钱，怎么能一盘菜就吃四块钱呢？她看着卡上显示的那个蓝色数字已经变成"296"了，就像满月忽然被天狗咬了一口。这张薄薄的卡连着她的十指，又接着她的心脏，卡上每少一块钱，就是在她心上扎一针。她心里痛得乱颤，索性又给自己添了米饭再添了盆汤，大概是要以毒攻毒，多花点钱才能镇住刚才那点痛。然后，她可能是觉得手里的饭菜还能见人，无须躲避，便和其他学生坐在一起，开始体面地享受这顿午饭。她吃得很慢，好像在和这餐饭依依惜别。对于她来说，这餐饭也就是唯一一次了。荤菜这么贵，日后为了省出些钱来，她恐怕只能打那些最便宜的菜，从长远来讲，一份凉菜五毛钱还是比较适合她的。

她边吃边像做贼一样窥视着周围的学生。周围的学生都很正常，没有一个人朝她这边看，这说明她看起来也很正常，没有缺胳膊少腿，没有任何残疾症状，她身上的廉价衣服也没有引起他们的注意。从来到这个城市的那一瞬间，于国琴就开始本能地渴望自己能从人群中隐身。别人的目光对她来说都具有原子弹的威力，别人只要轻轻扫一眼，她就不能不心惊胆战地从头到脚把自己审视一番。又有哪里出错了吗？是她的松紧布鞋，还是她的衣服，还是她整个人就是错的？在被人看上几眼之后，她就觉得自己已经是赤身裸体了，全身上下一览无余，像一尊裸体雕塑一样站在那里被人瞻仰。

现在，借着这顿午饭的烟幕，她居然真的从人群中成功隐身了。她不由得一阵欣喜，这种人群中的隐匿忽然让她感到了一种陌生而崭新的强大。

她是多么渴望这种隐身的感觉啊。但是她明白，如果以后她像做贼一样来食堂偷偷打那些最便宜的凉菜，甚至不吃菜，就偷偷买一个凉馒头塞进书包里，那么她立刻就会像一个见了阳光的鬼魅，不想现形都不行。不仅学生们会盯着她看，就连那些打饭的师傅也会毫不留情地记住她。在她还没有走近窗口前，他们就已经残酷地用塑料袋装好一个凉馒头等着她，然后不等她开口就递给她："喏，你的馒头。"因为他们已经看死了她只敢吃一个凉馒头。他们看学生看得多了，这已经成了他们的乐趣。在校园里，像她这种生物，唯一的饲料就应该是最便宜的馒头，就像兔子就只应该吃草，吃了肉就不是兔子了。一眼望过去，大学四年她都只能这样过了，她插翅难逃。

于国琴的肉身坐在吃饭的学生中间，魂魄却晃晃荡荡地把大学四年提前遨游了一遍，她在空中怜悯地看着自己的肉身，心知这具肉身是怎么也逃不出去了。直到最后吃饭的学生都陆续走光了，她还恋恋不舍地坐在那里，在心里与这顿短暂奢侈的午饭告别。

此后的一个月不出意外，果然是按着于国琴的预想进行的。她每天中午在食堂快关门时才溜进来，完全是做贼的样子，在凉菜窗口飞快地打一份菜。因为是剩下的菜根，卖不掉的就要拿去喂猪，打饭的师傅会慷慨地多给她一些。然后她再蹿到另一个窗口迅速地打一个馒头，接着便躲在食堂一个角落里狼吞虎咽地把饭吃下去。这时候她最怕碰到的就是同学，要是这同学还过来问她一句"于国琴，你今天吃的什么？"，那她简直恨不得立刻就遁身，钻进地底下。

打馒头的师傅们果然很快就认得她了。她惊恐地发现，在她刚走到窗口时，就有一个凉馒头从里面伸了出来："喏，你的馒头。"她简直不寒而栗，就像曾经的一个梦魇突然之间变成了真实的存在，而且纤毫毕现。她一时竟有些恍惚：这到底是梦还是真的？

然而，她成功地用从牙缝里省出来的钱买了些其他东西，如洗发水、擦脸油、卫生纸，还去学校集贸市场买了两件便宜的衣服。衣服掉色，穿在身上才一天就把皮肤染绿了，晚上她偷偷看了看身体上被染过的肤色，好骇人的绿，蜥蜴似的。无论形式怎么变化，能量终究守恒，怎么花都只有这三百块钱。她像个掘土工一样把这个坑里挖出的土拿去填补另一个坑，全然不知道自己每天吃馒头已经吃得面带菜色。即便这样，那张卡上的数额仍然在迅速变少，她每天心惊肉跳地看着那个蓝色的数字在不断变小，拦都拦不住。

然而她还有更深的忧虑，她生怕哪天这三百块钱突然就断掉了。就像掐断电源一样，那边只要有人轻轻一掐，她这边就彻底不见天光了。那个资助她的老教授，她至今没见过，他终究是个陌生人。她只是寄生在这个陌生人身上的一株植物，过一天是一天，人家随时可能把她甩掉。其实她并不想见到那个资助她的老教授，甚至害怕见到他。甚至每次把饭卡捏在手里时，她都觉得烫手，却从不敢细细端详这张卡。被人资助毕竟不是一件光彩的事情，总之，她知道他是个好心人就行了。

好在到了下个月月初的时候，卡里又如期多出崭新的三百块钱，就像月牙儿一夜之间又长成了满月。她长长松了一口气，又一个月的饭有着落了。可是与此同时，她觉得一个看不见脸的神秘人正站在暗处盯着她的一举一动，像个魂魄一样寸步不离地跟着她。就是因为这每个月的三百块钱，她逐渐感觉到她和这个看不见脸的人之间正在慢慢建立一种奇怪的血肉联系，仿佛她每花掉一分钱，就有一块砖头在他们周围筑起来，一块砖一块砖地垒起来，渐渐把他们封闭在中间。这种感觉让于国琴觉得恐惧而羞耻，在花每一分钱的时候她都觉得自己被监视着。这个时候她就会不停地和自己说，忍一下，忍一下，四年算什么，等毕业以后挣到工资就好了。

她只恨大学过得太慢，仿佛存心要扣押着她让她慢慢受辱一样，她恨不得把四年折叠成四天过完才好。好在她因为没有别的寄托和可供炫耀的资本，只能把精力和时间都用在学习上。同学们周末聚会的时候，她就找个借口躲到图书馆去看书，其实是为了逃避出份子钱。从不出去逛街自然也是为了避免花钱。别的女生买了什么新衣服在宿舍里炫耀的时候，她从不凑过去看一眼，等女生们都围上去评头论足的时候，她就一个人坐在床上捧着一本书看，仿佛每一个字都面目生疏似的看上半天，认真得像个刚能识字的小学生。不过，她脸上倒是风平浪静，几乎没有内容，也看不出痛苦的神情。她是真的不痛苦，因为人再嫉妒再挣扎也就能嫉妒挣扎那么一小会儿。她的悟性很高，她知道改变不了现状便提前让自己的心进入了休眠状态，就像一只待在洞穴里冬眠的动物，耐心地等待着漫长的冬天过完。

可是，居然还是有人存心要用明晃晃的手电筒往她脸上照，要把她从赖以生存的洞穴里赶出来。多么残忍。

二

开学后一个多月，系里让贫困生们报名参加勤工俭学，也就是打扫一下教室、整理一下图书馆之类的工作，一个月补助百十来块钱。为了这百十来块钱，于国琴也报了名。

这天，辅导员和她说，系里有两个退休的老教授没人照顾，其中一个就是资助她生活费的廖秋良教授。系里打算安排两个学生去老教授家里帮忙做做家务打扫一下卫生，一个星期去一次，系里就准备让她去廖秋良教授家里，廖教授也同意了。末了，辅导员说，这也算是对老教授资助他们贫困生的一种回报吧。她惊恐地听完这个消息，第一反应是，还是要和那个隐身人见面。这么快？快得简直让她措手不及。但她知道她不能拒绝，事实上她连犹豫的时间都没有。她像服毒一样，狠狠心便答应了。是啊，拿人手短，终究是要还的。不过，有个回报也好，省得她因整天花着别人的钱而心虚。

那个周五的下午，按照约好的时间，下课之后，于国琴便从教学楼出来，走了段长长的林荫路。路上人很少，路两旁都是高大的悬铃木，树影斑驳地落在路上，像落了一地硬币。树影落在她身上，把她截成一段一段的，明明灭灭。她一边走一边伸出一只手，想接住一片正飘下来的落叶。然而在触到落叶的那一瞬间，她心里猛地惊了一下。秋天已经到了，此时的吕梁山漫山遍野都是金色的，酸枣和沙棘落了一地，鸟儿们飞过来一口一口啄着吃，天空蓝得惊心动魄。

前面是小花园，她横穿过小花园。花园里零星地开着鸢尾和雏菊，空气里满是桂花的香味。出了花园，绕近道便拐到了学校后面的家属区，她问了问廖秋良教授家在哪儿。别人指给她，就是后面那栋白色的四层楼。离廖秋良家越近，她心里越紧张。到爬楼梯的时候，她的心简直要从胸腔里蹦出来了。他是个什么样的人？他会怎么对她？刚刚爬上二楼，她就看到有个头发花白穿着整齐的老人站在门口等着她。老教授居然在门外迎接，这让她更加惶恐。她站到他面前，不知道该怎样谦恭才好，气喘吁吁，反复绞着两只手，像受刑一样，嘴里嗑巴了半天终于低着头吐出了三个字："廖老师。"廖秋良说了句"是于国琴吧"，便把她让了进去，倒算和蔼。

廖秋良家里陈设很简单，到处都是书，一排顶天立地的书架高高耸到碰到天花板，猛一看还以为进了图书馆。屋里有一种奇怪的气味，于国琴想了想才意识到，这是一种老人才会有的气味。她进了屋都不敢往周围细看，而是异常紧张地站在那里，手脚和目光都是多余的，不知道该往哪里放。眼前这个老人说穿了就是她的债主，她不能不怕他。虽然进大学还不足两个月，但每过一天她就会欠他一分，如今她分明已经有了债台高筑的感觉。逃也无处可逃，她只能站在那里巴巴地等着他给她分配干什么活，他让她干的活越多，她越高兴，再脏再累，她也愿意。她只要给他干了活，他也就无权俯视她了吧，因为那样她就不算是乞讨了。

然后她又听见了廖秋良的声音："不着急，先吃饭，现在正是吃晚饭的时间，等你回去了食堂都没有饭了，吃完饭再做也不迟。"她心里又是一惊，像是怕有陷阱一样。廖秋良已经坐到沙发边了，又对她说："孩子，过来先吃点饭，你没来时我都把饭做好了。"他居然叫她"孩子"，这让她又惶恐又感动。她一边慢慢凑到沙发跟前，一边偷偷看着他脸上的表情。廖秋良指了指两张沙发中间的那张茶几，说："这菜都是我自己做的，不知道合不合你的口味。"于国琴一低头才发现黑色的茶几上早已摆好四个雪白的盘子，四道菜悄无声息地蛰伏着，像一个已经设好的机关摆在那里——一道豆豉鱼，一道炸丸子，一道白醋洋葱，一道盐水煮花生。她嘴里分泌出了唾液，心里却不由得更加紧张。这时候，廖秋良拧开一只白铁皮酒壶，给自己倒了一盅酒。他并没有给她倒酒，只是捏着酒盅向着虚无中碰了一下杯，然后就倒进了自己嘴里。

于国琴终于坐下了。他催她吃菜，自己却并不动筷子，只抽了两口烟，接着又给自己倒了第二杯酒，抽几口烟后紧接着倒第三杯。两个人半天没说话，倒像事先就分好工一样，一个专门吃菜，另一个专门喝酒。她战战兢兢地吃了两口又停住，但放下筷子手就闲下来了，好像坐在这里就为了冷眼旁观一样，也是不妥，她只好若有若无地吃一点点嚼半天，再吃一点点。而事实上她的肠胃被眼前的食物刺激着，正在绝望地挣扎着。她一只手捏着筷子，另一只手偷偷按着肚子，生怕肚子里发出不争气的咕咕声。其实现在就是给她一大锅红烧肉，她都吃得下去。是啊，一年到头几乎和荤腥绝缘，就像老光棍儿见了女色就难以自持一样，她见到荤腥的时候也不可能保持漠然和恬适，即使有，那也是装出来的。可是现在，她只能死掐住腹中的饥饿，绝望地装下去，装作对食物不感兴趣，装作她根本就不想吃。

　　这完全是受刑。她每次偷偷瞟他一眼的时候，都看到他正微笑着看着她。他几乎不吃东西，偶尔才拈起一粒花生米送到嘴里，一粒花生米还要嚼好长时间，像牛反刍似的。其余时间他都在一口烟一口酒，就像是就着香烟喝酒。在老家的时候，于国琴见过有人就着咸菜喝酒，有人就着一棵大葱喝酒，有人就着瓜子喝酒，还有人就着一只梨喝酒，这就着香烟喝酒，她还是头一次见。然而最让她害怕的还是他的微笑，就像她正站在一扇神秘的门前，却不知道门后究竟藏着什么、会有什么东西突然跳出来一样。她是真的怕他，因为他捏着她的七寸。她恨不得立刻冲进厨房帮他刷碗，也比坐在这里舒服。可是他显然并不着急，又喝了一口酒，做出了一副努力要和她闲聊的样子："听系里说你家在吕梁山区？我没去过，你们那里都吃些什么？"

于国琴审视着他这句话，心想，他想干什么？既然她每月要花他三百块钱，那他问什么都是理所应当的吧。那就给他讲讲吕梁山，也让他知道她为什么连这三百块钱都需要。

她说，在她家乡，至今都是一天吃两顿饭，一年就有大半年时间靠吃咸菜过日子。吕梁山上因为缺水，蔬菜很稀缺，为了节省蔬菜，家家户户在夏天蔬菜最多的时候都会狠狠地腌上两大瓮咸菜。那种大瓮立起来比人还高，取咸菜的时候，人非得踩个板凳趴到瓮口才能够得着，一不小心就会栽进去。咸菜瓮里的内容也是依季节的不同而变化的，夏天的时候瓮里是茄子、豆角、辣椒、胡芹、芫荽，秋天的时候瓮里补上萝卜、荸荠、白菜，等到菜满得快溢到瓮口的时候，拿一块大青石压在上面。这大青石有专门的名字，就叫咸菜石，必须得找那些巨大、端庄、颜色又匀称的石头才镇得住咸菜，咸菜石像山一样压在众咸菜上面。吕梁山上的人们整整一个冬天就是靠这些咸菜和土豆过活，一大碗莜面上盖上几块咸菜就是一顿饭。等到春天的时候，还要把一部分已经发酵好的咸菜从瓮里捞出来，先煮再晒，等晒成深红色的时候，咸菜就老了，名字也变成了老咸菜。老咸菜软得像肉一样，一块一块穿起来往屋檐下一挂，晚上喝小米粥的时候，随手扯下一根腌萝卜就着粥稀里哗啦吃也是一顿饭。那些继续发酵的咸菜在夏天的时候会生满白色的肉蛆，在瓮里密密麻麻地游动着。咸菜还是被捞出来，人们照吃不误，有的人专门喜欢吃蛆，且美其名曰"肉芽"。按山里人的说法，菜里、米面里生出来的蛆，肚子里还是菜，还是米面，吃了它们和吃菜吃米面没有区别。

她絮絮地讲着想博得他一笑。可是说到这里，她却突然停住了，两个人之间突然出现了一段短暂的空白。一阵心酸向她袭来，她疑心自己究竟在干什么。这分明是费劲地讨好,以此来宽慰自己那三百块钱所得不虚。她真像个马戏团的小丑。可能是因为刚才讲话用多了力气,这时候腹中的饥饿再也拴不住了,它自己跑出来,冲着她狂吠不止。她已经来不及制止它的声音了,连坐在对面的廖秋良都清楚地听见了。她一阵尴尬、脸红,恨不得夺门而逃,却听见他说:"孩子,你赶紧吃饭啊,别只顾了说话,快吃快吃。"他像是比她还尴尬,不容她说话便紧接着又说:"有学生来我这里吃饭,我都是欢迎的。听系里说了你的情况,我就老想着什么时候把你叫来吃个饭,稍微改善一下你的伙食,就怕你不愿意。你今天能来,我真是高兴。你看,我家里就我一个人,以后你什么时候想来就来,你想自己做什么吃都可以。"

她不再说话,重新拿起筷子时觉得筷子好似生锈了一般,但因为刚刚已经付出了劳动,她便多少心安理得了一些。她极力对他微笑着,以示感谢。在他的目光下,她安安静静地吃了两口菜,筷子还没放下,正嚼着满嘴的菜,她的泪忽然下来了。这顿饭就此结束。

于国琴把自己关在厨房里洗了碗,擦了油烟机,扫了地,然后又把客厅里四处乱扔的书收拾了一番,扫地拖地。把屋子打扫完之后,她便赶紧告辞,说是还要去上晚自习。廖秋良也不留她,只说下个星期欢迎她再来。然后她便迅速从他屋子里逃了出来,其实她晚上并没有急事,但她还是一路狂奔。她一边狂奔一边庆祝自己今天刑满释放。她心里却悲哀地明白,下个星期转眼就到,这种苦役分明没有尽头。

果然,转眼又是周五,又该去廖秋良家里了。星期五这天一大早起来,于国琴就开始安慰自己,去吧,怎么能不去呢?就当是在还债。到下午的时候,她已经说服了自己,把自己哄劝妥帖了。为了不在他家吃饭,她提前去食堂买了个馒头放到书包里，然后便向廖秋良家走去。该穿过小花园了，走进小花园中间的亭子时，她站住了，往四下看看，没有人，便坐在亭子里掏出了馒头。她一边低着头假装看湖面上的残荷，一边偷偷摸摸、狼吞虎咽地嚼着馒头。因为顿顿馒头，她早吃顺了，只几口便咽下去了，倒也不费力。她暗暗祈祷这时候千万不要有人来小花园，更不要进亭子里来。还好，真没有人进来。一吃完馒头，她就快速站起来，清理了一下掉在身上的馒头屑，又掏出小镜子审视了一下嘴角有没有吃过馒头的痕迹，简直像在毁尸灭迹。再看看周围没有人，她才放心地溜出小花园，拐进家属区，又一次来到廖秋良家。

在路上，她已经想好了这次一进门就先打扫卫生，打扫完就走人，速战速决。她进去时，廖秋良正戴着眼镜看书，他看书的样子让她忽然感到安全。因为没有开窗的缘故，屋子里流动着一种黏稠的暖意，一切看起来都很祥和，没有什么不对劲。可是，在她还没有来得及开口说话的时候，已经看到了茶几上摆好的饭菜。这时候廖秋良已经放下书站起身来了，他对她说："孩子，还是先吃了饭再说其他的，人总不能不吃饭的，在我这里，你不用客气。"于国琴慌忙摆手："廖老师，我不吃我不吃，我已经在食堂吃过了，我是吃过了才来的。"她说完这句话，廖秋良似乎有些微的诧异，他把已经摘下来的眼镜又戴了上去，戴上去又觉得有什么不妥，于是又摘下来拿在手里，好像那眼镜是他的一件道具。他又看了一眼茶几上的饭菜，突然声音比平时略高了一点，说："已经吃过了啊……那就不吃了，不吃了。"他讪讪地弯腰收拾桌上的两双筷子，似乎不愿意让她看见。

于国琴盯着茶几上的两双筷子，忽然明白了，她能陪他吃一次晚饭，他其实是高兴的。可是今天，她让他失望了，因为她是有备而来，连一起吃饭的机会都不肯给他。收拾完毕，他缩进了沙发里，看起来突然变得很薄很薄，像一张纸一样贴在那里。她突然之间就在心里生出了一种怜悯，还有一种奇异的得胜感。虽然只有那么细细的一缕，可是已经能够让她心里舒服了，与此同时，她又突然感觉到了一种很苍凉的安宁正从他们两个人中间冒出来。周围一下就变得安静了，他们两个人一坐一站，静静地在暮色中对峙着。然后，她走过去，坐在他对面的沙发上，宽容大度地对他说："我吃过了也可以陪您再吃点。"

三

　　屋里的光线已经开始慢慢转暗了，还没有来得及开灯，两个人面对面坐着就觉得对方开始面目模糊了。于国琴巴不得他不开灯，她喜欢黄昏时的光线，暮色给她一种时空交错的感觉，荒芜、空旷，但是安全。

　　他任性地把菜夹到她碗里，说："你吃你吃。"她心里暗暗笑着，知道他在惩罚她，惩罚她居然先把晚饭吃过了才来。这点小任性使他今晚看起来出奇地柔软和可怜，他在她面前顿时幻化成了一个满脸皱纹、戴着花镜的老小孩。她想，这么多年他一个人过，确实连个任性的机会都没有。上了讲台是教授，下了讲台还是教授，他只能被高高地祭起来，没有人会给他一丝一毫任性的理由，他连想都不用想。

　　为了补偿他，她还陪他喝了两杯酒。吕梁山上不长别的水果，只有耐旱的红枣和沙棘，秋天的时候家家户户都会用吃不掉的红枣酿春烧酒，酒色血红，枣香扑鼻。过年的时候，女人们就着瓜子就能喝下一两斤春烧酒，像喝水一样。

两杯酒下去，好像身体外面那层最生最硬的壳慢慢被撬开了，两个人便都有了些信马由缰的舒泰和吃饱喝足后的昏昏欲睡。屋里仍然没有开灯，他们任凭它暗下去，暗下去，任凭它掉到深不见底、不见人烟的地方去，就只剩下他们两个才好。最开始的时候，他们先是小心地试探着对方，像两只伸出触角接头的蜗牛。渐渐地，两只孤独的蜗牛借着酒精的力量都缓缓地从壳里爬出来了。

他问她："你们吕梁山上最好的吃食是什么？"他好像在没话找话。

她说："油糕。"

小时候，就是在梦里，她也经常梦到油糕。在吕梁山上，逢年过节最好的吃食就是油糕。吕梁山上的男人们有一句民歌是专门唱给女人们听的——"油炸糕，板鸡鸡，世上两样好东西"，可见山里人对食色的渴望。还有民歌说"死了好，死了好，又吃馍馍又吃糕"。村里如果有老人去世，除了孝子们半真半假的悲痛，其他人都是丧而不哀的，挤来奔丧其实都是等着吃油糕的。他们一个个袖着手眼巴巴地等着油糕出锅，在死了人的主家面前毫不掩饰盼望吃糕的眼神和心情。山里还有专门的糕匠，婚丧嫁娶时都要请糕匠来家里领军担纲，糕匠在村里地位很高。其实糕匠来做活并没有经济报酬，只有事后主家赠送的十个油糕，但在山里，这已经是很体面的待遇了。糕面蒸熟后，糕匠们赤膊上阵，双手举起熟糕面用力摔在糕案上，这叫摔糕，糕面不摔不好吃。摔糕时响声巨大，方圆十里都听得清清楚楚，幸亏糕案都是用枣木做的，厚有三寸，长约人高，看起来颇像棺材板，经得起摔打。完事之后，糕匠们带着自己的十个糕，再背上棺材板一样的糕案离开，再落脚下一家。

听到这里，廖秋良哈哈笑了起来。于国琴看着他的笑，有些安慰，同时又有些无法遏制的厌恶。他让她吃菜，自己又倒了一杯酒，向空中举了一下，喝干了。

她说："廖老师，您为什么每次喝酒的时候都要向空中举一下杯？"

廖秋良笑着说："自从退休后，每天除了看看书写写东西，唯一的娱乐也就是黄昏时自己和自己喝两杯小酒。可我总觉得一个人喝酒不如两个知音对酌，所以喝酒的时候我就总是假想着我对面正坐着一个人，正陪着我喝酒。时间长了也就习惯了。真是老了，独自喝酒的时候我会把过去的事情随便拎出一件来，在脑子里温习一遍，像放电影一样，有时想着想着我会独自笑起来，还会自言自语。我经常坐在这里自己给自己放电影——一个人看的电影。"

于国琴有些心酸，她忽然抬起头看着他问："廖老师，你一个人这么多年就不孤单吗？"

廖秋良看着旁边的那张沙发，说："我妻子已经去世十几年了，可是我至今仍然会看到她经常坐在这张沙发上，就像她活着时一样。"

于国琴也向那张沙发看了一眼，空的，她感到一阵不寒而栗。

廖秋良慢慢抽了一口烟，说："孩子，孤独是人最本质的常态，无法改变的。我女儿不到二十岁就离开我，出国了，现在她已经是麻省理工学院的老师了。她临出国的时候我就告诉她：'你要早些离开我，不然如果有一天我突然离开你了，你在这个世界上会更孤独。'不过，宇宙间一切有形的东西反而可能是最虚空的。佛家不是说嘛，'照见五蕴皆空'。而那些最虚的东西也许就是世界的本质。所以，孩子，在这个世界上不要过分惧怕孤独。"

于国琴静静缩在一片阴影里不动。两个人都静静坐着,半天没动。

下次再到廖秋良家里的时候,于国琴不敢提前吃饭了,她知道廖秋良肯定已经在等着她。更重要的是,她已经知道,他需要她和他一起吃饭。这次,两个人在吃饭的中间,廖秋良像个慈祥的长者一样又问她:"孩子,你家里人都还好吗?"

于国琴沉默了半天,神情有些古怪。片刻之后,她像下定了什么决心似的抬头看着他,说:"拉偏套,您知道吗?这是大山里多么古老的一种营生。为什么叫拉偏套呢?就像一匹马,虽然驾着主辕,但也可以拉上偏套,其实就是兼职的意思。

"在吕梁山的大山深处,很多女人就是靠做这个养家糊口的。大山里的女人们只要结过婚,就戴上一顶蓝色的帽子,把头发包起来,一方面是为了避免头发脏得快,可以少洗几次;另一方面也是一种标志,标志着这个女人可以拉偏套了,这样男人才能找上门来。就像妓院门口挂出的做招牌用的红灯笼。如果家里有个女人在拉偏套,那男人就是什么都不做,一家人也基本活得了。男人只管每天白天袖着两只手往路边一戳,扯着祖宗八代以上的闲话,数着来来去去的汽车。一见到有汽车过来,他就拼命把自己家的鸡和狗往车轮下赶,逼着家畜们去碰瓷。如果有汽车碾死一只鸡或一只狗,他就可以讹车主几百块钱,算是有了两个月的花销。男人们晚上就给自己的女人拉皮条,帮自己的女人拉拉客。来光顾的客人有本村的,有外村的,还有从县里特意跑来体验野味的,深山那些煤矿里的工人领了工钱就定期过来解决一下需要,泄泄火。就是本村来的男人也分光棍儿和有老婆的,别说是光棍儿们,就是有老婆的也是正大光明地来再正大光明地去。自己家里睡在炕上的老婆是绝不会说男人们一个字的，她们根本不把这当回事，你爱和谁睡和谁睡去。男人们自然也不会怕老婆，还会数落自己老婆：'有本事你也拉偏套去，看看人家一年下来能拉多少，看看人家多能耐。'所以在山里人心目中，拉偏套绝不是件见不得人的事情，相反，能拉偏套的女人地位很高，就像家里的主劳力一样，自己的男人、公婆也得敬着几分。"

屋里没有开灯，两个人都没有去开灯的意思。她看不清他脸上的表情，只是感觉到他的目光在暗处分外明亮。

她继续说："山里的女人拉的偏套越多，地位就越高，因为拉得越多就说明这个女人漂亮、有能耐、体力好，床上功夫也十分了得。其他女人只能艳羡。山里的女人们只要一结婚就恨不得能做这个营生，因为一年到头在地里扒食，最后也收不了几筐土豆和莜面。如果拉了偏套，男人们走的时候有钱的留钱，实在没钱，白面、大米、大白菜、土豆也要留半口袋。而且这活操作简单，技术含量有限，只要往炕上一躺就行，多数女人都干得了。最受女人们欢迎的还是那些矿工，那些钻在深山里的矿工大多数都是外地人，常年见不到女人，山里这些拉偏套的女人帮这些出门在外的矿工解决了这个大问题。所以矿工们去找女人都是舍得花钱的，尤其有了长期业务关系，就更多了些人情味，看着女人家里什么活需要做的伸手就做，和女人的男人孩子在一口锅里吃饭，根本不把自己当外人。农忙时节，他们还会主动到女人家的地里帮着干农活，经常是十来个男人不约而同地在同一块地里干活，男人们一边干活一边互相打招呼。几亩莜麦都收好了，女人还不知道是谁帮着收的。"

听到这里，廖秋良微笑着，异样地轻轻"哦"了一声。她停住了，看着他。他用手把头发向后拢了拢，迟疑了几秒钟，又抬起头，怯怯地、急迫地看着她："然后呢？"

她心里有个地方抽搐了一下，但是她继续说道："山里家家户户都住窑洞，窑洞里都是那种长的大土炕，够十几个人在上面打滚，全家男女老少都睡在一张炕上。女人晚上拉偏套的时候，自己的男人和孩子并不回避，该怎么睡还怎么睡，家人和客人都睡在一张炕上。炕这头折腾得天翻地覆，呼爹喊娘，几乎快把炕压塌了，炕那头几个孩子睡得又死又香，自己的男人更是早就打起了呼噜。十七八岁的大姑娘也是夜夜睡在母亲身边，听着母亲一声高过一声地叫唤，还未嫁人就对这些事烂熟于心了，只要嫁人了便也像母亲一样戴起帽子开始拉偏套，所以拉偏套的传统在吕梁山上才会薪火相传。然后女人们用靠拉偏套赚来的钱供孩子们上学、孝敬公婆、给男人买新衣服买酒，养活一大家子，赢得所有男人和女人的尊重。"

说到这里，她突然又停住了，用一种近于挑衅的目光直直地看着他。他与她对视了几秒钟，忽然把目光移开了。但刚才他眼睛里那点明亮像炭火的灰烬一样仍然炙烤着她，使她不能不在心里恐惧和冷笑。她侧着脸，眼神锋利地逼视着他的眼睛："您觉得这些女人……可怜吗？"语气很平静，但两个人都能听得出这种平静很薄、很脆，这层薄薄的平静让两个人忽然都打了个寒战。

廖秋良略略迟疑了几秒钟，然后他慢慢说："不，我很尊敬她们。这些独特文化的形成是因为你们那里太封闭，山高路远，不易受外界影响，就像那些独立的大陆板块上能保留一些独特的生物。只要不出大山，她们就会生活得很好，内心也很平静，在一种独特的文明中有尊严也有价值，她们甚至都很强大。"

她突然打断了他的话，语气急迫，像是在赶路一样，一分钟都不能耽搁。她追着他的眼睛："那您觉得，她们的女儿，那些一直和母亲躺在一张炕上的女孩子，如果她们长大了，有一天离开大山了，她们又会怎么样？"

廖秋良没有说话，微微有些困惑地看着她。

她顿了顿，然后快速地、坚硬地、狠狠地往下说："您心里猜得不错，我妈当年也是做这个的。晚上，我们全家七口人就睡在一张炕上，而且，我就睡在离我妈最近的地方……"

廖秋良只是坐着，半天没有说话，甚至一动都没有动。她只能就着窗外洒进来的灯光看到他一个毛茸茸的轮廓，他的影子看上去安详、脆弱，还有一点衰老。

她把目光移向窗外那潭幽深的黑暗，继续说："您还想听吗？我再给您讲讲我的哥哥。我上大学，家里不给我一分钱的生活费，难道他不知道吗？我上大学之后，他居然好意思三番五次问我要钱，居然问我一个身无分文的学生要钱，时不时让我给他邮过去一两百块钱说他要急用。还有我妹妹，眼巴巴地说等着我回去。你以为她真的就那么想我吗？她只想着让我给她买东西回去。还有我嫂子，我去她家的时候，她居然当着我的面就把桌子上的几块糖收起来锁进了柜子，好像我是个贼，准备偷吃她家的东西。这就是我的家人。"

于国琴像存心自虐一样越说越过瘾，她简直停不下对他的这种倾倒，话越说越多，到最后简直近于癫狂了。大约是因为平时什么都闷在自己心里，生怕被人窥视到，不想，今天反而说了个痛快。她把自己的亲人一个一个地从吕梁山里刨了出来，七零八落地扔了一地。最后，她终于不再往下说了，麻木而疲惫地坐在那里，看着亲人们的碎片遍地都是。但她必须承认，现在她感到一种陌生而奇异的解脱，这是从未有过的。是的，在这个晚上，她愿意牺牲他们，除了为着她自己的倾诉，大约也是为了让眼前这个老人能对她有一点真心诚意的同情吧。她需要这点东西，只有这样才能使她接受他那点施舍来不至于显得无耻。只不过，母亲成了她的祭品。她的泪忽然下来了，一种罪恶感袭击着她，让她体会着自己的残酷。她怎么能不明白，她之所以出卖自己的母亲，却是因为，她其实是多么渴望与拉偏套的母亲划清界限啊。

到了这个时候，于国琴忽然迟钝地笑了笑，像是对自己说又像是对廖秋良说："其实我有什么好装的，我还能装成什么？这年头，是处女的恨不得在额头上刻行字：'我可是处女，我还纯着呢，所以我有资格对男人提出更多要求。'离过婚的女人恨不得在身上贴上标签：'我有车有房有婚史，男人跟着我少奋斗二十年，欢迎入住。'谈恋爱都谈伤了还没结成婚的剩女只好说：'别人都装处，我装经验丰富算了。'人人都会装。其实，和您说句实话，我恨不得装无耻，因为这样我会更容易活下去。可是，我装不出来。原来，连装无耻都是一件艰苦的事情。"

她在黑暗中泪光闪闪地看着他。

过了许久，他突然对她说了一句话："你是个好孩子。"

他们在黑暗中默默地呆坐了不知多久，最后，于国琴先站了起来，起身开灯，低头收拾碗筷。然后她照例洗了碗，收拾了房间，尽职尽责的样子。她借着这个时间让自己平静下来。

从厨房出来时，看到廖秋良正坐在沙发上吃药，她便上去问："廖老师，您怎么了？生病了吗？"廖秋良抹抹嘴，说："没事，我心脏不太好，不是什么大事。"她说："还是身体要紧，要不我陪您去医院看看吧。"廖秋良摆摆手，说："孩子，没事的，死生之间自有机缘，不能强求。"说完，他就起身把那瓶药放回写字台最上面的一个抽屉里。她见他没事，便不再坚持。

这时候窗外已经完全黑下来了，多数窗户都在黑暗中亮了起来，像浸入了无边的大海。屋子里的两个人顿时都有了一种错觉，觉得他们正乘着一艘小船孤单地漂在海面上。

于国琴又一次看看表，说："廖老师，我得走了，下周再来。"

就在她准备出门的时候，廖秋良忽然站起来说了一句："好孩子，你一定要答应我一件事。"听见这话的一瞬间，于国琴忽然感到了一种奇怪的紧张，但她还是努力平静地说："您说吧，只要我能做到。"廖秋良不再说话了，站起来，有些跟跄着找到了他的外套，从口袋里掏出了一卷什么东西，然后走到她跟前，把那东西递到她脸前。他说："孩子，你答应我，一定要收下。"

递到于国琴脸前的是一卷钱。她一愣，没有动。廖秋良说："你来帮我做家务，这是你该得的，不要多想，拿着，给自己买件衣服。天冷了，你身上的衣服太薄了。我也帮不上你什么。孩子，你真不容易。"

在最初的几秒钟里，于国琴像是被那卷钱催眠了一样，呆滞着，一动不动。但是接着她突然跳了起来，退后两步躲避着那卷钱。她恐惧地、愤怒地跺着脚，手上的书包也跟着她一跳一跳的。由于用的力气太大了，连说话的时候都唾沫四溅，她一边跺脚一边尖叫着说："什么意思？你什么意思？为什么要给我钱？把我当什么？"她不知道自己已经突然把"您"

改成了"你"。

廖秋良连同他的那只手却已经生了根，牢牢地长在原地，纹丝不动，只有那卷钱硕大无比地向她压过来。这时候于国琴的脑子里其实是空的，只有她的嘴还在本能地一次又一次地重复"你什么意思，你什么意思"。廖秋良忽然笑了，他力大无穷地把钱塞进她手里，他说："我老了，钱对我来说已经没多少用处了。孩子，你多不容易啊，让自己强大一点。我希望你活得好好的。我对我女儿说，孤独是一种强大，对你，我却要说，其实无耻也是一种强大。"

这句话突然就让国琴没有了还手之力。她像是突然看清楚了她原来竟是这么委屈，眼泪又哗哗地下来了。最后，哭也哭完了，钱还是收下了。这钱装在身上当然还是让她觉得羞耻和心虚，可是有更多的东西压倒了这羞耻和心虚。她想，是她那穷人的血液使她不得不收下这一卷钱。推拉终于结束了，两个人像刚从战场上下来一样，颓败地、萧索地面对面站着，彼此都说不出一句话来。

最后，于国琴带着这卷钱逃了出来。她在夜色中一路狂奔回宿舍，进了宿舍楼。站在寂静无人的走廊里，她所做的第一件事情就是，就着走廊里昏暗的灯光掏出了那卷钱，抖着手数了数。不多不少，整整一千元。

她呆呆地在楼道里站了一会儿，楼道里的灯光从她头上斜照下来，把她的影子拖得长长的。然后她拖着影子，艰难地揉搓着那卷钱，无声地装进了口袋。

四

再次见到廖秋良的时候，于国琴战战兢兢了许久，不敢看廖秋良的眼睛。她不能不胆怯，因为这世上绝没有免费的午餐。这个开头已经让她隐隐嗅到危险了，凡事有了开头就会有后续，像播下的种子，只要有一点阳光、水分，就会破土而出。

因为愧疚，这以后于国琴像尽义务一样每个周五下午去一趟廖秋良家里，风雨无阻。偶尔廖秋良留她晚一会儿，她便心惊胆战，好在廖秋良从没有对她提出什么要求。时间久了，两个人都不再觉得生分，她去他家的时候也渐渐多了些亲切，不再是应付差事，竟有些回自己家的意味了。只是，她还是时不时地暗暗紧张，因为她得提防着他哪天又突然塞钱给她。每月勤工俭学的一百块钱由学校发给她，廖秋良没有理由再给她钱。不过她安慰自己，廖秋良塞给她钱，除了因为觉得她可怜，大约还因为她能陪他说话，陪他度过周末的几个小时。

不过，她愿意来他这里还因为，每次她来的时候，她都能感觉到他是真心诚意地喜悦着。从小到大，因为自处卑微，她几乎像条狗一样闻着别人的气味长大。他的这种喜悦让她觉得放松和安全，让她觉得这里确实是她该来的地方。慢慢地，她便把他这里当成了一个巢穴——让她觉得温暖的巢穴。

有时候，在她临走前，廖秋良会忽然从柜子里拿出些零食糕点递给她，说："这是专门给你买的，拿回去慢慢吃。小孩子嘛，都喜欢吃零食的。"于国琴接住了，一边心安理得着，一边却觉得心里某个地方还是隐隐硌得慌。她想知道，这个世界上为什么有一个人要对她这么好。她必得为他做点什么才能心安吧。可是，她能为他做什么呢？

　　他一直都叫她"孩子"，他总是说："孩子，多吃点，小孩子要多吃点才好。"或者他说："你看你需要什么就从我这里拿，想拿什么拿什么，因为你是小孩子嘛。"他好像蓄意无限制地纵容她、宠她，真把她当成一个很小很小的孩子。后来又有几次他塞给她钱的时候也是这样说："你就是个小孩子，还在上学，还没有挣钱，干什么都需要用钱，小孩子家就不要多说话了。"每次她都像进行某种仪式一样，恐惧地挣扎一番，最终还是把钱收下了。

　　然而比收他的钱更让她惊恐的是，她发现，收下这些钱的时候，她分明是一次比一次心安理得。就像看杀人一样，第一次看的时候心惊肉跳，吓得要死，第二次、第三次看的时候就渐渐麻木了。她像是越来越清晰地看清楚自己身体里一个晦暗、模糊、可耻的部分。那是她吗？可是，那不是她，又是谁？

　　但她喜欢他叫她"孩子"，他这样叫她的时候，她就会觉得他真的是一个慈祥的老人，而她真的还是一个孩子。然后她慢慢发现，她在他面前居然变得越来越天真了，有时她会真觉得自己无辜而柔弱，觉得自己确实是该被怜悯、宠爱的。他虽然是一个男人，但已经是一个老去的男人，老得只剩下慈祥了就不算男人了，而是无性别的。这样想的时候，她便相信他这里终究是安全可靠的，她可以随时投奔他而来。

可惜的是，这些感觉再怎么强烈也盖不住最下面那点羞耻感，就像是水果，一旦里面腐烂了，味道就怎么也遮不住了。尤其是一天晚上，两个人坐着聊天时，廖秋良忽然问了她一个问题——她是怎么看待人类的肉身的。他说得很严肃，像在探讨一个学术问题。但她没有答话，假装没听见，很快便找了个借口落荒而逃。下次再见时，廖秋良不再提这个话题，他们之间又风平浪静了。

就这样，一年过去了，廖秋良每个月打到于国琴饭卡里的三百块钱从未间断过，都是在月初就准时打进去。而他们在一起的时候，廖秋良从未在她面前提起过这每个月的三百块钱，就像他根本不知道这回事一样。经过这么长时间，于国琴基本可以肯定，自己是遇到了好人。她安慰自己，这是她的运气。时间长了，她对廖秋良这里也真的越来越依恋，觉得他像是她在这个城市里唯一的亲人，几天不见就会想念。

在他面前，于国琴越来越放松，一进他的家门就像把自己装进了蒸汽室，可以舒展开四肢，舒展开身体，舒展开语言，她把每一个毛孔都张开，变得身心舒泰，恣意任性。她在他这里想说什么就说什么，她受气了就和他说，她看谁不顺眼就和他发牢骚，她问他什么，他就回答什么，他简直是一本百科全书。他们融洽地站在厨房里，她一边帮他剥蒜一边惊叹："您怎么什么都知道？"他边切菜边微笑着说："人老了就这样。"哦，他在给她一种暗示，他什么都知道，只是因为他老了。甚至后来有几次，在聊天时，他又有意无意地把话题往拉偏套的女人身上引，她心里虽然不快，却还是原谅了他。

她从小就没有被人疼过，从小就得在五个兄妹中间抢东西吃，动作稍慢点就抢不到。兄妹中，她既不是老大也不是最小的，什么也轮不到她，反正就是没资格被人疼爱。在廖秋良这里，她忽然得到了一种被人疼爱的假设。虽然她心里也明白自己终究是在客串角色，却无奈，像上了瘾一样，渐渐有些欲罢不能了。有时候她会觉得自己就像童话中那个卖火柴的小女孩，在冰天雪地里老想着在他这里蹭点温暖蹭点光亮。那是多么微弱的光亮啊。

其实她更愿意理解成他们是各取所需。因为她看出，他其实比她还要孤单。

每次于国琴进门的时候，他永远把白发梳得一丝不乱、穿着干净的衬衣等她，她甚至能闻到他脖领中间散发出的淡淡的香皂味。有时候她去他家晚了一点，他便坐在沙发上呆呆地盼望着。他坐在沙发上，看上去很瘦很干，像枚风干的标本一样挂在那里。因为焦急，他满头的白发不再纹丝不乱，而是忽然像抽去了筋骨散了架一样，蓬得到处都是。她便想，他真的已经是个老人了啊，剥去一切虚假的表象，他就是一个孤单可怜的老人。这就是他为什么会相中她吧，她也是个孤单的人，在人群中无依无靠，他才会一眼找到她吧。

后来，她对他开始有了一种奇异的心疼。特别是每次见到他穿得整整齐齐地等她的时候，她都有一种想流泪的感觉，就像一个母亲心疼着自己的儿子。所以每次去他家，她都拼了命似的干活，恨不得把一切都替他做好了。

这种格局平静地持续了一年多。渐渐地，她分明可以感觉到，他们两个人之间，正以一种奇怪的方式渐渐长出了血肉联系。

在他面前，于国琴越来越感到轻松了。见他毛衣的袖口磨破了，她便省下钱给他买了一件毛衣。买毛衣的时候，她觉得就是在给祖父买衣服，没有什么不妥。她真心希望他穿得暖和点，穿得体面点。他试穿那件毛衣的时候，她不敢细看他的表情，找借口躲进厨房里了。等她出来，他已经穿着新毛衣端端正正地坐在沙发上等着了。她穿着围裙，用毛巾擦着湿手，像母亲一样微笑着赞赏地看着他。此时的他真像个等人来关心的小孩子啊。

她努力笑着，眼睛却潮湿起来了。有时候她还会想，等到再过两年她毕业了，离开这里了，他一个人怎么办？她相信他已经习惯了她的存在，就像她已经习惯了他一样。可是，她不可能把他带走，他也不可能把她留下。他们终究是要再次失散的。想着这些时，她心里会疼痛，她暗暗希望那天来得慢一点，再慢一点。她甚至想过，他要是哪天突然死了，她就安葬了他再走，这样她还能走得放心一点。当然，这话是万万不能告诉他的。

五

寒暑易节，又是夏天。那是个夏天的晚上，于国琴像往常一样正准备回宿舍的时候，廖秋良忽然在背后叫住了她："孩子，我们能再说几句话吗？"她回头看了他一眼，突然发现他酒后的脸上有一种奇怪、僵硬的肃穆，这让她有些不安，她站住了。廖秋良脸色苍白、严肃，把两颊褐色的老年斑衬得越发明显，在暗红色的沙发背景下，他像尊塑像。

他们之间的时间突然卡住，不走了，拥堵成了又庞大又空虚的一团。

直到她被堵得有点喘不过气来了，他才终于说："孩子，我们已经是好朋友了，对吗？"她干着嘴唇点了点头，却是越发紧张了。他的嘴角微微翘起，像是要努力给她一个微笑，他说："那我们就应该赤诚相见，就可以什么话都说，对不对？"于国琴听见自己喉咙里很响亮地咽了一口唾沫。她说："我本来就……什么话都和您说啊……"

廖秋良站起来，离她更近了些。她能感觉他的呼吸像蛛网一样粘在她的脸上。她又一次嗅到危险了，本能地往后退一步。他站在那里，用一种严肃得近于奇怪的语调说："那我们就做这个世界上最赤诚相见的朋友，我们不做一丝一毫的掩饰，好不好？"于国琴又后退几步，挣扎着说了一句："可是，我没有掩饰什么啊，我早说过，我是把您当亲人的……"这时候，她觉得自己已经站到悬崖边上了，整个人都快被凌空提起来了。继而她又告诉自己，怕什么，他一个……老头子了，他是她的祖父，还能把她怎样？想到这里，她便回头看着他，正好和他的目光接上了，这目光似曾相识。她一哆嗦。

就是这个时候，她无比清晰地听到了廖秋良嘴里发出来的声音："孩子，你告诉我，你是怎么看待人类的肉身的？"她干涩地张了张嘴，说不出话来。他的声音继续说："孩子，你把衣服都脱掉好吗？让我看看你的身体，好吗？"她悚然睁大了眼睛。刚才那种若有若无的恐惧忽然就牢牢坐实了，就挂在她鼻子前，她伸手就可以摸到。她以为自己听错了，可是他毫不留情地又补充了一句："孩子，把你的衣服脱掉好吗，你不穿衣服站到我面前好吗？我们好好说说话。"他的声音越逼越近，"孩子，我想和你面对面地、什么都不遮掩地，好好说说话。我不会做什么的，因为我敬重你，我敬重你的自尊，也敬重你的身体。你知道男人对女人最深的尊敬是什么吗？就是对她身体的崇拜。"

于国琴大骇，廖秋良的每一句话都像锤子一样砸进她身体里。但是，一旦话说得见底了，她突然就感到不那么惊慌了。站在那里，她冷静地把他刚才那些话过滤了一下，剥去他话里面的所有修饰语、所有的定语、所有形而上的内容，最后剩下的赤裸裸的一句话其实就是她要在他面前把衣服脱光给他看。

她干枯地站着，像一截在阳光下曝晒的光秃秃的树干。她知道，他对她的所有慈悲和怜悯都是真的，他对她的所有好也是真的，或许，他对她还有一点点喜欢吧。可是这一切的一切都遮不住最底下这点最锋利的东西，那就是，他要她脱掉所有的衣服。他，一个像祖父一样的男人要她脱光衣服？这难道不是乱伦？他为什么要提这样的要求？莫不是因为他觉得她的母亲是拉偏套的，而她就睡在她母亲身边，那自然是对这些事早已了然于心，是根本不会觉得羞耻的？他是不是觉得，在她眼中，脱脱衣服也不过像吃饭一样，是个小意思？她想不明白。

她无助地站着，突然就回想起了这近两年的时光。在这近两年的时间里，她再怎么自以为卖力，能为他做的终究太有限了。而她在他这里一次次吃饭，一次次地接住他塞给她的钱，一次次肆无忌惮地享受他送给她的一切温暖和关心，她已经不像刚开始那样诚惶诚恐，而是习惯成自然了。或者说，她积恶成癖，安之若素，过度地享受着这种温暖，其实已经有些竭泽而渔了。

原来，可能早就猜到事情不会这么简单，她才拼命地一直去忽略他的性别，一再暗示自己，他是个老男人，老男人就不是男人了。她甚至掩耳盗铃地想，她经常去陪他，这对孤单的他来说已经算一种慰藉了吧。

可是，不够，这远远不够。这怎么能够？这一天终究到了，到了该回报他的时候了。终究是躲不过这一天的。那么，她就当着他的面一件一件把衣服脱掉？她怎么就如此害怕又如此恶心呢？然而，她能拒绝他吗？她又想起了他一次又一次塞进她手里的那些钱、打到她卡里的那些钱、那些被她藏在被窝里的零食，它们滋润了她贫瘠、干枯、没有尊严的大学生活，这一切都是铁一样烙在她身上的，她就是烧成灰也赖不掉。

她能大义凛然地把饭卡里的那些钱都扔到他脸上吗？大学还有两年，她不能。那就脱吧，脱掉也好，就当还债了，每脱一件，她就在心里把他对她的恩情杀死一寸，到最后她所有的衣服都脱光的时候，她也就把他的所有恩情都杀死了，她就不再欠他了，可以心无愧疚了。

脱吧，她那做农民的、不识字的父母告诉她的最基本的道理就是，欠下别人的终究是要还的，没有谁能赖掉。何况是欠了这样一个孤独的老人的。这么长时间里，他对她的全部要求就是这一点。她又看到了他洗得发白的衬衣领口，看到了他干枯花白的头发，还有他此时像小孩子一样的可怜的目光。一瞬间，她对他竟有了一种深深的慈悲和怜悯，她成了站在他面前的圣母。她想，成全他吧。

像解剖尸体一样，于国琴开始动手了。以前从不曾在一个男人面前脱过衣服，所以她觉得手生，关节像锈了一样不能灵活自如。可是，她要还债。夏天的衣服哪经得起脱，外面一条裙子就是再怎么难脱也不能脱上半个一个小时，裙子像层蝉蜕一样，自己脱落到地上了。裙子没了，里面的内衣内裤霍地露出来了，遮都遮不住。在那一瞬间，她羞愧，她难受，她无地自容，但是她居然没有忘记去看一眼自己今天穿的是哪一条内裤。她只有两条内裤，其中一条已经破洞了，如果是那条已经破洞的，无论被谁看到了，就是被祖父看到了，也不够体面吧。

该脱内衣了，她明显觉得难度加大，可是既然已经脱了一层，手就没那么生了。看来，做什么都是熟能生巧的。她不想在这里再拖延时间了，眼看着已经走到这种地步了，还有什么好说的？她咬咬牙，把胸罩摘掉了。她都不忍心朝自己的身体看上一眼，唯一能做的就是忍痛加快速度，快快结束，也许还能少受一点疼痛。只剩下一条内裤了，她又咬咬牙，狠狠心，一鼓作气，弯下腰愣是把它也脱掉了。在内裤落地的那一瞬间，她并没有自己想象中的无地自容，只是，她忽然眼睛湿润了，她在心里对自己冷笑着，看看吧，真是妓女的女儿，连脱衣服都这么无师自通，真是无耻啊。

身上一件衣服都没有了，于国琴白花花一片站在灯光下，不说话也不动。没有了任何衣服遮掩的那一瞬间，她突然觉得自己变得坚硬如铁，变得刀枪不入，任是什么都伤不了她了。她已经是真正地无所畏惧。她突然抬起头，用妓女似的眼神，近于挑衅地看着廖秋良。他真残忍，居然中途也不制止她，一直要把她脱光才肯罢休。就在这一刻，她已经把他对她的所有恩情都杀死了。他还能把她怎样？难道他一个七十多岁的老人要强奸她不成？她的身体无耻地在他眼前晃动，可是她分明地感觉到她的魂魄已经不在身体里了。她的魂魄不甘受辱，已经化成一道青烟往上飞去，飞到高处了却还不忘回过头看着地上她那正在受难的肉身。

廖秋良还站在原地，一动都没有动。他像枚钉子一样被钉在了那里。这时候于国琴突然发现他原来已经这么老了，她甚至无比清晰地看到了他脸上的老年斑和落在肩头的头皮屑。就在刚才那短短几分钟里，他像是又踩着四季走了几回，又老去了几个春秋。他站在那里，显出前所未有的衰老和虚弱。她突然又心软了，便收回了目光，却在心里更坚硬地告诉自己，让他看去，让他看去啊，看他还想怎样。

这时候廖秋良忽然伸出手，把自己身上的衬衣脱了。于国琴不敢看他满是褶子的衰老的身体，连忙低下头去。他终于开口了，颤颤巍巍地，像个真正的老人一样衰弱地对她说："孩子……你的身体这么年轻，这么美……而我却这么衰老、丑陋，可是，你能平等地看我吗？你知道吗，这并不可耻。大约是因为我真的老了，我渐渐开始明白，宇宙间最本质、最圆满的生命，其实是无相可言的，眼中看不到色相，才是真正的光明。所以，我们要敬重那些拉偏套的女人，敬重你的母亲。所有的妓女和妖女其实都是佛的化身。"

她浑身颤抖着，不知所措。就在这个时候，她忽然听见他又说了一句："谢谢你，你真是个好孩子。"

他居然谢谢她？因为她脱光了衣服，所以要谢谢她？于国琴心里又是冷笑又是悲怆，她忍住了，居然一滴泪都没有流出来。

他们就那样面对面站着，他用一种奇怪的目光看着她，却没有向她走近一步。她很想残忍地问他一句："看够了吗？"他不动，她也不动，就那么大无畏地展示着自己。最后还是他先说话了，他低低地、衰弱地对她说了一句："孩子，你什么都不和我说吗？快把衣服穿上吧，小心着凉了。"她松了口气，他终于下了赦令。她开始拿起地上的衣服，开始一件一件往身上穿。每穿一件衣服她就觉得自己方才的坚硬往下掉一点，鱼鳞似的落了一地。当衣服穿全了，她的盔甲也卸掉了，她整个人彻底地软下去了。她一分钟都不想再逗留了，脑子里反复想的一句话就是，该走了，走吧。

于国琴像刚打完一场仗一样，深一脚浅一脚，疲惫至极地向门口走去。在她开门的那一瞬间，她听到了身后光着上身的老人的声音追了上来："孩子，你下次再来啊，你一定要来啊，我给你做饭吃。"这句话几乎又让她落泪，他也是清楚地知道她不会再来了才这样徒劳凄怆地挽留她吧。

在从家属区回宿舍的那段路上，于国琴木木地走了很久，连她自己都奇怪，就那么长一段路，怎么能走了那么久还走不完？路过校园里的小花园的时候，她想都没想就拐了进去。她横冲直撞地走到花园里的人工湖边，也不顾惊着了花园里正亲热的几对鸳鸯。远处的灯光照在湖面上，柳树和夹竹桃的影子黑黢黢地落在水里，像水底浮出来的水妖。她低着头看着水面上自己的那张脸，其实她根本看不清的，湖面上只漂着她一个朦胧、涣散的影子，可是她还是专心致志地看着自己，像照镜子似的。

刚才虽然走了一路，其实她还没有来得及细想今晚究竟发生了什么。现在往这湖边一站，像是麻药的劲儿过去了，她忽然就苏醒了。这一醒不要紧，她就感觉到火辣辣的疼痛了。她恶狠狠地盯着水里的自己。就是这个人，那么驾轻就熟地脱光了自己的衣服，一件不留，脱光了给男人看，简直毫无羞耻。她为什么要脱光了给他看？他让她脱她就脱吗？她就真那么下贱吗？虽然只是脱一脱，不痛不痒，也没有人碰她，可是，这终究和卖有什么区别？吕梁山上有一句民谣："龙生龙，凤生凤，老鼠的娃娃会打洞。"不错，她果真是妓女的女儿。

于国琴看着水中的自己，简直嫌恶到了极点，恨不得跳下去杀了她，剐了她，将她碎尸了方才解气。可是最后，她终究没有投湖，而是转身扑向一棵岸边的大柳树，像遇见了什么熟人一样一把抱住它，泪如雨下。

是的，她不想死，她不会死的。这么多年来她活得比一只蟑螂还顽强，为了一点钱，她可以在一个男人面前把衣服脱光，怎么可能去死？还是活着好啊，即使再卑微再下贱地活着，也终究是活着好啊。她的母亲在大山里拉了一辈子偏套，一辈子没有下过山，没有坐过汽车，更不用说火车、飞机，她像一匹骡子一样辛辛苦苦、毫无怨言地拉偏套，到最后老了，皮肤皱了，乳房下垂了，没有男人要她了，再也拉不动了，她才能歇下来，就是这样也要活着。就是再艰苦再穷的日子里，她都没有把一个习惯丢掉，那就是每天早晨往脸上抹一层廉价的雪花膏。那种雪花膏在城市里已经绝迹，但在深山的小卖部里还能找到。于国琴小时候端起碗吃饭的时候，时常在饭碗里闻到这种雪花膏的香味，所有的土豆、莜面都带着这种香味。她对它太熟悉了，这种廉价的香味像一枚护身符一样跟着她，沁进她的骨头里。

　　她的父亲一辈子只知道种地，唯一一次下山就是陪她去大学报到那次。对他来说，人生最大的享受就是能抽上一支烟，他一辈子只抽一种叫大鸡的香烟，一块钱一包。没钱的时候，他曾经从家里的鸡窝里偷鸡蛋，拿到供销社去换香烟，一个鸡蛋十支香烟。母亲发现了，把父亲追得满村跑。上大学后，偶尔她偷偷给他买一包稍微好点的烟，他会一直原封不动地保存到过年的时候。家里来了拜年的客人，他才舍得拆开，给客人抽，自己舍不得抽一支，再回头去抽自己的大鸡。当年他结婚的时候做了一件时兴的中山装，在后来的四十年里，他就一直穿着这件衣服，从二十岁穿到了六十岁，她什么时候回到家里看到他穿的都是这件衣服。他已经被整个时代远远抛下，只在属于他自己的小角落里苟活着，一直到死的那天。

她的妹妹为了活着，十八岁就嫁人，结果婚后两年，丈夫就摔下山，成了瘫子。又是为了活着，她自己学会了修鞋、钉鞋，每天推着修鞋的小推车步行十里路到镇上修鞋，晚上再步行十里路回到家里。于国琴见过她的手，她二十岁的妹妹长着一双八十岁老人的手，没有一片指甲是完好的，每一片都是千疮百孔的，指甲缝里挤满了厚厚的污垢。

她的哥哥好吃懒做，有一点钱就想赌博。她的嫂子为了活着，跟着一群男人下山给人家盖房子。她在烈日下穿着一件小背心烧石灰，担着两铁皮桶石灰上房顶。山里女人不习惯戴胸罩，她光着肩膀晃着两只乳房，乳房被孩子吸得变形了，垂在胸前晃来晃去的碍事，她恨不得把它们甩到背上去。此外，她还要给工地上的男人们做饭，为了挣更多的钱，她还要身兼跟工地上外地来的男人睡觉的职责。因为男人多，一晚上她和这个睡完再和那个睡，最多的时候一晚上要和四个男人睡觉，然后去供三个孩子上学、吃饭、长大。

她们就这样，忍辱负重地、死皮赖脸地活着。她为什么不活着？她要活着，她一定要活着，她要活得比谁都坚不可摧，要活给所有人看。

终于，像赦免了一个死里逃生的犯人一样，于国琴赦免了自己。她抱着那棵柳树哭了很久，她从来没有这样哭过，就像她今晚忽然死去了一个亲人——一个至亲至爱的亲人。她在哭声中埋葬他，再用泪水把他送走。在这近两年的时间里，她已经把廖秋良当成一个亲人，事实上，他已经是她的一个亲人了。"孩子"，他一次一次地这样叫她。他是真正心疼她的那个人啊。从此以后，世界上再不会有人对她这么好。难道她愿意离开他吗？可是，最后他为什么一定要看她脱光衣服的身体？他这一个举动就强迫她变成了一个卖淫的妓女，就像她母亲一样的妓女。他其实是把她们母女两代人身上遮羞的衣服都揭掉了。

六

　　于国琴停止了勤工俭学，她自然不能告诉系里是因为什么，对方是那么德高望重的老教授，肯定不可能是他的问题。她只说在校外找了份家教，顾不上了。一晃就是半年过去了，这半年里她再没有进过廖秋良的家门。她像一只风筝，想强迫自己把捏在他手中的线剪断。但这根本就是徒劳，因为每到月初，三百块又会如期从她卡里长出来，她就是再怎么有骨气，照旧要把这每月的三百块钱一分钱一分钱地用掉。她也觉得自己恶心，可是，在恶心完之后，她还是照用不误。

　　这半年里，刚开始的时候，廖秋良还会时不时给她打个电话，问她："孩子，最近还好吗，胖了还是瘦了？"她淡淡地说："老样子。"他在电话里沉默了。她心里其实也很难过。她太了解他的生活了，她知道，如果没有了她，他连个说话的人都没有了，他会怎样孤单啊。她听见他在电话里又说起了她喜欢吃的豆豉鱼，他说他又做了几次，因为没人吃，最后都倒掉了。他说起了他们之间点点滴滴的过去——那些已经过去的回忆。他甚至不敢再对她说"孩子，来我家里看看我吧"。她一声不吭地听着，任由他去。说到最后，他也沉默了，似乎都说完了。然后他颤巍巍地说一句："孩子，那就这样吧。"咔嗒，电话就挂了。

　　她的泪哗地下来了。她知道他现在所做的这一切不过是试图挽回的幼稚手段，无非是想借助忆旧把感情恢复。这是多么徒劳，又是多么绝望啊。她仍把听筒举在耳边，一动不动地听着里面嘀嘀嘀嘀的忙音。一片空旷凄凉的忙音，像刚被轰炸过的荒原，她一个人在荒原上举目四望，寻找着他的影子——他那高瘦、衰老的影子。

再到后来，他给她打来的电话越来越少，话语越来越稀薄。半年没见面，他好像已经离她很远很远了。好几次路过家属区的时候，她都情不自禁地站在那里看着廖秋良住的那栋楼。他现在每天怎么过？他还是每天黄昏都要和自己喝两杯酒吗？他是那么孤单。事实上，他是那么孤单，只是没人知道他的孤单，除了她。想到这里，她简直有冲上楼去的冲动，可是她一步也动不了。

有时候，在深夜里想起他的时候，她也会嘲笑自己，说穿了不就是脱了个衣服嘛，他又没把她怎样，碰都没碰她一下。她怎么就把自己搞得像个贞洁烈妇一样，恨不得投了河抹了脖子来证明自己的节烈？时间渐渐流走的时候，她渐渐明白了自己，她那么憎恨自己在他面前脱掉衣服，是因为她挣扎着想证明，她的母亲是个妓女，可她不是。然而她又无法反驳，她身体里本就流着妓女的血。这种想象让她害怕。

不管怎样，她的生活在照常继续，没有任何意外发生，每天上课、下课、去图书馆、去食堂，她还在周末兼了两份家教，手头略微省下两个钱还要赶紧寄回家里。而对廖秋良，她总会有意无意地打听关于他的任何消息，她本能地想知道他现在过得怎么样了。

大三很快过去，转眼已是大四，有的学生已经开始忙着找工作，于国琴正在读研与工作之间挣扎。读研自然是好，可是经济问题怎样解决？大学四年就这样靠着资助活过来了，读研三年呢，再靠什么人资助吗？被人资助其实是一件多么可怕的事情啊。她这辈子也不想再受任何人资助了。还是工作吧，经济问题对她来说就像养在身上的虱子，怎么杀都杀不绝。

剩下半年就要毕业了，在这不联系的一两年里，廖秋良仍是每月按时给她打来三百块钱生活费，因为缺钱，她也就厚颜无耻地继续用着，如履薄冰地、心惊胆战地一天一天过下来。

这天下午，于国琴正在图书馆里查资料准备毕业论文，忽然接到了廖秋良的电话。她看着这个号码有点眼熟，但一时想不起来是谁的。接起来之后，她瞬间就听出了他的声音。他们之间已经多久没有联系过了？可是她一下就听出了他的声音，就像他一直就站在她身边一样。她全身抖了一下，没说话，也没挂断电话。她听见他在电话里说："孩子，你还好吗？"她说了一个字："好。"他说："那就好，孩子，你快毕业了吧？你能在毕业前来看看我吗？我想在你临走前再见你一面。"电话里的声音分明已经近于乞求了。她使劲摁住想哭的欲望，不让他听出来，然后对着电话又说了一个字："好。"挂了这个电话，她久久地难过，她问自己："你究竟在难过什么？"用了几天时间她终于想明白了，她于心不安。终究是她欠着他。她知道她欠他太多，等到她离开这所大学，他们就从人群中彻底失散了，她就再也没有机会报答他了。她不能就这样走掉，她不能不管他就走掉。

等到毕业论文也差不多结束了，于国琴下定决心去看廖秋良一次，最后一次去看看他。这个下午，她特意洗了头发换了件干净衣服，然后去了他家里。因为是约好的，廖秋良已经在家里等着她了。他穿着一件干干净净的白衬衫，下摆像个小学生一样规规矩矩地塞在裤子里。一头白发工工整整地梳到后脑勺上，脸色和头发是一个颜色，好像银器上落了一层灰，没有光泽。他站在那里，拘谨地笑着看着她，好像在迎接一个尊贵的客人。

她在沙发上刚坐下来，他就慌忙从厨房里端出了几只盘子。这次，他又是提前做好了饭菜等着她。她想，这大约是他们最后的晚餐了，离别将至，心里还是不由得一阵剧烈的伤感。他们面对面坐着，就像她第一次在这里吃饭一样。这样的举动给她自己一种错觉，那就是，他们之间的这四年是根本不存在的，他们不过就是昨天才认识，昨天才在一起。时间是多么容易腐朽的东西啊。

为了壮胆，她陪他喝了两杯酒，身体里有了些回暖的感觉。她听见他在问她："孩子，你现在过得还好吗？有什么困难，有什么需要的，你就和我说。"他又说，"好几次我都站在教学楼前面的草坪上想看见你从教学楼里出来，结果一次也没碰见。我经常会想，你是我见过的最好的孩子。"

说完这话，廖秋良便站了起来，不知道干什么去了。很快他又回来，坐了下来，手却向她伸了过来。他手里拿着一个包好的纸包，包得工工整整的。她不接，怔怔地盯着这纸包，像看着一枚炸弹。她知道这里面装的是什么。他那只枯瘦、长满斑点的手执拗地伸在她面前，像给佛像进香一样虔诚。他说："孩子，你拿去吧，我也帮不了你多大忙，就当作个留念吧。快拿着，好孩子，你拿着啊。马上就要毕业了，拿去也好请同学们吃个饭，给自己买两件上班穿的像样衣服。孩子，快拿去啊。"他几乎是在哀求了。

于国琴听着他的声音，一边感觉到了一种锋利的疼痛，一边又感到了一种奇异的快感。她知道他也在试图还债，他要为上一次的事情还债。可是，他又一次要给她钱，这分明就是在添加证据，所有的证据真正指向的是她，证明真正债台高筑的其实是她。四年时间里所有的回忆突然像一堆木柴一样在她眼前烧着了，火星四溅，噼啪作响。他们两个隔着这堆火站着，默默对视着。熊熊的火焰烤着她的脸，烤着她的四肢，在她身上嫁接了一种可怕的能量。就着这火光，她终于狠下了心，她必须报答他，横竖也就这一次了。她突然抬起头对他说："廖老师，你不是想看我脱掉衣服的身体吗？"

廖秋良那只拿着钱的手还直直地横在那里，听到这话的一瞬间，他眼睛里出现了一缕惊恐的神色，这惊恐把他的瞳孔都撑大了。她盯着他的眼睛，盯着他的这缕惊恐，她明知道自己今天是来还债的，可是，她还是幻想着他会赦免她，他只需要对她摆摆手说"你走吧"，就是把她放生了。可是，他眼睛里的那缕恐惧慢慢消失了，一种更可怕的明亮的东西小心翼翼地生长出来。然后那亮光凝固下来了，不再动了，像一枚明亮的琥珀长在他的眼睛里。这时候，她清清楚楚地听到了他喃喃的声音，像是从梦里发出来的："你……真是个好孩子，从没有人像你这样对我好过。这两年里我每天都会想到你，想你在做什么、吃了什么，有时还会梦见你……我感到了罪孽，因为我知道你深感羞耻。可是，我还是克制不住地想见到你。孩子，裸体是无罪的，它是一种崇拜。也许……在前世，你是我的佛。"

她是他的佛？她以一具年轻的身体来普度他的衰老和孤独？她彻底绝望了，她明白了，他不会阻止她的。他上瘾了。那就脱吧。脱吧。权当是一个母亲对一个孩子的慈悲了。多么悲壮啊，她心头忽然涌起了一种巨大的骄傲，她从没有这样高看过自己，也从没有这样小看过别人。现在，就在这个时候，她觉得真正的施舍者和真正的烈士其实都是她。

于国琴再一次站在他面前开始脱衣服。由于这次穿的不是裙子，脱起来没有上次脱得那么容易，可是，第一次都脱了，第二次还怕什么？凡事都只会越做越娴熟罢了。一旦过了开头的生涩，她简直就是在熟练流畅地往下脱了，脱了T恤脱裤子，脱了内衣脱内裤，很快，她就像被剥了皮的粽子，光光的了。她站在那里，壮烈、无畏、镇定地看着他，远远没有上次的愤懑和羞涩，但她还是有些暗暗吃惊了，她居然真的能这么无耻。她看着他，突然深深地笑了。她真的不知道，他一次又一次想看的究竟是什么。一具身体真的可以让一个人不孤单吗？她觉得这个赤裸着的自己在一种十足的丑陋之中突然臻于一种近于邪恶的美了。原来，这次她不仅仅是在报答他，还要惩罚他。

这时廖秋良的脸色奇异地苍白，过了好半天他才嗫嚅着说："孩子……我就只是想看看你，我看着你的身体就会觉得我敬重这世上的一切女性，包括你。我正在走向衰老和死亡，可是你让我想起了所有美丽的青春的东西，想起我的母亲、我的爱人。这个时候我会觉得我们跨越一切时空，离得那么近，那么近。这一眼就够我回忆几年了，谢谢你，孩子。"

于国琴简直失笑，他们根本就不在一个语言体系里。他又在谢她，谢她脱了衣服给他看？她想，他们之间终于算是了结了。可是，他突然又说了一句："孩子，让我抱抱你吧，第一次也是最后一次抱抱你。"她又惊恐起来了。但是她看到了他的目光，他无助惶恐的目光让她又难过了，她想，反正这是他们最后一次见面了。她没有说话，他向她走了过去。

在离她一步之遥的时候，他忽然伸开双手，一把抱住了她。她的整个身体都掉进了他的怀抱。他的怀抱原来是这样陌生。他紧紧地抱着她，一句话都不说，她感觉到他的全身都在发抖，像正在发烧一样。她甚至听到了他低低的啜泣声，同时，她也闻到了他头发上、脖子间散发出的老年人才会有的气味。她不挣扎，就那样被他紧紧抱着。

他像要生离死别一样抱着她，然后，他突然松开了她。他把她一推，抹了一把自己的脸，后退一步，忽然捂住胸口低声说："孩子，走吧，谢谢你。"

又是谢谢。好像她义务为他做了什么似的，他感激成这个样子。现在他们是不是真的两不相欠了？于国琴真正地感觉到了轻松，四年来从未这样轻松过。她不看他，不言不语地开始穿衣服。她想，是该离开的时候了。

穿好衣服，她一抬头却突然发现廖秋良已经把自己埋在沙发里了，他以一个奇怪的姿势倒在沙发里，缩成一团。她本能地问了一句："廖老师，你怎么了？"她向他走了一步。廖秋良缩在那里，身体不动，却用一个遥远的姿势对她摆了摆手。她站住了。屋里的光线已经转暗，她只模糊地看到他正对她微笑着——一种奇异的微笑。然后她听到他嘴里发出了两个微弱但很清晰的字："走吧。"她站在那里犹豫了一秒钟，便果断地走到门口，打开门出去了。临出门的时候，她甚至刻意低下头，没敢向沙发上的老人再看一眼。

就是在那一秒钟的时间里，她突然发现，她恨他，她其实一直恨他，从被他资助的那天起，她就开始恨他。就在刚才她主动脱光衣服的时候，其实心里是多么渴望他能阻止她啊，难道他看不出来吗？她的内心是多么恐惧、多么疼痛啊，他就真的感觉不到这种疼痛吗？可是，他不。如果还有第三次、第四次，她保证他还会一遍一遍地看下去。他大约是自知衰老不堪，来日不多，所以才纵容自己贪恋这世上的美好吧，比如青春的身体。

所以，在看到他全身蜷成一团缩在沙发里的时候，她突然有一种邪恶的快感。她全身的血液都涌到了头顶，她陷入了一种短暂而梦幻的仇恨，在那种梦幻一般的仇恨中，她告诉自己，不管他，不去管他。她没有再做停留，没有再敢看他一眼就逃了出去。

于国琴逃走了。在逃走的路上，她心里害怕到了极点，虚弱不堪，几乎站立不稳，就像在逃离一个杀人现场。她又本能地想起了他曾经对她说过的那些话："孩子，宇宙间最本质、最圆满的生命，其实是无相可言的。"也许……也许，他要看的、他想要的，真的并不是她这个身体。他想要的是一些更深刻的东西，是她力所不及的东西。她对自己说，也许……也许，她真的误会他了，真的误会了一个像亲人一样对她的老人。

可是，她还是最本能地恨他。因为，他让她看透了自己，憎恶自己，唾弃自己，不能饶恕自己。

七

于国琴是在三天以后突然听到廖秋良的死讯的。那天她去系里办公室盖章的时候，忽然听见辅导员进来对一个老师说："廖老师的葬礼定在了后天，到时候过去吧。"那位老师说："我还奇怪呢，怎么说没就没了，不是好好的一个人吗？"辅导员说："他孤身一人又有心脏病，可能是半夜发病了来不及去医院，在自己家里死了一天才被人发现。他也真是的，这么多年也不说再找个老伴，有个女儿还离得那么远。这人老了无儿无女的就是不行，说不定哪天就有什么意外出来了。"那个老师叹气，说："廖老师真是个好人哪，我经常见他在校园里喂那些流浪猫，自己舍不得吃都要喂它们，这下那些猫也没人喂了。"

听到这里，于国琴的心几乎要跳出来了，她的第一反应是，廖秋良死了。她先是莫名地松了口气，紧接着便有一种前所未有的巨大悲伤向她袭来，几乎让她站立不稳。这个时候，她突然意识到，他在临死前见到的最后一个人可能就是她，在她临出门的时候，他其实已经危在旦夕了。接着，她又听见自己心里一个清晰而恐怖的声音在问："难道你不知道那个时候他是心脏病发作了吗？你敢说你真的不知道吗？你甚至知道他的药是放在哪儿的。"接下来，她更恐惧的问题出现了，他如果知道自己发病了，为什么还要让她走，他为什么不向她求救？她突然想起那天她临离开时，看到他脸上那缕奇异的微笑，原来，那其实已经是他在和她道别。

于国琴紧张恐惧得已经近于眩晕了，她脸色惨白，双手发抖。连给她盖章的老师都感觉到她的异样了，好奇地问："同学，你怎么了？"她没有说话，哆嗦着抓起盖好章的表格，仓皇地从办公室里逃了出去。

像是身后有很多人正追赶着自己，于国琴离开办公室，漫无目的地一路狂奔，连她自己都不知道究竟跑了多久。最后，她终于气喘吁吁地在七月煌煌的大太阳底下站住了，那张表格已经在她手心里湿透了，那枚刚盖好的章也晕开了。太阳底下，她满脸是泪。那天的校园里，很多学生都看见一个女生泪流满面地一路狂奔，没有人知道她要去哪里。

饭卡里剩下的三十二块钱，她再没动过一分，当然也再没有人往这张卡里打过一分钱。毕业前夕，像其他人一样，她把饭卡交回学校，连同里面那三十二块钱留在了她的大学。然后她回到北方，去一所中学做了历史老师。

毕业两年之后，于国琴才还清当年上大学时的全部助学贷款。生活在一天天地继续着，她每天上班、下班、备课、批改作业，自己做饭、洗衣、逛商店、逛超市，隔上一段时间回吕梁山去看看正在老去的父亲和母亲，去看看那些将永远生活在大山里的兄弟姐妹。她努力工作，努力攒钱，她知道，不久她会恋爱，会结婚，会和自己的男人一起买房，一起生个孩子。然后，这孩子会慢慢长大，而她将慢慢老去。

她将继续这样，慢慢地，一天一天地活下去。

在春天一个寂静的深夜里，她一个人在灯下备课的时候，忽然很奇异地听到一种声音。风声、雨声、雷声、下雪声、抽穗声、拔节声、花开声、落叶声、山川声、水流声，似乎是把所有的声音天衣无缝地融合在一起了，它们就变成了一种声音。那种声音轻微得几乎听不出来，却是排山倒海、势不可挡的万物生长的声音。

这深夜里，只有她一个人听见了。

她走到窗前，推开窗户，让如水的夜色涌进来，她久久地站在那里。不知过了多久，忽然，她开始动手脱自己的衣服，她在这奇异的声音里一件一件地脱光了身上所有的衣服。

夜色夹裹着万物生长的声音涌了进来，涌到她脚下，直到渐渐把她的身体淹没。

柳僧

倪慧才注意到这片树林里居然全部是柳树，而且是那种巨大的老柳树，因为年久，树皮、树枝都已经变成黑色的了，黑压压地站在一起，肃穆、寂静、阴森，好像一群裹着黑衣的老僧侣正静静地看着她们到来。

一

　　倪慧一觉醒来看看时间，正是半夜三点。

　　午夜的月光浩荡、辉煌，亭台楼阁一般晶莹剔透地堆砌在这间小小的卧室里，就连被子和床单上也落了一层鱼鳞般的银色，她伸出手去，手指上也落了一层月光的重量。四点就要出发，是该起床的时候了。

　　毕竟起得太早了，她觉得自己的手和脚都还没有醒过来，只好硬生生地把它们塞进衣服里。窗外的香樟树开花了，花香在夜色里加倍浓郁，蛇一样从窗口无声地爬了进来。她轻手轻脚地走进黑暗的客厅，正想着要不要叫醒母亲的时候，只听厨房里传来刺啦一声——煎鸡蛋的声音，母亲已经在厨房里做早饭了。她站在厨房门口看着老太太肥胖臃肿的背影说："妈，你怎么起这么早？昨晚没吃药？"

　　母亲已经煎好了鸡蛋，稳稳地托着一盘煎鸡蛋和一盘馒头走出厨房，仿佛这是她从午夜的核里刚刚夺过来的。她得意地对倪慧说："昨晚我根本就没睡，一分钟都没睡。我怕睡着了就起不来了，所以没敢吃药，结果，整晚都没睡着一分钟。"

　　"一分钟都没睡着？"

　　母亲把一只煎鸡蛋夹进馒头里，两只手捧着它们，她的两只手因为肥胖和浮肿，变得近于透明，看起来像发酵好的面团。她悲壮地对她说：

"是的，一分钟都没有。我早和你说过了，离了这些药，我一天都不能活。我早就和你说过了。我只能像吃毒药一样每天吃下三十颗药。这不是毒药，是什么？从吃这药开始，我从一百一十斤胖到了一百五十斤，而且还在往上胖。你看看我身上，哪里都是肉，这里是肉，这里也是肉，以前所有的衣服都穿不上了，简直像一只充了气的布袋。这让我怎么见人啊？不行，一停药我就要减肥，一定要甩掉四十斤肉，你想想，四十斤猪肉够吃多久？我就每天把四十斤肉挂在身上走来走去，你说累不累？"她说着，开始抹眼睛。

倪慧皱皱眉头，不耐烦地说："快吃快吃，四点就要出发了。"老太太一边使劲啃馒头一边抽噎着说："早饭我得多吃点，吃少了我一会儿就饿了，一饿了我就全身发抖，还会晕倒，我血糖低。"

老太太几年前患上了失眠症，她像一只奇怪的沙漏一样慢慢地把睡眠漏掉了，到后来干脆把睡眠戒得一干二净，一点都没剩下。黑夜对她来说不过是染了色的白天，本质上和白天没有任何区别。每个晚上，她只能睁着眼睛看着天花板一点一点熬时间。熬到一个月的时候，时间已经被她熬得彻底没有了形状，而她自己则像炼丹炉里刚炼出来的丹药一样，浑身上下弥漫着一种病态的精神抖擞。失去睡眠让她变得异常亢奋，神经又加倍发达，哭和笑都不受她控制了，在她身体之外独立出去打闹。她带着老太太去了医院，诊断为是由抑郁症引起的失眠症。然后医生开出了一堆药，有奥氮平、奥沙西泮、阿普唑仑、盐酸丁螺环酮。老太太每天要像吃饭一样最少要吃三十颗药。

那天出了医院，倪慧见老太太没跟上来，一回头，见她正独自坐在医院门口的台阶上。见她过来，老太太忽然抬起头，半是惊喜半是委屈地对她说："原来我得的是抑郁症，我居然得了抑郁症。"她说话的语气好像她刚刚中了福利彩票的头等奖。她想不明白这种非同凡响的病怎么就会降落到她身上。

那些药强势地给她带来了一种人造睡眠。这种睡眠一望而知是人造的，是不真实的，因为这睡眠太过整齐，倒更像是切割好绑架在人身上的某种附属物。从一吃上药，她就开始迫不及待地进入睡眠，然后一直死死地睡到天大亮。她自己醒来的感觉却像是刚刚走了一晚上的夜路，周身无力。吃了半年的药，副作用开始争先恐后地出现，首先就是凭空长出了四十斤肥肉，见缝插针地镶嵌在身体的各个角落。药物压住了她原先病态的亢奋，它们像五行山一样牢牢把她压在下面，她忽然就变得安静，变得呆滞。然后，比安静和呆滞更可怕的东西又出现在她的身上，这可怕的东西最初探出头的时候，让她们母女都不约而同地吃了一惊。那就是，她开始失忆，断断续续地失忆，前十分钟做过的事情，十分钟后就忘了。对那些遥远的陈芝麻烂谷子的事情，她却记得越发清晰，简直就像昨天刚刚发生过的。

倪慧偷偷向医生咨询。医生说，这有可能是药物的副作用，停药就好了，但也可能是阿尔茨海默病的前兆。她绝望地问医生，要是阿尔茨海默病，能治好吗？医生摇了摇头，说，它只会加重，直到最后病人会连亲人都不认识，病人会在记忆的迷宫中彻彻底底地走失，并且再也找不回来。

就是从那个时候开始，倪慧决定带母亲回趟老家——回趟山西。父亲和母亲自从二十多岁从山西来到湖南，就再也没有回过老家。父亲已去世多年，只剩下一个正逐渐走向痴呆的老母亲。而她自己，她不敢告诉母亲，一个月前她离婚了。那个男人要了房子，把一辆半旧的雪铁龙留给了她。她所在的保险公司又加大了任务量，被一帮鲜活的小女孩衬托着、挤对着，她连着两个月没有完成任务。她决定主动离职，反正婚都离了，房子也没了，现在就是把她放在烙铁上烙，怕是也不痛不痒了，再来点罪耗也不算什么。

相反，她现在很需要这种把所有的坏事都集中在一起的感觉，就像把所有的箭镞集中在一起射向自己才会有足够的杀伤力。只有这种宏大、集中的攻击才能让她勉强有过瘾的感觉，似乎她终于被惩罚了。似乎她早就该被惩罚却一直侥幸地躲着，现在她终于被惩罚了，这种惩罚的实现竟让她生出一种奇怪的快感。

她决定在奔四的年纪疯狂一次，自己开车带着母亲回老家去，回那个她从未见过的山西。她听说那个地方到处是能埋掉人的黄土和黄风，因为缺水，那个地方的人们一年才洗一次澡，还是你洗完他洗，洗到最后，水里简直是泥沙混杂；听说那个地方的人根本不认识米饭，碗比脸盆大，馒头比人头大；还有，那个地方一年四季吃土豆，他们可以把土豆做出一百种吃法，但终究还是土豆。

倪慧把这个想法告诉了母亲。老太太听了简直要对女儿感恩戴德，她想回家想了四十年。两人商定十天以后再出发，因为老太太必须得做一些返乡前的准备工作，她急着要减肥，她觉得她如今胖成这样，实在是见不得人的。尽管老家那村子里她唯一的亲人就是一个老年痴呆的哥哥和一个眼睛斜视的嫂子，还有两个还没娶上媳妇的侄儿，但她觉得自己年轻时那么苗条，当年从纺织厂下岗的时候就是有款有型的，老了老了却"晚节不保"，痴肥成这般模样。

但要减肥就得停药，停药就会失眠，她绝望地发现自己已经陷入一个根本走不出来的圈套。最后的出路只有一条，就是为了保全睡眠，狠下心来让自己继续痴肥下去。人不能不睡觉啊，失去睡眠的人会发疯的。虽然无法控制体形，但老太太还是对自己做了些局部的修整。她把头发染得乌黑，新烫了个鬈发，把两颗开始松动的牙齿修补了一下，她恨不得把全身的零件都紧一紧好拿出手去给人看。

老太太打算带一些东西回老家。倪慧陪着她去购物。老太太拎着一只巨大的带轮子的旅行包，往里塞腊肉，塞香菇，塞莲子，塞茶叶。她说，老家没有这些东西。然后她又去了商店，打算给哥嫂各买一身保暖内衣。倪慧说："买保暖内衣做什么，穿在里面又看不见。"老太太辩解道："老家冷啊，冬天一来就是半年，我们兄妹小时候哪有什么内衣穿，光身子上套一件棉猴，我都十八九了还没穿过内裤。"这话倪慧已经听了九百遍了，她阻止母亲继续说下去："你买这么贵的内衣，他们又不知道好歹，还不如买件能穿在外面的。"老太太虚弱地挣扎道："可是穿在里面暖和啊，那里的冬天，你是不知道啊，西北风能把人吹散架。"

给别人买好东西之后，老太太又给自己添置了一身出门的行头，又买了一瓶廉价的粉底霜，因为她一直固执地认为一白遮百丑。最后，她居然还狠心买了一只真皮的男式钱夹准备送人。这样她就可以浩浩荡荡地与女儿一起返乡了。

母女俩把大大小小的行李装到车上，四点准时出发了。倪慧算了一下路程，预计最少得十三个小时车程，出发得早一点，她们天黑前就可以到山西了。

当她们上了京珠高速的时候，月亮依旧高悬在头顶，几颗星星在路的尽头闪着寒光。月光下的高速路看起来像一条柔软的丝带，正沿着荒野里的某种纹路不断攀升、蜿蜒，似乎她们正通往一个陌生的星球。不时有红色的车灯像烟花一样在她们身边绽放又熄灭，却衬得旷野里越发孤独。

在无边的黑暗中，小小的车厢像金属子宫一样包裹着她们，好像她们是两个还没有出世的婴儿。自打记事以来，倪慧就觉得自己和母亲从没有过任何的身体接触，母亲好像从没抱过她，甚至没有拉过她的手。而母亲和父亲的关系一直很糟糕，多年来两人一直在吵架，她印象最深的就是母亲会在厂里四处向别人哭诉："他根本就不爱我，他心里就没有我，要不怎么对我连一点关心体贴都没有？连一句话都没有。我知道他心里根本就没有我，我要离婚，这不离婚，可怎么过下去啊？"母亲说的是父亲。不过，现在父亲正静静地在后座上陪着她们母女，一如他生前那样木讷、寡言。后座上的那只盒子里装的是他的骨灰，他七年前就死了。因为他死前都没有回过一趟老家，所以她们现在顺便也捎他回去。

逼仄的车厢里坐着两个活人和一个死人，甚至显得有些拥挤，拥挤而沉闷。现在母亲的身体离她只有一尺远，她忽然就有些紧张，每当她和母亲被塞在一个狭小空间里的时候，她就觉得这是对她们以往生活的一次集中强化和惩罚，她会忽然觉得害怕和无所适从。

三年前倪慧带着母亲去了趟九寨沟，是跟着旅行社去的。那是老太太平生第一次出门旅游。那时候她觉得父亲忽然就没了，无论怎样都得带母亲出趟门。

母亲是那个旅行团年龄最大的。当时她头上戴着一顶珍藏了二十多年的宽边太阳帽，那是她二十多年前买的，一直舍不得戴，就压在箱底，再翻出来的时候，帽子上的粉色纱巾已经变成白色的了。母亲在人群里高高戴着这顶帽子，像个刚从时间深处冒出来的落魄的拿破仑，惹得身后的年轻人抿着嘴看着她偷笑。她一次又一次地对老太太说："把你的帽子摘了吧。"老太太紧紧护着自己的帽子："不能摘掉,我的皮肤不能被太阳晒,一晒就成了猪肉被煮过的颜色。"她只好厌恶地看着母亲头上那顶帽子,恨不得离她远点,好让人不知道她们俩的关系。

中午和其他团友围着一张桌子吃饭的时候,老太太习惯性地拿筷子挑盘子里的菜。倪慧一开始没注意,直到身边一个女人忽然拿胳膊捅了捅:"不要让你母亲拿筷子挑,不卫生。"她的脸急剧红到了脖子根,以至整张脸看上去都是血淋淋的。她像训小孩子一样训斥老太太:"不要用筷子在菜里挑来挑去,让别人还怎么吃?"老太太拿筷子的手一愣,半天没敢再夹一筷子菜。她半是委屈半是恼怒地为自己辩解着:"以前吃饭不都是这样吃的吗?我都这样吃了六十三年了。"没有人理她,她嗫嚅着辩解着,却再不敢为自己夹一筷子菜。最后她只吃了自己面前的一碗白米饭。

倪慧不敢看母亲,只管一口一口机械地吃下去,好像她今天的胃口好得出奇。每吃一口,她便觉得多了一分罪恶感,但是每多一点罪恶感,她又觉得从中得到了一种奇异的解脱,仿佛这解脱自身便携带着一只巨大的胃,足以把这些罪恶感消化。最后别人都吃完了,她还坐在那里吃。老太太坐在旁边一声不吭,她手边是那顶帽子。

晚上,她们被安排到一个房间。她已经很多年没有和母亲同住一个房间了。从她上小学开始,她就有了自己的房间,从此以后再没有和母亲同住过。她有些莫名的紧张,说自己先去冲一下澡。她飞快地冲了个澡,一出卫生间就看到卫生间门口正站着一具丑陋的裸体,她吓了一跳。是母亲,她已经把自己脱光了,站在那里,正等她出来,然后自己进去洗澡。倪慧目瞪口呆地看着那具裸体,松弛下垂的乳房耷拉到腰上,腰间裹着一层层赘肉，鼓起的小腹上还爬着长长一道肠胃手术后留下的疤。

她的情绪再次失控，她忽然冲着那裸体吼道："这么早就把衣服脱光了干吗？怎么连睡衣都不穿，没给你买睡衣吗？你就连个睡衣都不会穿吗？"老太太蹒跚着进了卫生间，把门关上了，里面很久都没有传出水声，一片死寂。倪慧站在那里没有动，头发上的水珠滴落在她的肩膀上。她觉得浑身上下每一个地方都陷入了一种迟钝而模糊的痛苦，就像有一把很钝的锯子正一点一点锯着她的全身。只是，她感觉不到疼，她支离破碎的身体甚至感觉不到疼。可是她知道她全身上下所有的器官包括脚指头都在剧烈地痛着。她觉得自己真不是个东西，她觉得自己罪孽深重，她觉得自己应该一头撞死。

就在这时，卫生间里传出了暗哑的哭声。那是一个委屈的老人发出的哭声，疲惫的、赌气的哭声。就在那一瞬间，她的泪也哗地下来了。她站在卫生间的门外，安静、汹涌地哭着，以至哭得浑身抽搐趴在了地上她都没有让自己的嘴里发出一点声音。

当着母亲的面哭是一种能力，她学不会，她已经来不及去学会了。从小就是这样，她和母亲、父亲三个人之间有一种默契，那就是表达出感情似乎是一件羞耻的事情。他们永远不会对对方说"我是爱你的"。他们都学不会。那时候她上中学，喜欢上了一个电影明星，她就在日记里写下了这种感觉。后来母亲偷看了她的日记，还和邻居说她不好好学习，喜欢一个电影明星。她一个人跑到野外大哭了一场。在那个三个人的家里，甚至没有一点可供流泪的空间。有时候半夜她会被父母房间里的吵架声惊醒，他们正一边吵架一边摔一切能摔的东西。她不去劝他们，也流不出泪来，就一个人无声地坐在黑暗中，一直坐到天亮。有好几次她觉得自己其实远比那两个吵架的人更痛苦，她走到窗口看着外面的夜色，不止一次想从窗口跳下去好结束这一切。

此刻她趴在冰凉的地板上，一边哗哗流泪一边命令自己，一定要向母亲道歉，无论如何，这次一定要向母亲道歉。母亲在卫生间里哭了很久，后来哭声渐渐没有了，然后是哗哗的水声。趁母亲走出卫生间之前，她把哭得全身瘫软的自己从地上拎了起来，她不能让母亲看到自己这副样子。

卫生间的门吱嘎一声，母亲笨拙地裹着一条浴巾出来了。她羞涩地用浴巾遮挡着自己的身体，怯怯的，不敢看倪慧。倪慧也不敢看母亲，她的嘴张开又合上，再张开还是合上，一晚上愣是没有说出一个字。向自己的母亲道歉居然这么艰难，她简直不能原谅自己。可是，她终究还是说不出那几个字。母亲也没有说话，她像做功课一样机械地吃下十颗药，然后躺在自己那张床上。不一会儿，人造睡眠便轰隆隆地驶过来了，房间里响起了这种睡眠特有的鼾声，杂沓，不均匀，偏执。母亲已经睡着了。她却一夜无眠。

二

直到离开九寨沟那一天，她们再次发生了冲突。母亲要在景区门口买一些廉价的小挂件回去，她阻止母亲："你买这个回去干什么？"

"送人。"

"这有什么好送的，你还想让厂里所有的人都知道你来过九寨沟啊？"

"街坊邻居都知道我出来旅游，一点东西都不带回去怎么见人？"

"那也不要买这个啊，又不值钱又没用，就是骗人的。"

"值钱的怎么送人？值钱的还送不起呢。"

她可怕地发现自己又在对母亲发脾气，她冲着母亲喊："告诉你不要买就不要买了。"

母亲手里捏着五六件小挂件，听见她的话，并没有立刻放下，而是又埋头挑了一件，握在手里看了看，然后才忽然撒手，把手里的东西全扔了回去。然后她站在那里，当着人来人往开始大声抽泣起来，因为哭泣，她的脸皱成了一团，那顶帽子在头上跟着她一耸一耸。

倪慧在心里对自己咆哮着："你怎么能这样，你怎么又这样对自己的母亲？快对她道歉，她是多么可怜。"可是她站在那里，浑身上下，包括舌头，都在迅速石化，她呆呆站着，就是说不出一句话来。

就在这时，导游催着要上车了。她一言不发、面色惨白地独自向旅游车走去，一边走一边偷偷看看自己身后。母亲哭着跟上来了，她边走边哭，委屈得像个刚刚挨过骂的小孩子。倪慧坐在座位上，久久不敢和母亲说一句话，她只觉得心里痛得直哆嗦。她觉得自己简直就是个怪物，自己根本不是人类。

倪慧终于明白丈夫找别的女人的原因。这几年里她和他只要有争吵，她就会准确无误地滑进同一种模式，那就是绝不道歉也不说话，只用看着对方难受来拼命虐待自己和对方。到最后她甚至已经分不清究竟谁是有错的那个、究竟谁是真正的罪魁祸首。有时候她简直觉得自己是一个残疾人，那是一种内在的残疾，除了她自己，谁也看不到。

想到这里，她独自冷笑起来，那个时候她甚至希望全车厢的人都能围过来狠狠骂她这个不孝子，把唾沫吐到她脸上。她希望他们都能替母亲出气，替母亲来惩罚她。可是，车厢里静悄悄的，有人已经打起了瞌睡。母亲戴着帽子的头一直扭向窗外。

从九寨沟回来之后，母亲拿着一沓在九寨沟拍的照片在纺织厂的家属院里四处游荡，四处炫耀，她想让全天下的人都知道她刚刚旅游回来。每次倪慧在家属院找到她的时候，都能听到上次的版本又被加工过了。就是在不出门的时候，母亲也会一个人戴上花镜坐到窗前细细地看那些照片，似乎那些照片里的那个女人根本就不是她本人，照片里的女人比她年轻，比她漂亮，比她有钱，比她上档次，她只能这样远远地隔着照片膜拜她，仰望她。她似乎一边希望能让她从照片里活过来，一边又希望她永远不要走出这些照片，不要来这个世界受苦，就在这四季不变的照片里待着，多好。

倪慧一边偷偷地、残忍地窥视着母亲的行为，一边时时刻刻地打算着要向母亲道歉，一定要为九寨沟之行向她道歉。可是，话到嘴边又总是被咽下去，那句话在她嘴里怎么也长不出完整的形状，简直无法超生。她想，那就再推迟几天吧。结果一推迟就是三个月。这时候母亲开始失眠，然后开始大把地吃药，再往后开始像气球一样被催胖，接着卝始轻微失忆。那句道歉的话，她却始终都没有说出口。所以她决定带她回趟老家，她知道这是母亲的心愿，这是她唯一能做的补偿母亲的行为。

现在母亲就坐在她身边，离她只有一尺之遥。身体的接近让她又感到了紧张和不自在，与此同时，她再一次强烈地想对老太太说一句："妈妈，对不起。"她还是没有说出来，她有些绝望，她怀疑自己是不是一辈子都说不出这句话了，只能任由它烂在自己肚子里。这句话像牙齿一样长在她的嘴里，嚼不碎也咽不下去，只能永远地盘踞在那里硌着她。

老太太今天早晨特意在烫过的头发上抹了一层发油，头发看起来闪闪发光，像戴了一顶假发。发油和粉底液混合的刺鼻气味弥漫在车厢里，刺激着她们的嗅觉。倪慧忍不住说了一句："不要抹那么多粉底，会堵塞毛孔的。"老太太假装没听见。她知道老太太是为了让自己看起来皮肤更白一点，因为这样会让人看起来更漂亮一点。

过了一会儿，老太太忽然惊叫了一声："哎呀，我们还没吃早饭吧。在这高速路上，什么吃的都没有，幸亏我带了些干粮。"说着，她就伸手打开自己的皮包，从里面拽出几只馒头来。倪慧一边开车一边皱着眉头说："你刚吃过早饭好不好？馒头夹煎鸡蛋。"老太太疑惑地看着她的侧面："真的吃了吗？我怎么一点都想不起来？"她恋恋不舍地把几只馒头装进包里，重新坐好，困惑地盯着前方的路面。

这时天光开始发白，整个世界好像刚睡醒一样，马路上弥漫着一种灰白的睡意。老太太坐在副驾驶座上，像是忽然从刚才的自我困惑中苏醒过来。她语气急促，情绪激动，简直要从那座位上站起来了。她说："如果我不是得了什么抑郁症，就不会失眠，不失眠就不用吃这么多毒药，不吃这么多毒药我就不会胖成这样，不会变得这样没记性，连刚刚吃过饭都想不起来。可是，如果不是你爸老和我吵架，老不关心我，不管我的死活，我怎么能得抑郁症？"

她说着说着，又开始大声抽泣起来，一边抽泣一边用皱纹纵横的手擦着自己的脸，粉底液都被擦花了，在脸上变成了一团一团的，皮癣似的。她边哭边继续说："我和他刚认识没几天就被我哥嫂订婚了，那时候我什么都不懂，就图他有个工作就嫁给了他，然后二十出头就跟着他背井离乡，南下湖南。这一去就被卖到湖南了，一待就是四十年啊。这四十年我是怎么过的？在湖南连个亲戚都没有，连个说话的人都没有。周围的人说湖南话，我都听不懂啊。我是怎么一天一天熬过来的啊，呜呜……"

倪慧猛地打了一下方向盘，差点连人带车撞到栏杆上，车上的两个人都吓出一身冷汗。老太太赶紧闭上嘴，什么都不敢说了。倪慧铁青着脸继续开车，母亲居然当着自己女儿的面，当着死去父亲的骨灰说这些。她听到那只装骨灰的盒子碰到了什么，发出咚的一声，近似呻吟的声音。真可怜，她忽然觉得父亲好可怜，但母亲也好可怜，自己也可怜，活在这世上的人就他妈的没有一个不可怜的。她的泪差点下来了，她靠着内力才勉强压了回去。是的，她知道，母亲是个从年轻时起就爱美的女人，她会连夜在缝纫机上为自己和女儿做出当年最流行的裙子。为了能穿上好看的衣服，母亲特意花钱去学了裁缝。后来纺织厂被改制，效益越来越差，经常发不出工资。只要听到哪里正清仓大处理，母亲便和厂里的女人们像苍蝇一样扑过去，给一家三口抢回几件廉价的处理品。母亲会在偶尔吃鸡蛋的时候把蛋清一点一点全刮到自己脸上以保养皮肤。母亲真的是爱美了一辈子，这没错。在这一点上，她居然一点都没有继承母亲的基因。她更像父亲，沉默寡言，越是痛苦，越是说不出一句话来，还有，永远不会用正确的方式和人交流。

她想，无论怎样，还是要对母亲说一句"对不起"，替她也替已经死去的父亲。那个老实巴交的父亲活着时受的苦也许比她还多，但她还是要替他向母亲说一声"对不起"。他从来没有来得及说出口，她明白，他仅仅是因为说不出口。可是，如同父亲的魂魄附身，她也开不了口，她的牙齿和舌头总在要紧关头神奇地锈在一起。她想，以后吧，总有说出口的那天。

黎明了，清晨了，上午了。车窗外的光线和景色像流动的电影银幕一样迅速更迭着，变幻着。车里的两个女人从黑夜一直开进白天，虽然不过几个小时，却觉得好像已经在这条路上跋涉了几个季节。老太太忽然又惊慌地问她："我早晨吃过药了吗？"倪慧说："吃过了。"老太太抚着胸口说："我这药是一顿都不能落的，落下一顿晚上就别想睡觉了。你说哪有一顿吃十颗药的，这医生不是想把人吃死吗？是不是卖的药越多，他们挣的钱越多？我简直是在长期服毒药啊。"嘴巴刚闭上几分钟，她忽然又问她买好的保暖内衣拿了没有、挑好的莲子拿了没有、她包好的那个钱夹拿了没有。她坐在那里，有点近于耍赖的任性，好像觉得自己反正已经开始失忆了，索性就忘得再多一点，这样才能证明她是个病人。她需要别人的照顾，她一直希望能得到别人的重视和照顾。此时倪慧也希望母亲能多和她说点话，因为她感到越来越疲惫了，可是没有人能替她开车。

老太太似乎看出了她的疲惫，隔了几分钟，她又成功地把话题引向倪慧的婚姻。她说："你就不要再和戴兵怄气了。等我们从山西回来，你就还是回你家去住吧。你看，你从家里搬出来住已经几个月了。戴兵也是不像话，都不来请你回去。但你也不能老这样和我住下去，我早就和你说过要生个孩子生个孩子，你就是不听。要是有个孩子，也不至于你们一吵架就几个月不说话。"

"……"

"要不这次我们就从山西领养一个小女孩吧，隔这么远，她就是长大后知道自己不是亲生的，也总不会跑回山西去找自己的父母。"

"……"

"你听见了没有？你再不听我的会吃大亏的，你知道人老了活个什么，就活个孩子。没个孩子你试试去，真是会可怜死。"

"……"

"你到底是听见了还是没有听见？"

"我离婚了。"

"……你连离婚这样的大事都不告诉我？你让我下车，我要下车，我不和你去了。"

"……"

"你说你离婚干什么，都半辈子的人了。你离婚了就和我过啊？我一个老太太了，哪天说死就死了。你爸早死了，我死了以后，这世界上就剩你一个人了，你又没孩子，到时候你一个人多孤单啊。我就怕，我死了以后，你一个人流离失所地活着。呜呜。"

她说着，开始抹眼泪，从口袋里掏出一块发黄的古董一样的手帕拼命擦着眼睛。

倪慧虽然直视着前方，眼睛却也开始湿润，她强迫泪水不要流出来。她忽然怪异地哈哈笑起来："那还不简单吗，你保护好身体，加油活到八十岁。我呢，活到五十岁就够本了，到时候咱俩一起死，也就没有谁会孤单的问题了。再和我爸的骨灰放在一起，咱们一家三口就又团圆了。只是，我们现在把我爸的骨灰带回老家了，等我们死了，谁又把我们的骨灰带回老家？要不我们提前支付个快递费，到时候等我们火化了就把我们两个打包寄回老家去？"

听了这话，抹着眼睛的老太太却反而号啕大哭起来，鼻涕眼泪流了一脸，她拿那块大手帕使劲擦着它们。倪慧则拼命笑着："你看你哭什么，怎么像个小孩子一样？都说人老了就是小孩子了，我看，真是这样。"她一边笑着，眼泪一边哗哗地流了下来，她也不擦，任由它往下流。

前面的路边出现了一个服务区，倪慧把车开进了服务区。她说："就在这里吃点午饭吧。"她声音疲惫，开了一上午车的原因。老太太不肯下车，她从包里拿出三个馒头和一包咸菜还有一个煮鸡蛋，说："我都带好吃的了，我不下去，我就在车上吃午饭。"

倪慧看着她手里的馒头咸菜，忽然再次无法按捺自己的暴躁，她几乎是对着她吼了一声："快下车。"老太太抱着馒头和咸菜，委屈地下了车，不情愿地跟着她进了餐厅。倪慧点菜的时候，她不停地插嘴："这个太贵了，不吃这个不吃这个，就一个菜就够了，我还有馒头呢。"最后她特意嘱咐服务员，千万不要给她上米饭，她有馒头。

倪慧愤怒地瞪着她，她看了一眼窗外，表情阴郁地说："又嫌我丢你的人了？那你带我出来干什么？快让我自己走回去吧，我不跟你回山西了。"最后倪慧又不得不安抚她，哄她吃了几口菜。她吃了自己带的馒头，稍微高兴了些，觉得这服务区毕竟没占到她们多少便宜。

吃过午饭，她们不敢多做停留，继续上路，因为怕天黑前到达不了目的地。头顶的太阳越来越炽热，把高速公路烤得像一片永远走不出去的沙漠。雪铁龙像骆驼一样呻吟着，马不停蹄，一步也不敢耽搁。刚吃过午饭加上天热，倪慧开始感到困了。她和母亲说："妈，你快我和说话，随便说什么都行，要不我可能会睡着了。"

老太太忽然肩负起一个重大的责任，连脸色都肃穆起来，她便坐在那里开始喋喋不休地说话，说她的童年是如何可怜，父母早亡，就留下她和她哥哥两个人，被奶奶带大。后来哥哥娶了媳妇，嫂子对她不好，生怕她吃得多，恨不得让她三顿只喝凉水。

这些话，倪慧已经听了一千遍，她听得昏昏欲睡，但还是努力和母亲搭话："那你还老想着回去看他们？"

　　老太太又开始哽咽了："那是我的故乡啊，我就是出生在那里的。在湖南的这四十年，我几乎夜夜都会梦见老家的村子，总是梦见自己又回去了，在梦里我还告诉自己，这不是梦，不是梦，一定不是梦。可是等醒过来才发现真的就是个梦。"

　　"那我舅舅现在呢？我从小就觉得自己没亲戚，别的小孩都有一堆姑姑、舅舅、叔叔什么的，就我没有。"

　　"他几年前就得了老年痴呆，我不知道他见了我会不会认出我，我真怕他都不认识我了。听你大表哥说，原来他已经被人说好了一个女朋友，人家带着点心去家里看你舅舅。结果他对儿子说："快给你妈吃吧。"手指的却是儿子的女朋友，结果把人家姑娘吓跑了。所以我就害怕……我害怕我下一步会不会也是老年痴呆。"

　　"不要瞎说。"

　　"真的，你看，我哥哥就是。慧慧，你说，我万一要是痴呆了可怎么办，我连你都不认识了，我谁都不认识了。我见了你就像见了一个陌生人一样，你会不会害怕？"

　　倪慧听到这话，忽然有种阴森森的感觉，她不禁打了个寒战，却用更粗粝的声音掩饰着自己的害怕："告诉你不要瞎说就不要瞎说，你只不过是年龄大了容易健忘而已，谁还没个老的时候。"

　　"可是好多事情一转身的工夫我就忘了，居然连一点点都想不起来。咱们家属院的李老头不就是得了老年痴呆？他好可怜啊，每天就像只石狮子一样坐在自家的门口看着家里人和外人，却不认识一个人。儿女们来看他给他买一点好吃的，他就东藏西藏，藏起来就不记得放到哪里了，任由那些吃的发霉，被老鼠吃掉。谁要是给他一点钱，他就紧紧把那钱握在手里，睡觉的时候又塞进枕头里，结果第二天忘了放哪里了，他就哭着说钱被人偷了。他因为怕死，就拼命吃东西，每天像推土机一样要吃好多顿饭，刚吃过就忘了自己是不是吃过饭了，又嚷着要吃下一顿。他知道喝牛奶对人好，就哭着喊着要喝牛奶，又问小孩子们一天应该喝几包牛奶。小孩子骗他说喝十包。他就坐在那里，专心致志地数着喝牛奶，一直要把十包喝下去。你说，人活成这样还有什么意思啊。"

"又不是每个人老了都会得老年痴呆。"

"慧慧，你说，我要是真得了老年痴呆，你会怎么对我？会不会把我送到老人院里？"

老太太的声音里半是先知式的悲怆，半是残忍的窥探，她在窥探女儿，在一点一点地拿镊子，小心翼翼地要把女儿身上的某个地方的皮挑开，她想一直看到最里面去。说这话的同时，显然她在为自己的这道测试题感到得意，这情景类似于一个愚蠢的女人在问自己的男友"我和你妈掉水里了，你会先救谁"。

倪慧想起了医生对她说过的话，她觉得此刻老太太正强行要把自己拖进医生已经铺好的那个轨道，任她怎么拖都拖不出来。她感觉自己的情绪再次失控，她呵斥母亲："别想这么多，想这些干什么？"

老太太显然没有从她这里得到自己想要的答案，她又是失落又是害怕地把脸扭向窗外。现在她居然时不时会表现出害怕倪慧的表情来，这让倪慧心里又是一阵尖酸的痛，像某种腐蚀性很强的酸性物质蔓延全身，要烧毁她全身。

三

　　车窗外的天色开始渐渐变暗，黄昏已至，似乎又回到了她们出发的那个时刻。每个白天和黑夜连缀起来就像一条无头无尾的蛇，靠自我的吞噬慢慢向前蜿蜒。

　　前面就是石太高速的出口，也就是说，她们马上就要到太原了。老太太在座位上身体前倾，一副异常紧张的样子，好像随时准备着下车。倪慧周身的疲乏忽然被来自脚下的黄土高原里的陌生地气冲撞了一下，不由得也为之一振。这是她活了三十八年来第一次到山西。母女俩都有些紧张，以至于坐在车里都像装了扩音器一样能听到彼此咚咚的心跳声。倪慧想，她和母亲此时多么像两条溯源之鱼，硬是凭着本能的带领，溯游过千万里，重返出生之地。

　　为了掩饰自己的紧张，她对老太太说："老家就只有舅舅舅妈和两个表哥了吧，你买那钱夹是送给谁的？舅舅还是表哥？那可是花了你半个月的退休金，你也真舍得。"

　　"不是送给他们的。"

　　即使在昏暗的光线里，倪慧还是感觉到老太太的脸忽然红了一下，她忽然之间羞涩成了一个小女孩。老太太声音里含着一点笑，好像她正躲在一把团扇后面说话，她说："那钱夹是送给一个人的，那人比我还大两岁，四十年不见，现在他也老了吧。"

年轻时候相好的？倪慧开始替后座上的那盒骨灰不平起来。母亲居然带着父亲的骨灰，不远千里给相好过的男人送钱夹来了。

老太太的表情和声音却越发迷离、柔软起来，颤巍巍的，简直像托在手里的一颗果冻。她好像一瞬间里变得身手矫捷，比她的女儿游得更远，直接就游回到四十多年前了……"那时候我们在一起下地劳动，我家地的旁边就是他家的地。他每天在地头等着我，等我去了一起干活，却从来不敢和我多说一句话。晚上收工回家的时候，他路过我家门口总要给我放下两个桃子、一个甜瓜。他只会默默地在我身后看着我，却从来不敢去敲我家的门。他个子很高，脸方方正正的，性格温和，不爱说话。我觉得他一定很会体贴照顾人，当初我要是嫁给了他，说不定就不会得什么抑郁症，就不会失眠，就不会胖成这样，就不会忘性这么大……"

老太太已经开始新一轮的刨根寻底和歇斯底里了，她边说边哭喊起来。后排的骨灰盒静静地听着她的哭喊，他在活着的时候也是这样的，静静地听着她的哭喊和抱怨。

倪慧皱起眉头，她不能不厌恶此刻的母亲，她觉得这不应该是她的母亲，便冷冷地说："那你怎么不嫁给他？有人拦着你吗？"

"还不是我哥我嫂子，还有我那已经没了的姑姑，强迫我嫁给一个有工作的男人？他们说，不要嫁给这村里种地的，要不就得种一辈子地了。我那时候才二十岁，什么都不懂，稀里糊涂就嫁给你爸了。"

"他后来结婚了吗？"

"那肯定了，听说他结了婚，还生了两个儿子、一个女儿，那女儿七八岁就得病死了。"

"那他老婆现在还活着吗？要是他老婆也死了，你就再嫁给他得了，也了了一桩心愿。"

"你说什么呢？没大没小的。"老太太忙不迭地嗔怪她，只是语气里竟含着一缕细细的欣喜。

"反正你们也都老了，也都没伴了，山不转水转，说不定就凑到一起了，搭伙过日子嘛。"

"哎呀，你越说越不像话了。"老太太的声音已经近于撒娇了。

倪慧听得起了一层鸡皮疙瘩。她真想抱住父亲的骨灰盒跳下车，把这个老女人单独留给她四十多年前的青梅竹马。她没有再说什么，专心开车。

天色彻底黑下来了，她们方才经过了太原的高速口，再往前就是交城县。进了交城县，再走十公里就可以到达那个叫水暖的村子了。那就是她们的老家，她们血液流出来的那眼古老巢穴。

老太太扭了扭身子，像是还要为自己解释什么。她讪讪地说："你想，我们都老了，也有四十年没见了，这次见面肯定是一辈子最后一回了，就这么见一面总要送他点礼物吧。我知道，年轻时候他喜欢过我，对我也是一片真心。后来我突然嫁给别人，还不知道他有多难过呢。我都没给他写过一封信问问他过得怎样，他这么多年肯定也没有把我忘掉。我就想啊，我好歹也是有过工作的人，就是后来下岗了，毕竟有点退休金，比那些种地的受苦人强多了。最苦的就是农民。总得送他一点东西表示一下我的心意，你说，是不是？"

倪慧不说"是"也不说"不是"，她知道，反正老太太根本不需要她的回答，她只是在自问自答而已。

在交城县，她们下了高速口，然后拐上一条乡间公路，也就是说，再过十几分钟，她们就要真正到达老家了。老太太越来越紧张，她执意让倪慧打开车里的灯，她从包里取出一面小镜子，就着昏暗的灯光审视着镜子里的自己。她给自己补了点粉底液，早晨抹的那层已经化了。她又扑了层粉，然后忽然像变戏法一样变出了一支劣质口红，她给自己涂了圈口红。倪慧不知道母亲居然准备了口红，她假装什么也没看见。老太太又收拾一下头发，拽拽衣服，深深吸了一口气，然后便坐在那里不敢动了，唯恐一动会毁坏自己刚弄好的造型。

前面黑黢黢的夜色里出现一座村庄，然后，在村头的大槐树下，她们看到了电话里说好的来接她们的两个表哥。两个完全陌生的五大三粗的男人，一身的汗味，给她们带路，回到了老太太的哥嫂家。

进了院子，两位表哥像哼哈二将一样雄赳赳地为她们母女开路，把她们带到屋里。两人一挑门帘，一个眼睛斜视的老女人立刻迎了过来，抱住倪慧母亲就是一顿号哭。倪慧母亲也哭，连站在一边的倪慧忍不住也要被煽下两滴泪来。趁着她们姑嫂二人抱头号哭的当儿，倪慧打量着这间屋子。青砖盖的瓦房，屋里一张大炕，炕上铺着一张墨绿色的油毡，摞着一摞宝塔似的摇摇欲坠的被子。被子旁边坐着一个人，一个枯干的老头。老头盘着腿坐在那里，看着地上这几个哭哭笑笑的人，脸上没有任何表情，猛一看上去，简直以为他是木雕石刻的。

倪慧母亲忽然也看到了老头，她猛地从嫂嫂怀里钻出来，像只笨拙的胖飞蛾一样，向炕上的老头扑去。她扑过去抱着老头的大腿："哥啊，是我啊，我回来看你了。"老头看了她一眼，慢慢地把目光移开了，他显然根本不认识这个哭喊着的女人。他的目光移到了倪慧身上，然后他忽然就对自己的大儿子说了一句："这是你媳妇来了吧，让人家坐。"倪慧浑身打了个哆嗦。

老太太不相信自己到了人家的鼻子底下，却不被认识，而是被推到记忆之外。她又抱他的胳膊、他的脖子，她一定要把自己的身份砸进他的大脑："哥啊，哥，哥，我是英兰，你看清楚了，是我，你再仔细想想，你肯定能想起来的是不是？"老头被她晃了半天，脸上忽然浮现出一丝古怪的笑意。她大喊："你是不是认出我来了，是不是啊，哥。"但老头轻轻对她吐出了几个字："我见过你，你是老二的媳妇。"老太太轰然栽倒在他脚下，半天爬不起来。

替父亲羞愧的二表哥走上前，说："爸，你能不能不要老是胡说？"又转向老太太道歉："他不是不认识你，他连我们都不认识，他谁都不认识了，他得了老年痴呆，好不了了。"

老太太绝望地看着地上的几个人，想向他们求证，想让他们证明给她看，她这么不远千里，费上汽油和过路费，不是为了回来看一个不认识她的傻子的。可是站在地上的所有人都默默地看着她，近于在给她致哀。

老太太又死死盯着老头看。老头又诡异地笑了一下。她一下便从炕上跳了起来，她怕他又给她创造出一种新的身份，刚才是老二的老婆，现在说不好又会说她是老大的岳母。显然，她在他嘴里已经成了一个彻底丢失身份的人，没有将来，也没有过往，她身上只堆砌了一堆近于乱伦的族谱。与此同时，她还有一种兔死狐悲的哀戚，似乎已经从哥哥身上提前照到自己几年以后准确无误的归宿。她心情复杂地哭泣了一会儿，便不再哭了，表示她已经接受了这个崭新的哥哥——一个老年痴呆患者，一个根本不认识她的傻子。

两个表哥抬进一口铁锅。倪慧吓了一跳。舅妈说："快吃晚饭吧，你们肯定也饿了。"

锅里是满满一锅和子饭，又称米面。据说，山西人把中午吃剩下的米面和菜留到晚上一锅煮了就是晚饭，称作米面，就是因为饭里有米又有面。

倪慧简直不能忍受如此懒惰的做饭方式，勉强吃了两口便说吃饱了，其实她正饿得头晕眼花。母亲虽然觉得四十年以来头次返乡便遭到最贫贱的和子饭的待遇，心里有些不快，但还是吃得下去，毕竟她从小就是吃这个长大的。看来她就是六十年不回乡，嫂子也知道她是用什么材料做成的。

她们姑嫂一边吃饭，一边聊天。

"在南方过得还好吧？南方人都有钱。"

"我们住的楼房，小汽车也有，这次就是慧慧开车把我送回来的。"她隆重地强调这次是专车把她送回来的，她翘着小拇指握着筷子，摆出一副慈禧太后的样子。

"啧啧，看你们过的这日子，再看看我们。本来就没钱，家里还有这样一个病人，儿子们讨老婆都难。慧慧的孩子多大了，男人是做什么的，挣钱多不？"

在倪慧开口之前，老太太抢着说："她小孩上小学了，因为上学就没一起来。她丈夫是开公司的，也忙，来不了。"

"啧啧，看人家这命。"

倪慧脸色铁青，狠狠瞪了母亲一眼。

她舅妈又问："那你退休了以后每天都干什么啊，是不是整天就像电视里一样学跳舞什么的？"

老太太两眼放光，立刻放下碗筷，冲到自己的包前，从里面取出一沓在九寨沟拍的照片。倪慧不知道她什么时候偷偷把那些照片放进去了，她想拦住母亲，但已经来不及了。这个老太太冲着另一个老太太财大气粗地晃着照片："没事就出门旅游啊，这都是在外面照的照片。看看这景色，真的没的说啊。住的地方也没的说，吃的也没的说，顿顿有肉。"

倪慧冲她使劲瞪眼跺脚，就差找个缝隙赶紧钻进去了。但老太太假装看不见，把她当成了空气，然后口干舌燥喋喋不休地把九寨沟向另一个老太太推荐了一遍又一遍，好像那儿是她的私家花园，她像熟悉自家的房子一样熟悉这花园，然后又怂恿她一定要去一次。

另一个老太太抹着斜视的眼睛说："看看你，再看看我，一辈子都没出过这个村子，真是白活了一辈子。"

老太太狡黠而虚弱地向倪慧眨了眨眼睛，央求她千万不能戳穿自己，她这是四十年里第一次回乡，再怎么着也要假装出衣锦还乡的架势。她当然不能让人知道她早早下岗了，平时去菜市场只敢买最便宜的时令蔬菜，买条鱼都得掂量半天，给自己买瓶抗衰老的保健品都要经过半年以上的思想斗争，至于出门旅游，她唯一能和人讲的只有九寨沟。

倪慧简直后悔曾经带母亲出去旅游过，她假装没看见母亲的眼色。

饭吃完了，翻箱底的话也说得差不多了，哭也哭结实了，可是两个表哥还蹲在屋里，不肯散去。倪慧和老太太心照不宣地明白，这是索要东西的意思。老太太忙拉过那只巨大的旅行袋，把里面的东西一件一件地往出掏："这是给你的保暖内衣。这是给他的袜子、围巾。这是给你的莲子，质量可好了，我一粒一粒挑出来的。这是给老大的湖南茶叶。这是给老二的湖南腊肉，这是……"老太太把自己战斗了十天的战果悉数取出，一件一件摆在面前请人家阅览。

她嫂子一边说着"带这么多东西啊",一边又忍不住失望地朝袋子里看了一眼,好像要验证"就这么多了?就这么点东西?"。她失望的眼神在告诉母女俩,她本来期望着她们的包里能变出一台电视机或者一台冰箱。这让母女俩同时都感到自尊有点受伤。

两个表哥各自领了东西才分头散去。然后倪慧和母亲被舅妈安排到隔壁的屋里睡觉,说那是专门给她们打扫出来的。

这屋子估计是烧过柴火的,有一股烟熏火燎的味道,躺在炕上倒像躺在刚烧完的灰烬上。两人在炕上躺下好一会儿了都没有说话,似乎是靠着一旅行袋的贿赂才得了这么个睡觉的地方,只觉得委屈而愤怒。老太太在黑暗中忽然惊叫一声:"我刚才把带回来的衣服发给他们了没有?不能让人家以为我们空着手,两个肩膀抬着一张嘴就回来吃喝了。"

倪慧恨恨地说:"让你装有钱人。"

老太太假装没听见,忽然又惊叫:"我是不是晚上还没吃药?不吃药怎么能行啊,我会一晚上睡不着的。"她又爬起来吃了十颗药,好像存心躲着和倪慧说话一样,只消片刻她就顺利躲进了轰隆隆的鼾声里,把倪慧一个人抛在异乡的黑暗里,深一脚浅一脚地等天亮。

四

第二天的任务是把倪慧带回来的她父亲的骨灰安置到水暖村的坟地里。

由两位表哥带路,倪慧捧着父亲的骨灰盒,和母亲一起向坟地里走去。

出了村口又走了一段路，除了看见前面一片浓密的黑压压的树林，没有看到任何坟地。两位表哥扛着工具带着她们向那片树林走去。直到走过去，倪慧才注意到这片树林里居然全部是柳树，而且是那种巨大的老柳树，因为年深日久，树皮、树枝都已经变成黑色的了，黑压压地站在一起，肃穆、寂静、阴森，好像一群裹着黑衣的老僧侣正静静地看着她们到来。她打了个寒战，不由自主地往后退了一步。

这时候，一阵大风从树林里刮过，整片黑树林哗哗地摇摆起来，就像在他们面前忽然张开了血盆大口。柳树枝在风中乱舞着，好似从树林里伸出千千万万只手。倪慧抱着骨灰盒差点转身跑掉，她战战兢兢地问表哥："你们的坟地在哪儿呢，怎么看不到一座坟？"大表哥指指树林："就在里面。"

他们一行四人继续往树林里走，越往深处走，树木越茂密越古老，不时有一两只乌鸦扑棱棱地从他们头顶掠过，发出凄切的叫声。他们站在林中的一小片空地上，因为树木太高大、太浓密，只有丝丝缕缕的阳光能从缝隙间渗进来，落在潮湿的地上和他们身上。落在身上的阳光也是凉飕飕的，好像这阳光是从地底的另一个世界钻出来的。

倪慧又问了一句："坟在哪儿？"

大表哥指指周围的大树，每一棵下面都有一座坟。

倪慧吓得差点跳起来。她这才注意到，每棵大树的根部确实有一个小土堆，但那土堆太小了，几乎发现不了，而且每棵大树都是从土堆里长出来的，树长得太大、太粗了，土堆却长年累月被风吹雨淋，渐渐被夷平。但是仔细一看仍然能发现，真的所有的柳树都是从一个个土堆里长出来的，这样看上去这些树好像是从坟堆里爬出来的巨蛇，正相互交错着向半空中爬去。

倪慧哆嗦了一下，老太太感觉到了，对她说："在我小的时候，这片坟地就是这样了。这坟地怎么也有一千年了吧，你看看这些大树就知道了。从古时候起，村里每死一个人就埋到这里，在坟上插根柳树枝，后来柳树枝就长成了这样的大树，大约是因为吸了死人的骨血。这片树都长得特别高大、特别茂密，看上去都有点吓人。"

"这里埋了多少人？"

"反正这一千年里只要死人就埋在这里，你数数有多少棵树就有多少个人在下面。其实埋在这里挺好的。你看看这些树长得多好，我小时候也怕这些树，但现在老了，反而觉得这些树可亲。我的父母亲、爷爷奶奶都埋在这里面，在他们的尸体上都长着这样一棵树。我看见这些树的时候就像又看见了他们，我就会觉得他们还活在这世界上，只不过换种形式，换了副样子，他们只不过是变成了树。这些树一定流着他们的血，因为它们是吸了他们的血才长这么大的。这样多好，活着的人和死了的人又在一个世界里遇见了。现在我甚至觉得，不光是我们在讨论它们，那些已经死去的人是不是正聚在一起讨论我们呢？他们讨论我们是谁家的子孙，感叹我也老了，我也快来这里了。把你父亲埋在这里，他肯定不会孤单。我虽然和他吵了一辈子，但知道他真是个好人。他就是不爱说话，打死都说不出一句话来，是天生的吧，也不是他的错。他要是找一个不爱说话的女人可能就好了。"

表哥们问她们："是埋在林子中间还是林子边上？林子边上有些是新坟，坟上的柳树还没有长大。"

老太太抹着眼睛说："埋到林子边上吧，这样树才能长大。他一世卑微，吃尽做人的苦头，到死了总该有自己的一棵大树替他活着。做不了人，总能做棵树。"

兄弟俩便走到树林边，在几座新坟的边上挖了一个墓坑，把骨灰盒放进去，筑好坟堆，又从旁边的柳树上砍了一根嫩柳枝插在坟头。

倪慧看着这比指头还细的柳枝，又看看身后巨蟒般的大树，忽然觉得父亲在它们中间变成了一个小孩子，甚至是一个婴儿。他小得足以在这片柳树林里重新开始，一切都可以重新开始。她记得，父亲去世后整整一年里，她都走不出那种悲伤，因为她觉得对不起父亲。他死于脑梗，摔倒就死了，没在医院花一分钱，他的死法好像存心要为她们母女省钱一般。现在，她亲眼看着他变成一个婴儿，变成一根柔嫩的柳枝，忽然竟为他高兴起来。是啊，父亲会在这里一直长下去，长下去，有一天会像那些巨大的老树一样长得遮天蔽日，成为一种最坚固的存在。

老太太久久地看着那新坟，忽然转过头，满脸是泪地对她说："我要是死了，你也把我埋在这里，这里有我所有的亲人。我情愿睡在这里，也不愿意再孤零零地回到湖南。在湖南的四十年里，你和你父亲是我唯一的亲人。其实我是那么依赖你们，如果没有了你们，我一个人一天都活不下去。所以我才总是嫌他不够关心我，我唯恐他给我的爱不够，所以我总是和他吵架。现在想想，其实我也对不住他。"

倪慧的眼睛潮湿了，她使劲盯着身后巨大的柳树看。

老太太忽然尖着嗓子又说："要是有一天我也变成你舅舅那样了，谁都不认识了，成了一个傻子了，你就帮我了结了，不要再让我受罪好不好？你就把我埋在这里，插一根柳枝在上面，我就很高兴了。"

倪慧忽然跳了起来，她身上的疼痛与躁狂再次同时发作，她最受不了的就是母亲这样虐待她，她最怕的就是母亲用这种方式虐待她。她跳着脚对老太太大喊："不要再和我说这样的话，你要我怎么做，到底想要我怎么做？"

老太太坐在地上大哭了起来。最后两个表哥过来把老太太搀了回去。

倪慧慢慢跟在后面，走出很远了又回头，跟父亲告别。

母女俩在水暖村一连住了四五日，每天白天在村里四处游荡。村里难得来个外人，她们母女俩仿佛是异国来的两件展品，正在这里做巡回展览。村里的年轻人不多，大多外出打工了，剩下的多是些老人和妇女，还有小孩。年纪大的老太太们拄着拐杖，手搭着凉棚盯着两人使劲瞅，直到倪慧母亲自己过去报上名字，老太太们才恍然大悟，于是免不了又是抱在一起一泡泪。末了，老太太们总忘不了夸她一句："看人家保养得多年轻，哪像个六十多岁的人。"

倪慧知道，其实母亲见人就打招呼的真正目的就为这一句话，她恨不得全村老小都能把她的年轻夸一遍，那她也就不虚此行了。等人家夸完，她一边心满意足地拨弄头发，一边假笑着得意地谦逊一下："哪里啊，都老了，怎么看都是个老太太了。"

一连在水暖村扫荡了七日之后，她们发现，就连村里的那些母猪，她们都打过招呼了，实在没有人可以让母亲再扑过去摆出一副四十年没见的架势了。这时候倪慧发现新的问题出来了，舅妈这两天在吃饭的时候开始对她们旁敲侧击了，说"如今一做就是六个人的饭啊""为了招待客人每天还得买块豆腐，两三天还得买次肉""两个儿子都一把年纪了还没娶上媳妇"，她和老头子每天从牙缝里省出一点钱来就是为了能给两个儿子娶上媳妇。

倪慧母亲再假装听不见也听出来了，所以连吃饭都不敢大口吃了，果真是吃人的嘴软。这天下午，趁着嫂子出门去了，老太太冲着坐在炕上的傻子哭诉起来："哥啊，我四十年没回来，回来几天在你家吃口饭都遭嫌弃啊。我嫂子她年轻时候就这样对我，如今老了还这样对我，你倒是出来替我说句话啊。你是我哥啊，你就真认不出我吗？你再好好看看我啊。"

炕上的傻子呵呵笑了两声，忽然盯着她说了一句："奶奶，你回来了？你什么时候回来的？我还以为你已经死了。"

老太太从房间里落荒而逃，一个人坐在院子里又大哭了一场，哭完了才悻悻地对倪慧说："那就再给他们点钱吧，看来光给他们那些东西不够，给他们买东西就花了我一个月的退休金啊。你说，给他们多少钱合适？我身上就带了一千块钱，总不能都给了他们。"

说着，她又是委屈又是愤怒又是心疼，脸涨得通红，几欲栽倒在地上，她又扯着嗓子说："难不成还等着我回来给她两个儿子都娶上媳妇？连她儿子娶不到媳妇也是我的责任了？根本就不该回来，你说，我们回来又是送东西又是送钱，还成天看人家脸色，图了个什么？我的亲哥哥都不认识我。"

倪慧赶忙说："小声点，别被人听到了。我身上还带着钱呢，你就把那一千块钱都留给他们吧，少了也拿不出手。"

老太太一听，像有人要割她的肉一样，几乎跳了起来："全给他们？我不活了，我现在就收拾东西去，我今天就回湖南去，谁都不要拦我。呜呜。"

话虽如此，到吃晚饭的时候，她还是乖乖地把那一千块钱拿出来给了嫂子，她就权当自己是回故乡交苛捐杂税了。嫂子的脸色当即好看了很多，连眼睛都不那么斜了。她还特意往和子饭里放了两个煮鸡蛋，犒劳她们母女俩。

虽然吃了这额外的鸡蛋，老太太还是觉得消化不了这个事实。睡觉前，她还是盘腿坐在炕上，悲伤地摇着头："不能住了不能住了，再住一天我们就回吧。在湖南虽然孤零零的，这么多年都听不懂那边的话，可是我在那里毕竟不用寄人篱下，不用看人的脸色，还是死在湖南算了。"

倪慧知道，母亲是怕再住下去难免还要交一笔苛捐杂税，那真是会要她的命的。她便说："明天再说。吃药了没？吃了就睡吧。"老太太黯然神伤地吃下十颗药，然后蜷成一团，很快睡着了。在药物的作用下，她几乎是迫不及待地乘着火箭冲向睡眠的。

第二天早晨，倪慧还在被子里就看到母亲早早起来，刷牙洗脸，收拾自己。她对着镜子抹了厚厚一层粉底液，又往头发上抹了发油，看上去像顶着一头的爆米花，然后又开始往身上比画衣服，显然今天要异常隆重地出场。倪慧看看地上仿佛被抽脂了一般瘪下去的旅行袋，问了一句："妈，你今天又要去哪里？该送人的不是已经都送完了吗？包都空了，回去的时候倒是方便了。"

老太太正背对着她偷偷试衣服，猛地听见她在背后说话，吓了一大跳。她慌里慌张地掩饰自己的新发型，恨不得找个帽子先把头发遮起来。她小声地、迟疑地说："那不是……还有个钱夹吗？"一旦开了头，她就好像又什么都无所畏惧了，一副破釜沉舟的样子，她的语速变得飞快，绝不给倪慧插嘴的机会："我难得回来一次，我就应该去看看他，毕竟他年轻时候对我好过，我知道他喜欢过我，都四十年没见了，还不应该见见？都这把年纪了，见了又能怎么样，还不就是见见？见见他也算了了一桩心愿。"

倪慧爬起来穿衣服："我陪你一起去，也去见见你年轻时候相好的。"

老太太一边脸上缀着一片红晕，却摆出一副大义凛然的架势，说："走就走，又不是什么见不得人的事。"

倪慧一笑，说："看你，你就是现在想嫁给他，我都双手双脚地赞成。要不把你留下，我一个人回湖南算了，你们要结婚，我做伴娘。"

老太太脸上的两坨红晕更结实了，几乎要掉出来了，她一巴掌拍到倪慧肩上，又撒娇一般嗔怪道："真是越说越不像话了。"

她们母女之间素来没有这样的肢体接触，竟把倪慧吓了一跳，震惊之余，她心里的某个地方不可遏制地暖了一下，以至她差点流下泪来。母亲的手已经收回去了，她还觉得肩膀那个地方久久燃烧着余温。

收拾停当，她问母亲："他家住哪儿？离得远吗？"

老太太一边最后一次照镜子一边说："他家住在村的最西头。"顿了顿，她忽然有些难为情地说，"要不，你还是开车带我过去吧，走过去还有一段路，也不好走。"

就是从水暖村最东头走到最西头也不过二十分钟，老太太想坐车过去，自然是为了在昔日恋人面前摆摆阔气，好做出衣锦还乡的样子。她这点小心思，一边让倪慧觉得可笑，一边又让她觉得一阵心酸。她看着眼前的母亲正一点一点地小下去，简直是在时光中逆行，她唯恐母亲一回头向她展示的是一张十几岁的少女的脸，好像她站在原地倒成了她的母亲。

倪慧开着车，母女俩在村民的目光拥簇之中，浩浩荡荡地杀向村西头。从西头再往西，就是那片茂密阴森的柳树林了。倪慧远远看见那片黑色的树林，仍然觉得一阵寒气袭来。但想想父亲已长眠于那里，她便又不由得觉得亲切，似乎那儿也是一处归宿。

村西头边上只有一户人家，倒也好找。别人告诉她们，最西头的那户没有墙、只有篱笆的人家就是张铁生家的，他们家人素来不和别人来往。张铁生就是倪慧母亲要找的那个男人。把车停好，母女俩刚下车就看见篱笆院门里走出一个高个子老人，他脚下还有条矮脚狗跟着。老人头发花白，满脸都是石刻般的皱纹，而且他只有一只眼睛，另一只眼睛连眼珠子都没有了，只在原来的地方陷下去一个黑洞。这使他看人的时候不得不侧着脸，拿那只好的眼睛使劲看着来人。

狗对她们狂吠起来，老人喝住，继续用独眼盯着两人看，因为太用力，使那只独眼看起来异常凶狠。

老太太忽然大叫一声。她认出来了，站在她面前的独眼老人正是当年的张铁生。可是他如今的形象与她四十年前保存下来的一点记忆出入实在太大，以至于她目瞪口呆地站在那里，不敢再往前走一步。

最后还是倪慧上前做了介绍。她把母亲的名字强调到第五遍的时候，独眼老人终于想起来了。他的那只独眼忽然就变得惶惑起来，他下意识地低头看了看自己身上穿的衣服，又死命呵斥那条狗走开。狗无端被呵斥，委屈地走到院子里，趴下来看着他们。

张铁生终于想起来要把她们让进院子里，他急急地走进厨房倒了两碗水出来，给她们喝。老太太看着那碗上的污垢，再一次倒吸了一口凉气。她明白，她一个早晨的精心准备都白准备了，粉底液白擦了，发油也白抹了，唯恐自己一身的喷香被他闻到了，这也让她觉得羞耻。在板凳上坐了片刻，她还是惊魂未定，说不出一句话来。这个男人在她的记忆里昏睡了四十年都保存得完好无缺，像经过了防腐处理，怎么一旦从她脑子里取出来就迅速颓败成这样，简直是惨不忍睹。

张铁生坐在她对面，也不敢看她一眼，紧张、木讷，只知道不停地拽衣角，时而没事找事地把狗斥责几句。狗躺在那里，痛苦地哼了几声表示抗议。她看在眼里，只觉得实在不该来，就让他长生不老地活在自己脑子里多好，她就是变成老太太了，他还是二十多岁的样子住在她脑子里。现在倒好，一见面，她就感觉自己和他都被时间撕成了一缕一缕的破絮。她转而又想，一定是她当初先嫁给了别人，他心灰意冷，随便娶了个女人才过成今天的样子。他一定不爱他老婆，四十年的时间里一定是度日如年。这么一想，倒是她对不住他了。想到这里，她又摆出一副慈悲的样子问他家里还有几口人、老婆在不在家之类。她急于从他身上验证自己的猜测是准确无误的，他一定是为了她才变成这副样子的，他是为了她走向万劫不复的，一定是这样的。

张铁生的嘴里只剩下几颗牙齿，一张口，满嘴走风漏气。他慢悠悠地摆着一只手说："我老婆死了，已经好几年了。"

倪慧看了母亲一眼，意思是提醒她："你有机会了。"

老太太不看她，继续往下追问："她活着时，你和她感情还好吗？"

"还可以，她脾气好，我们一辈子都没怎么吵过架。"

老太太感到一阵眩晕，好像被迎头痛击了一下，但她不甘心，继续追问："那孩子们呢？你孩子多大了？"

"老大都三十大几了，老二也三十了，都还没娶媳妇，家穷，女方家要的彩礼都太高了，我也是没办法啊。"

老太太觉得自己扳回了一局："儿子们现在不在家？"

"他们白天都去铁厂干活去了，给厂里打铁。"

"你这眼睛是怎么弄的？"

"别提了。我原来也在铁厂里干活，这只眼睛就是被溅起来的铁水烫瞎的。"

"厂里赔你钱了没？"

"黑心的厂长和村长、镇长早就勾结起来了，不给我一分钱的赔偿，还说是我自己不小心，不属于工伤。烫瞎的眼睛后来发炎化脓，再后来就彻底烂没了，也没钱去看病。"

"就没人管你吗？"

"我一次一次地跑到县里上访，没有用，每次都被他们赶走，还有一次把我扔到了地里，让我以后再不能上访。"

"那就去省里告啊。"

"那样就怕要被他们打死在半路上了。"

"那你还让你两个儿子再去铁厂干活？"

"没有办法，村里的土地越来越少，村长还私自把地卖给开厂子的，不分给村里人一分钱。光是种地，一年也挣不下两个钱，只能种下一点自己吃的粮食。离村子几里地之外有好几个私营铁厂，村里的年轻人想攒钱娶个媳妇的只能去那里给人家干活，要不就得出远门打工。现在娶个媳妇贵啊，光彩礼就要八万块钱，还不算房子，到哪里去偷这么多钱？穷人还不是只能打光棍儿？这村里的光棍儿越来越多，去年光一辈子没娶过老婆的老光棍儿就死了三个，死了几天了，别人都不知道，等尸体臭了才被邻居们发现。不知是上辈子造了什么孽。"

"真是作孽。"

"你肯定过得好吧？小汽车都开来了。我们这些受苦人不能和你们城里人比，你们就是享福的。我想通了，我也不去上访了，怎么活还不是一辈子？眼睛瞎都瞎了，他们就是赔我能赔得起一只眼睛吗？瞎活吧。"

"我——"

倪慧咳嗽一声，示意她千万不要再把九寨沟的照片拿出来炫耀。

老太太略一沉吟，疲惫地说了一句："我也是瞎活，都是瞎活。我看看你就好，看看就好。"

"什么时候回？"

"明天一早就走，也住了十来天了。"

"不多住几天？等你再回来都不知道我还活着不。"

这时候已经快到中午了，老太太站起身来表现出要告辞的样子。张铁生看了看天上的太阳，脸上没有任何诚意地客套了一句："要不在我家吃了饭再走？"

老太太忙说："不吃了不吃了，嫂子已经把饭给我们做好了。"

听了这话，张铁生便不再做任何挽留，拖着步子把她们送到门口，目送着她们上了汽车。

车上两个女人半天没说话。忽然，倪慧像想起了什么，说："你那钱夹还没送出去吧？"

老太太仍然不吭声，只是萎靡不振地坐在那里，过了半天才说了一句："那么贵的钱夹送他可惜了，还是你送给你以后的丈夫吧。"

倪慧一笑，说："不要怕白买了，没事，回了湖南我负责给你介绍个老伴。公园里每天都有很多老头老太太跳舞，我负责给你找一个，你再送给他。"

老太太突然哀哀地哭了起来，她歪在椅子里哭得一声比一声大。倪慧只好把车停下，静静等她哭完。

"哭完了？"

"……"

"这次回来该见的人都见了，以后就不想再回来了吧？"

"不想了。"

"那我们什么时候回？"

"明天一早就回。"

"好。"

"无论怎么说，他们都是好人。我就是忽然觉得，见了还不如不见，见了更难受。"

"回了湖南你又会抱怨太孤单。"

"这么多年里我一直觉得我是湖南的客人，可是现在才知道，在这里，我也是他们的客人，他们不会让我长住这里的，除非像你爸那样已经死了的人。"

"……"

五

第二天天刚亮她们就上路了。上路之前，倪慧自作主张又给舅妈留下五百块钱。舅妈回赠她一包山里采来的核桃，并眉开眼笑地欢迎她们随时再来。她舅舅坐在窗前木然地看着她们离去，脸上没有任何一丝表情。

汽车缓缓驶过静静的村庄，一两只狗朝她们吠叫着，一只公鸡扑打着翅膀从车前穿过。老太太说："给他们钱也不和我商量一声。"

"就算痴呆了也是我舅舅。他们也不容易，要不是太穷，谁也不会这样厚下脸皮的。其实只有有钱人才高尚得起来，文雅得起来。"

"你和你爸就是一个模子里拓出来的，心好，嘴上却永远不会说出来。你们啊。我想听他一句体己话，愣是等了一辈子也没听到。"

倪慧的嘴悄悄张开，又无声地合上了。就在刚才，她真想把准备了好几年的那句话对母亲说出来，可是不行，她再次浑身紧张，简直有大学刚毕业时去参加面试的感觉。她想，不着急，反正一路呢，一路上十几个小时，全是她和母亲的时间。她第一次觉得离母亲如此之近，她和母亲从没有这样近过。车内煦暖的空气让她顿时又手足无措起来，她开了音乐，想让音乐掩饰一下她此时复杂的心情。

母亲还在絮叨："回去以后，你要不就和戴兵复婚了吧？他也是个好人……改改你的脾气……你总不能以后就和我生活在一起，我已经老了，你还年轻……"

"他有别的女人了。"

"……那回去了我让别人再给你介绍，再介绍个更好的。"

"……"

"那钱夹，我给你留着。"

"……"

前面就是那片茂密阴森的柳树林。经过柳树林的时候，她们不约而同地扭头看着黑压压的树林，和那个刚埋在此处的男人告别。从此以后，他就是有故乡的魂魄了。

车驶过柳树林的时候，老太太又开始低声哭泣，倪慧则握着方向盘看着前方的道路，想着什么时候把那句话说出来合适。

忽然，她看到前面路边站着三个人——三个男人。他们一字排开，好像正在迎接她们到来。她眯起眼睛看着他们。车子离他们越来越近，大约离他们还有几米远的时候，倪慧和母亲忽然不约而同地认出，他们中间有一个人居然是独眼的张铁生。老太太抹了抹眼睛，疑惑地说："他怎么在这里？是要送我们吗？"

车子越来越近，路边的三个男人看到车子近了，便走到路中央，拦住了她们。

车子戛然停住了，老太太坐在那里又说了一遍："他们是来送我们的吗？"可是倪慧知道她不需要回答。她的声音很尖很脆，绷得紧紧的，仿佛只要一碰就会粉碎。

倪慧的手还搭在方向盘上，她张大了嘴巴，她听到车厢里回荡着她紧张急促的呼吸声。就在刚才停车的一瞬间，她看到，前面站着的三个男人手里各自拿着一把寒光闪闪的镰刀。就在那一瞬间，她还在拼命安慰自己，他们一定是要去地里干活，一定是要去割麦子。可是，一个更恐怖的想法袭击她，现在的麦子根本没有成熟……不可能，不可能。

那个年轻一点的男人已经站在车门前敲车门了，示意她们出来。倪慧脸色惨白地看了母亲一眼，母亲的脸色比她的更可怕，她今天早晨忘了涂粉底液，整张脸看上去是灰色的。母亲嘴唇剧烈地哆嗦着，说："他……一定是……来……来……送我们……的，一定……是。"另外一个年长些的男人也走了过来，粗暴地打开了车门。然后，他们一边一个把两个女人从车里拽了下来。

她们面前是张铁生。老太太充满期望和恐惧地看着张铁生，他也正用一只眼看着她，却没有说话，脸上没有任何多余的表情。她忽然对他大大地、讨好地、丑陋地笑了一下，正想对他说什么，那个年长些的男人走了过来，对她们说："把钱拿出来。"张铁生用一只独眼默默地看着她，始终没有说一个字。老太太神经质地摸着全身上下，才想起来她已经把钱都留给哥哥和嫂子了。她绝望地看着倪慧。倪慧掏遍全身所有的口袋。八百二十三块钱，她身上全部的钱。她哆哆嗦嗦地双手把钱捧给他们。年轻男人接过钱，数了数，朝着张铁生说："爸，八百块钱。"然后他犹豫地看了她们一眼，又在年长男人耳边说了句什么。年长男人也犹豫着，却点了点头。

然后年长男人朝她们的车走去，站在车前仔细打量着这辆车。老太太忽然像想起了什么，她的记忆好像忽然恢复了，忽然清晰到什么都能记起来了。她用异常刺耳的声音尖叫着，听起来甚至带着一点马上要冲到极致处的狂欢，还夹杂着一股血腥味。她叫道："车上的包里还有一包核桃，还有一只真皮的钱夹，那钱夹要五百块钱，真的，都归你们，都归你们了，快拿去吧。昨天我刚去过你家你知道吗？我刚刚去过你家。快拿去吧，什么都归你们。求你们了。"

年轻男人看了一眼年长男人，然后朝着倪慧走了过来。这时候，一天中最新鲜的阳光已经照下来了，落在这群人身上。他手里的那把镰刀在阳光下寒光闪闪。老太太忽然就哭了起来。她朝着走过来的年轻人声嘶力竭地喊道："你是他的二儿子吧，你认识我吗，你真不认识我吗？你再看看我，再看看我。你还小吧，你多大了？你想要什么告诉我……"

他离倪慧只有一步远了。这时候，倪慧像是忽然明白过来了，她扭过头，用一种因为惊恐到极点反而看起来像是笑的表情，使尽全身的力气对着站在一米外的母亲喊了一句："妈妈，对——"但她还是没来得及把

"对不起"三个字全部说出来。一道寒光在阳光下闪过，倪慧的脖子里喷出的血溅到了老太太脸上。瞬间之后，老太太看到女儿的头与脖子已经只连着一点点皮肉了，只一点点。然后那点仅剩的皮肉也撕开了。那颗头上的眼睛没有闭上，还在直直地、深深地看着她。她发出长长一声凄厉的号哭。她拖着笨重的身体朝地上的女儿扑去。这时候，年长些的男人已经走到她身后，对着她那颗今早刚抹过发油的脑袋举起镰刀劈了下去。沉闷的一声钝响，老太太的尸体重重地倒在她女儿的尸体上，她的脖子也几乎被砍断了，血正从里面汩汩地流出来，流了很远。

刚才年轻男人在年长男人耳边说的那句话是："车不错，留下；人不能留，会报警。"

三个男人开着一辆半旧的雪铁龙缓缓离去。一对母女的尸体被扔在阴森的柳树林里。她们被扔在这里的时候压断了几只新长出来的蘑菇，一只乌鸦嘎嘎叫着落在这新鲜的尸体上面。

周围是无边的柳树。古老的柳树像一群穿着黑衣的僧侣，正静静地看着她们。

祛魅

她是一个被自己亲手抓起来的囚徒，又被自己亲手钉在十字架上。

她抬起头来，泪流满面地看着他，看着这个她假设中的神父。

一

　　李林燕眯着眼睛烤着两只手歪在火炉旁边。在冬天的夜晚，她最贪恋的地方就是这火炉边了。她贪恋的是坐在这火炉旁边时才会有的那种安定和迟钝。这火炉旁的时间是静止的、独立的，仿佛是从时空中硬剁下来的一块。

　　这个时候，她的心里安静得像秋天里一座颓败的废园，没有一点人声，甚至没有猫的足迹，有的只是那些自生自灭的植物和植物上面流过的一寸一寸的光阴。

　　她静静地歪在那张木椅上，这种自由简直巨大到了空旷，可以什么都想，也可以什么都不想。很多时候，她会不自觉地打开她身体深处那些镇静地折叠着的记忆，她一层一层把它们打开，看过之后，再一层一层包好。她在火光里烘烤着它们，像农夫在秋天翻晒着那些从地里收获的玉米和红薯。

　　她是1985年考上大学的——苏北的一所师范学院。毕业后，她按照原籍被分配到吕梁山区的方山中学当老师。

　　这所高中虽说是方山县城的高中，但就在县城边上，出了校门就是黄土高坡，周围全是荒山野林，倒也肃静，寺庙似的。学校里只有一个残缺不全的操场，几排破破烂烂的窑洞就是教室，窑洞是依着山势一层一层摞起来的，楼房似的。撺在最上面的一层破窑洞就是单身教师宿舍，几个刚分配来的老师星星点点地缀在里面。到了晚上亮起灯的时候，从下面望上去，顶层的窑洞简直给人手可摘星辰的耸然感。

李林燕来方山中学报到后，第二天一大早，天刚亮，她就站在单身宿舍前面的空地上来回踱着步子背宋词："三年枕上吴中路。遣黄耳、随君去。若到松江呼小渡。莫惊鸳鸯，四桥尽是，老子经行处……"

9月的山里，早晨已经很冷了，她还穿着一条当年最流行的大红裙子，在晨风中露着两条细细的小腿，蝙蝠衫系在裙子里，头发一缕一缕地卷搭在肩膀上。她的脸越往下越细越尖，嘴唇几乎要小到融化，不见了，但是一大早起来她就在上面涂了口红，薄薄的一层红落在她苍白的面皮上，雪上红梅似的，萧索中自带着几分妖娆。她的眼皮也是薄薄的单眼皮，她便在上面涂了一层蓝色的眼影，蓝色的眼皮沉甸甸地缀在眼睛上面，像两颗熟透了的葡萄。就是出来背个书，她也要化好妆才肯亮相。

学生们陆陆续续来上早自习了，听到上面传来背书声，都仰起脸来看着她。学生越聚越多，渐渐围成了一圈，个个仰着脸，像瞻仰升旗仪式似的。

李林燕去教室上课的时候，穿着幸子衫、喇叭裤，蹬着半高跟鞋，一只胳膊下面端端正正夹着课本，高高挺着胸脯，因为挺得太高了点，使她看起来就像拎着两只乳房在走路，很容易让人想起"两只黄鹂鸣翠柳"之类的诗句。大约是她自己也觉得胸脯挺得太高了有点不好意思，于是胸脯挺着，头却垂着，含羞地落在肩膀上。从背后看上去，她步调凛然、庄严，再加上胳膊弯里中规中矩地夹着一本书，俨然像个修女，但裹在喇叭裤里的鼓鼓的臀和两只高高耸起的乳房又给人一种荤腥的肉感。开学第一天，李林燕就这样披挂着口红、眼影、喇叭裤，庄严、凛然地走上讲台，开始给学生们上语文课。

李林燕每天早晨醒来的第一件事就是化好妆，然后到宿舍外面背书，背唐诗，背宋词，背《诗经》："出不入兮往不返，平原忽兮路超远……"她不睡觉，别的老师也睡不成。

有个教地理的老师实在忍不下去了便问她："哎，都上班了，你还每天背书做什么？你班上的学生都没你勤奋。"

她一边摩挲着卷了一个角的《诗经》，一边歪着头看着远处，说："不背怎么能行，总是要离开的，哪能不做点准备？"

那老师一听就警惕地说："什么，你才刚来就要去哪里？"

她看着那个模糊的远处，嘴里断断续续地说："总不能……一直待在这样一个地方吧，总不能一辈子就在这里了吧？这样一个……地方。"

那老师听明白了，说："可不是，谁愿意来这山沟里？可是你不在这儿，你能去哪里？北京、上海倒是好，可是我们去了能做什么？去那里给人打个工也没多大意思。不过人在哪儿都一样，打交道的人都不过是身边那几个数得着的人。你想去哪儿？"

李林燕听了这话并不急着回答，只是神秘地朝虚空中一笑，就像那个虚空处自有人接应她。笑完了，她才心满意足地回过头来看着眼前的真人，但嘴里说出的话仍是没有魂魄的："去哪里？这个不好说吧，这个世界这么大，什么事都可能发生，是不？我们今天就不知道明天会发生什么，你能知道你明天可能在哪儿吗？你能知道你明天一定活着吗？我今天在方山，但是明天就有可能在我们的对面、地球上的对面。这些谁能说得来呢？"

那地理老师听着这话，觉得虽不着调却分明铺着些胸有成竹的底气。地球的对面？难不成她随时要出国去？这荒凉的黄土高坡上别的都不好长，唯独流言最容易疯长，越是荒凉的地方，人们的舌头根子越软，人必得有些消遣才能活下去，而消遣是可以从嘴里生出来的，活人还能让尿憋死？

不消几日，方山中学的老师们就都知道这个新来的李林燕是随时准备要走的，一走就到国外去了。啧啧。在老师们的口舌中，李林燕仿佛一夜之间长出了三头六臂，人人争着抢着想认识她，唯恐她走了就晚了。

老师们对这个新来的李林燕忽然有了一种怪异的尊重，这尊重下面掩饰着的却是一天比一天疯长的好奇，这种好奇本身就是嗜血的，长得越大，嗜血越深，他们恨不得变成虫子尖尖地钻进她身体里窥视到她那些最深最暗的角落。这种带着血腥气的尊重形成了一种气场，悬浮在李林燕周围。李林燕自然感觉到了，她被这种气场压着，就像被很多个隐形的人推着挤着。他们争相推她举她，她便有了一种悬空的幻觉。这让她在慌乱中又有了些微得意。慌乱的是，他们必得从她身上采摘到什么成果才肯罢休的；得意的是，他们这样殷切地看着她，仿佛她不是肉身做成的，在这破败的学校里，她倒更像一座异域的佛像了，神秘而遥远，仿佛根本不属于这个世界。

别人这样供着她，她不由得不高看自己。她更是一心一意地活在自己饱满的情绪中，这团情绪像琥珀一样把她封在里面，她成了琥珀里的那只虫子。她除了每天早早起来背诗词之外，还自己写诗。她有一个厚厚的笔记本是专门用来写诗的，她把写诗的时间削成了一小块一小块的碎片：洗衣服洗到一半，她想起了一句诗便湿着手写在本子上；看到窗前有一棵树的叶子落光了，她也马上写一首诗出来；闻着邻居炖白菜的味道，她也会立刻写出一首关于白菜的诗，当然内容主要是这炖白菜的气味是怎样的卑微。

晚上，她把一只大大的灯泡吊在头顶，然后趴在桌子上写信、写诗、看书，灯泡从她身上兀自拓出了一个青色的阴森的影子，落在地上，长长地拉过半个房间，使她看上去像个困在古堡里的囚徒。深夜，她捧着莎士比亚，捧着巴尔扎克，一本一本地往下看。她在白天捡到的落叶上写满诗，一片一片夹进厚厚的书里做书签。她用钢笔在一方白色的确良手帕上写了一首词，题上自己的款，盖了自己的印章。末了觉得还不过瘾，还缺点什么，她便蘸上水往手帕上抖，水滴沾到墨迹便晕开了一片，斑斑点点的，有点像黛玉葬花的样子了。她把手帕整整齐齐地叠好，和那些准备寄出去的信放在一起。

有时候她会在灯下呆呆地坐一会儿，什么都不做，坐着坐着会突然和自己对几句话。她自问自答几句，她有时候会突然悄悄叫自己"我的女孩"。叫完了，她又脸红起来，连忙拿起镜子，不好意思地看着镜子里的自己。她像看陌生人一样，坐在灯下久久地端详着自己。

第二天一大早，她又像打了鸡血一样从床上蹦起来，到宿舍外面背诗词。她真的像个旅客一样，好像她一直坐在火车上赶路，即使是打个盹也不影响她赶路，就是睡着了，她其实也是在赶路，没有一分钟可以停留。她像是时时刻刻都准备着，准备着身上突然长出翅膀，从这方山中学突然飞走。当然，在没有长出翅膀之前，她还是过着人过的日子。她把西葫芦剁碎了，拌上酱和香油，和成细细的馅，给自己包饺子吃，每只饺子都包成吊兰悬挂的样子。她把后山的野果子摘回来煮成鲜红的果酱，蘸着馒头吃。她会不厌其烦地用很长的时间给自己做一顿捞饭吃——先把小米煮到八成熟，捞出来滗掉水，把酸菜细细切成丝，辣椒和葱切成丝，土豆切成丝，然后炸了辣椒和葱，把小米、酸菜和土豆丝炒在一起，炒好的捞饭一定得是金黄色的，在里面必得看到四种以上的颜色，如红、绿、黄、白。

她知道她生活中的每一个细节都有人窥视着，她事无巨细地应付着每一个细节，就像在帮助别人解剖自己。

周末她去县邮局寄信，是那地理老师陪她去的。那地理老师自从做了流言的源头，更是觉得有责任和义务进一步接近李林燕。两个人到了邮局，李林燕要寄的是航空信，营业员问她寄往哪里，她目若无人却口齿清晰地说了两个字——美国。那地理老师听得清楚，心下窃喜，仿佛李林燕要飞走的证据已经确确实实地被她捏在手里了，尽管这件事与她其实并没有任何利害关系。

回学校的路上，李林燕一边兴奋地抱怨着这航空信花了她多少钱，一边心情很好地东张西望，看见什么都想买，连十字路口每天卖的炒碗托，她都想吃一碗。两人每人吃了一碗炒碗托，是李林燕请的客。两人吃饱了，打着蒜味的饱嗝继续往回走。路上，趁着碗托还没消化，那地理老师小心翼翼地问信是写给谁的。李林燕心情很好，再加上她也急需有个人能分享她的喜悦。喜悦和悲伤一样，多到溢出来的时候，都需要有人接着才好，只要有人能接着，这个人就是自己的知音。李林燕把这位地理老师当成了临时的闺密，对她讲起了这信的另一头系着的那个人。她不能不骄傲，不能不往外讲，因为她隔着半个地球系住了信对面的那个男人。

李林燕刚上大学就开始发表诗歌和一些豆腐块大小的文章，这在20世纪80年代已经够厉害了，她成了中文系有名的才女，大学四年里崇拜者不断。但她只是清高着，不肯和男生多说一句话。上大三的时候，她被一家诗歌杂志社邀请去参加一次笔会，据说参加笔会的有很多著名作家。李林燕自然去了。

一行人在广西桂林游山玩水了几天。一路上，一名四十多岁的旅美作家一直绅士般地跟在李林燕左右。两个人一直落在人群最后悄悄地交谈。据说，他这次正好回国，是被特邀的。两个人一路上谈文学谈诗歌，一直谈到最后一个晚上。第二天一早，一行人就要各奔东西了，大家几天下来刚刚有了熟悉感就要道别，都有些不舍，便都喝了不少酒。连李林燕也喝了好几杯。这是她生平第一次喝酒，几杯下去其实已经不胜酒力，只是被气氛裹挟着，不能自已，别人喝，她也跟着喝。裹在人群中，她昏昏沉沉地听着周围的说话声和女人们发出的低低的啜泣声。她已经辨别不出都是谁的声音了，她只是呆头呆脑地坐在那里，胃里燃烧着，眼睛却一阵比一阵湿润。

折腾到半夜，所有的人都醉得差不多了，这才起身，跌跌撞撞地回房间休息。李林燕回到自己房间就倒在床上，脑子里似乎是空的，又似乎太满了，她不知道自己现在该做什么，只是觉得似乎有什么事情还没做完。这种感觉就像她的咽喉里卡着什么东西，她吐不出来，也咽不下去。她像一尾鱼一样烦躁地翻着身。

二

那时正是夏天，他们住的是疗养所的二层小洋楼。李林燕住在二楼，阳台上的门大开着，窗前的紫薇和合欢影影绰绰的，枝叶几乎要探进阳台里，花香在幽静的夜色里像水一样涌进来，流了一屋子。白色的窗帘被风吹得鼓起来，涨得满满的。李林燕伏在床上，脑袋昏昏沉沉，被晚风和花香吹着，感觉自己正乘在一条鼓着风的帆船上，不知道漂在哪里。就在这个时候，阳台上的门轻微地响了一声，窗帘忽然被挑了起来，一个男人从窗帘后面走了进来。

李林燕大吃一惊，居然有人翻窗进来了。再看去时，她才发现进来的人原来是那个旅美作家。他就住在她楼下，这最后一晚，他踩着窗前的合欢树爬上了她的阳台，来到了她身边。在那一瞬间，李林燕觉得这简直是个梦境，像极了莎士比亚戏剧里的情景，一个男人为他深爱的女人夜不能寐，佩着短剑深夜从高高的城堡爬进她的闺房。她目瞪口呆地看着他，直到他一步一步走到她身边，把她揽在怀中。她连半点挣扎都没有。他吻她的时候，她也热烈地回应他，好像她对接吻早已驾轻就熟了一样，她不能让他小看了她，她好歹也是会写诗的，一个女诗人应该做什么？在这样一个夜晚应该做什么？

他一边吻她一边居然还能空出缝隙来说话，他像在用打字机敲打一些残缺不全的词句："我的女孩……我是如此爱你……我不舍得离开你……"李林燕彻彻底底地融化在莎士比亚的戏剧中，在逼真的背景下，她临时变成了里面的一个女主人公。这个时候，她像一颗被树叶托起的早晨的露珠，全心全意活在自己的那一个瞬间，完全忘记下一个瞬间随时可能会粉身碎骨。

旅美作家带着类似于酒足饭饱之后的微醺抱着她。他们继续谈诗歌，仿佛不谈诗歌，他们就活不下去，就像鱼儿离了水会死。他们谈普希金，谈济慈，谈里尔克，谈狄金森，他们惊叹他们原来读过这么多相同的诗，就像一轮硕大无边的月亮照着她，也照着他，就是把地球绕一圈，他们也生活在同一轮月亮的光辉下。谈到后来，旅美作家泪流满面，于是再一次与她拥抱在一起，要不这激情用什么表达呢？再没别的了。用他的话说，这是因为太爱了。于是，一晚上，他们哭了谈，谈了哭，哭了又谈，周而复始，直至天亮。

窗外浮起第一缕晨光的时候，旅美作家警惕地从床上爬了起来，因为怕被人看见，他决定原路返回——从窗子上爬出去，再顺着合欢树爬下去，回到自己的房间。一个四十多岁的男人为了一夜贪欢还得爬树上墙，多不容易，只要仔细想想就会觉出其中的滑稽。可是，只有李林燕感觉不到。她只觉得，她的骑士要在天亮之前佩着匕首离开她的窗口了，他九死一生地来看了她一次，又要离她而去了。

她如面临生离死别一般紧紧抱着他，她只以为她是抱着他的一生了，却不知道她抱着的不过他的一个瞬间。她久久地不肯松开手，抱着他泪如雨下。他一边观察着窗外天光的脚步，一边耐着性子温柔地抚摸她的头发，安抚她："我的女孩，我爱你。我们一定会再见的，有一天你会去我身边的，我会等着你。"为了表示他的诚意，更重要的应该是为了尽早脱身，他给她写下一个他在美国的地址，让她给他写信，并信誓旦旦地说，他一回去就尽快给她写信。

她信。她为什么不信？哪个女人要是在年轻的时候没相信过爱情，那她不是超人就是未老先衰了。一个按部就班长大的女人应该是，渐渐发现她所深信不疑的事物其实就在时时刻刻的腐朽之中。

　　笔会结束了，李林燕回到了学校。旅美作家和那个夜晚像《聊斋志异》里那些野外的宅院，不管昨晚看起来多么富丽堂皇，天一亮就全部都烟消云散了。她心里其实已经有些恐惧了，但她拒绝去看烟消云散之后最底下的那点真相，她不让自己去看。她绝不能相信那个晚上不存在，她就是拼了命也要把那个泡沫般的男人打捞出来。因为，只有他的确存在过，她的那个晚上才能真实地存在过，那么她的爱情就不是无源之水、无本之木，那她所有的思念就是正大光明、理所应当的。

　　她开始给他写信，虽然在那封信寄出去的同时，她心里已经提前有了百分之五十的绝望，因为她其实一直在若有若无地问自己：如果他给她的那个地址是假的呢？如果这个地址是根本不存在的呢？那这个人就彻底消失了。这个地址是她和他之间唯一细若游丝的牵连。然而，两个月之后，这点绝望忽然之间被涤荡一空了。旅美作家来信了。虽然只是短短半页信，内容也是些无关紧要的废话，可这一天对于李林燕来说简直成了节日。她恨不得举着这封信像举着美利坚合众国的国旗一样把世界上每个角落的人都搜出来通知一遍。她自然是欣喜的，但这欣喜还是次要的，更重要的是，她在捏着那封信的同时感到了一种莫大的踏实和宁静，仿佛那一个瞬间就足以够她尘埃落定了。她那虚构中的半梦境般的爱情终于找到了自己的巢穴，被夯实进去了，就此终于可以落地生根了。她几乎喜极而泣，喜的内容也颇为复杂，除了觉得自己的爱情落地了、稳妥了，大概还因为对方不是个本土的作家，旅美——遥远而辉煌的两个字，就像寺庙里塑了金粉的菩萨。世上之人，是不是只要沾了菩萨的金粉就会看起来都像菩萨？

一年时间里，旅美作家陆陆续续地给她回过四五封信，每封信都很短，内容也大同小异，说他自己正在创作一部长篇小说，说他自己正坐在自家的花园里看书，想她，说他很想念她。"我的女孩"，这四个字像只牢不可破的鱼饵一样牢牢把她钓住了。每次她都稀里哗啦地流着泪，像不识字一样，反反复复地看着这四个字，看着看着便独自笑起来，笑着笑着，泪又下来了，仿佛一人分饰了好几个角色，简直要复杂到心力交瘁了。那天她像一个西方人过圣诞节似的，一个人兴奋地去逛街，在街上看见什么平素舍不得吃的东西，立刻掏钱买给自己，还破费给自己买了一只发卡。一个人在那儿大肆庆祝，庆祝了整整一天。

旅美作家在信中承诺要在她大学毕业之前来看她，然后把她接走。但是直到她毕业了，按原籍分配回吕梁山区当老师了，他也没来。他不来，她还能把他从信里揪出来？她失魂落魄地到方山中学报到，如果不来报到，她就连工作都没了，吃什么喝什么？她是被迫来的，所以来到方山中学的第一天她就憎恨这个地方，虽然她自己也不过是这吕梁山某个山沟里长大的女孩子，但她觉得今非昔比，自己俨然是半个美国人了，却意外地又来到了这个鸟不拉屎的地方，住的还是窑洞，原始人似的。

她看什么都不顺眼，看什么都感觉和自己不在一个世界里，似乎她是从时光隧道里意外漏出来的怪物。她住在窑洞里，还睡着土炕，这些都让她觉得可怕，觉得不应该。于是，每个晚上她都要趴在灯下给他写信，一方面是怕他不知道她换了地址，另一方面是盼着他来救她，把她从这黄土高坡上救出去，带到大洋彼岸去。他现在是她唯一的救命稻草，贵比黄金。她比在大学时还用力地给他写信，每写一封信都像舍出了半条命一样。但她很享受这个虐待自己的过程，似乎只有在这信纸间把自己榨干了，把自己一身的血肉都灌进这字里行间，她才能稍稍舒服一点，才能踏实地睡一个晚上。

写信成了她一天中的头等大事，仿佛只有到了晚上，她才真正复活，苏醒过来。她每晚都会密密麻麻地写满一张纸，写她对他的刻骨思念，写她看到了月亮就觉得他们正在同一轮月亮下面，无论相隔多远都被同一种月光照着，这种感觉让她感到幸福。白露了，她便写"露从今夜白，什么时候才能见到你"。这样一直写到月末，她才把厚厚的三十张信纸叠在一起给他寄过去。

可是，事实上，自从她来到方山中学，就再没有收到过他的一个字。尽管她每天都按时给他写信，每月都按时给他寄信，唯恐和他失联了，可他还是不声不响地消失了，像具渐渐沉到水底的尸体，连个水泡都没有泛出来。她伸出手去，拼命地要把他捞上来，可是落在她手里的只有远去的天光云影。

不觉间，来到方山中学已是一年，这一年里，她整整齐齐给他寄出了十二封信，每封信都是厚厚的三十页。可是，他再没有来过一个字。她寄出去的信从来没有被退回过，也就是说他还是能收到的，那他为什么不给她回一个字？她越来越恐惧，越是恐惧越是要挣扎。她不能停下写信，一旦停下了，她简直不知道在这方山中学里该怎样过下去。她只能更深地把自己甩进那种巨大的离心圈里，恨不得让自己在其中绞碎了，化成齑粉。

两年过去了，她还是每天给他写信，事实上她已经忘记他的样子。他们有的不过是一夜，又有两年多的时光已经从这一夜的上面踩踏过去，就是石头，又经得起几番销蚀？他已经越来越面目模糊了，可是她不甘心，更重要的是，她不愿意相信，她不愿意相信这就是所谓的欺骗。那个晚上他抱着她流了那么多泪，难道他见一个人就会流那么多泪？不可能。她挣扎着，一封接一封地往下写，一旦停下来，她的日子怎么过？她就被拦腰截断了啊。但在，她写信中间恍惚看到的分明是另一个男人。这是一个她根本不认识的陌生男人，是她用最热烈的回忆、最殷切的愿望所编织成的一个幻影。她无法描述出他的形象，只觉得他在字里行间离自己越来越近，那么真实，比一个真人还要真实。他像一尊从苦难深处长出来的神，不见真身，却慈悲地看着她。她觉得他近在咫尺，只要他一念慈悲，就可以把她带走。然而，只要信一写完，她就会立刻跌在地面上，又是加倍的心力交瘁。

对爱情和一个虚假男人的遐想比没有爱情还要让她疲倦。

三年过去了，她一直待在这方山中学里，把一届学生从高一带到了高三，直到送他们参加完高考。他们毕业了，要上大学或回家种地了，她还待在这里。同来的几个年轻老师有的已经结婚，剩下的也在谈婚论嫁。只有她，没有人给她介绍对象。因为全方山中学上上下下都知道她有个远在美国的男朋友，随时可能回来接她走，怎么能给她介绍？那不是害人家嘛。

当然，她也决不会开口求他们，她根本不稀罕，她怎么能在这样一个地方落叶生根？在这三年时间里，她也曾想过，要不扔了这份工作，出去闯荡？可是，去哪里呢？一个城市里连一个认识的人都没有，她去了投奔谁？难道做个打工妹？老师这份工作再怎样无聊，毕竟是旱涝保收的，她不必今天担心明天没饭吃，如果把这工作都丢了，那是怎样一种危险？随时都会没饭吃，随时可能饿死。不能走。

她终于在某一个早晨停止了在宿舍前面背诵诗词，没有任何预兆，戛然而止。在那个冬天的早晨，她没有像以往一样早早爬起来，相反，她把窗帘紧紧拉着，甚至没有起来吃早饭。直到快上课的时候，她才蓬头垢面地去教室上课，连妆也没化。她轰然塌下去了。

自然，她被学校里的老师们悄悄笑了两天。女老师们捂着嘴，无声地笑着交换会心的眼神，嘴里轻微地啧啧两声。毕竟都是当老师的人，不至于像农村妇女一样拍着大腿大声啧啧："怎么书也不背了？眼影也不描了？那还怎么去美国啊，不是说随时要走的吗？这书也不背了可怎么走啊，啧啧……啧啧啧……"

她关上了眼睛、耳朵，装作什么也看不见、听不见，像个盲人和瞎子一样，在学校里做行尸走肉状。过了几天，老师们渐渐习惯了没有她背书声的早晨，再加上冬天夜长昼短，人人赖在暖烘烘的被子里不想起来，自然也懒得再去管她，这才算平息下来。只是什么事只要发生过就不可能完全无迹可寻，此后老师们见了她都是一种似笑非笑的表情，目光暧昧、诡秘，深不见底，让她不寒而栗。这些目光就像戏台下准备看戏的目光，期待中略带贪婪，贪婪后面却是拒人千里的一点细若游丝的冷。她知道，接下来，无论她上演什么，他们都会死死地看着，她就是把自己天衣无缝地藏在一只箱子里锁死了，他们也会把她翻出来、挖出来，把她抖搂在太阳下面。

她给旅美作家写信的终结是在她来到方山中学第六年的夏天。这时候已经是1995年了，她二十八岁了，依旧一个人住在单身宿舍里。住在她周围的老师们换了一茬又一茬，单身老师们结婚后就多半不在这破窑洞里住了，另去找房子或者远一点住到县城里了。周围住的老师们都是去年刚刚分配来的新老师，年轻得像一面面镜子一样，明晃晃地照着她，直到照出她的苍老来。她就是再努力躲他们，也有不小心被他们照到的时候。一旦被他们照到，她就像中了箭一样在心里默默地呻吟，脸上却绝不能让他们看出来。她面无表情地高大、刚强、骄傲地从他们身边走过去，就像她谁都不认识，她是一个真正的天外来物，而他们不过是尘世中的一堆肉身。

她二十八岁的那个夏天，方山意外地多下了几场雨，黄土高坡上竟零零星星地多了些草木。一个周末的下午，李林燕独自从学校里出来，向学校后面的山上走去。她没有什么目的，走走停停，不觉间就走到了山顶。她坐在山顶的一片空地上看着周围的山谷、树木。她呆呆地坐着，觉得自己心里什么都没有想，只是想坐一会儿。就这样，她一直坐到黄昏时分，直到黄昏时漫山遍野的血红色夕阳唤醒了她。她看着周围，疑心自己是在哪里、什么时候来到这里的。那一瞬间，她觉得自己好像有生以来一直坐在这里，从来没有离开过。她异常亲切地看着身边那些野草闲花，也觉得像自家的一样，觉得它们一直长在她身边似的。她细细地、死死地盯着它们看，不过一分钟时间，却像有无数个四季俯仰着过去了，无数的时光从这些细小的植物叶子上流过去了。她突然明白了，那其实是时间，那些从叶子上流走的东西就是时间。她悚然，伸出手去想要拦住那些时光，截住那些时光的流逝。可是，最后一缕夕阳从她的指尖无声地流走了，一丝痕迹都没有落在她手上。

李林燕浑身打战，死死盯着自己那双手。这双苍白的手像被时光漂白的河床一样萧索、荒凉，空无一物。她用这双手掩住了自己的脸，坐在空旷的山顶，一个人号啕大哭。她终于第一次承认，她其实是受骗了，她其实是被骗了。她骗了自己整整七年，现在，在她二十八岁的这个夏天，她终于残酷地叫醒了自己。因为她知道，她的心、她的五脏六腑、她所有的感觉其实早已经醒了，只是她的身体、她的四肢还在冬眠，还是迟迟不肯醒来。她知道她是怕疼，所以她拖延着，不肯让自己醒来。可是……可是，一切的一切都要从时光中稍纵即逝的，她怎么可能永远不醒来？

巨大的、史无前例的疼痛随即便吞没了她，和她预想的几乎一样。她疼痛着，号啕大哭着，一次一次地问自己："你怎么能骗了自己这么长时间？你怎么能这么长时间地自欺欺人？"

七年间，文学神圣的时代正在一点点远去，那个招摇撞骗的旅美作家早已随着时代泡沫销声匿迹了，不知他是不是已经改行开餐馆去了，大约他早已经忘记曾经有过她这样一个人。不过就是一夜情，当年和他上过床的女人估计也不止她一个吧。她什么都不算，连情人都不算。可是，她为什么心甘情愿地、固执地骗了自己七年？真正骗她的人不是别人，就是她自己。

一轮焦黄的月亮很近很近地挂在她的头顶，似乎她只要站起来就能碰到它。她已经停止哭泣了，只是默默地、久久地坐在那里，坐在月亮下面。最后，已经不知道几点了，她终于起身，蹒跚着向山下走去。她先是怔怔地站着看着下山的路，好像在积攒力气下山。但是，在迈出第一步的时候，她忽然有了一种古怪的轻松感，就像一个刚被上完酷刑的犯人知道自己还活着的一瞬间产生的感觉，庆幸还活着，却深知活着后面不过是深不见底的悲伤。

三

　　两年像两天一样过去了。渐渐地，她变得开始依恋那些无生命的东西，她一只接一只地买一些根本用不着的杯子，瓷的、塑料的、玻璃的、不锈钢的，花花绿绿地摆在窗台上。阳光落在窗台上的时候，这些大大小小、高高低低的杯子沐浴着金色的阳光，像陶俑一样纷纷散发着一种暖且柔和的光泽。阳光穿过那几只玻璃杯子，在窗台上落下了一片粼粼的波光水影，阳光移动的时候，那些波光像阳光的脚一样，随着阳光变幻着，变成了各种奇怪的图形。阳光渐渐消失的时候，它们便也像植物一样一寸一寸地死去了。

　　她经常在有阳光的时候长时间地站在窗口，一动不动地看着这些光影的变化。有时候她会在其中的一只杯子里灌满水，插上一枝从山上采来的野花。在冬天的时候，她会把从白菜里剥出的白菜心插进杯子里，等着它开出米粒似的白菜花来。

　　她每天要把宿舍里的几件家具细细地擦洗一遍，把水泥地扫一遍再拖一遍，她还迷恋上了晒衣服和叠衣服。只要是阳光好的时候，她就会在窑洞前面的铁丝上晒衣服，也把好久没穿的衣服从箱子里挖出来晒，五颜六色的一片，一直晒到日薄西山的时候，等到衣服像海绵一样吸饱了阳光，她才像收割庄稼一样把这些衣服收回去，再仔仔细细地叠一遍，然后再压到箱子底。过一阵子，她又会周而复始地再晒一遍、再叠一遍，像个按照时令有条不紊地耕种、收割的农夫一样。

有时候，晒衣服的时候，她会眯着眼睛看着铁丝上那些红裙子、幸子衫、蝙蝠衫、滑雪衫，虽然不过是七八年前穿过的衣服，现在看上去却怎么都像从坟里翻出来的陪葬品，这种感觉让她有些骇然，不过七八年的时间，她就已经死了一回？但不管怎样，这些衣服，她再没有穿过，她最多把它们晒一晒叠一叠就又放到暗无天日的地方了，不许它们面世。她现在穿得像一棵删繁就简的秋天里的树，连片叶子都难见，只有枝干了。一夏天，她就穿着一件的确良衬衫、一条黑色健美裤，冬天的时候就裹着一件咖色西服，腿上的喇叭牛仔裤已经短一截了，她也不管，照样套在腿上，喇叭裤吊在脚踝上面，她走起路来像在腿上开出了两朵喇叭花。

信早已不写了，诗倒还写，大约也是出于惯性，不写，她就更孤单了。但就是写了也不再发表，她只写给自己看。深夜的时候，她一个人趴在灯泡下，抽着烟写诗。有的老师起夜上厕所路过她窗口的时候，会听见她的窑洞里传出晋剧声，她在用半导体听晋剧。有时候，还能从窗缝里看到她一边抽烟一边摇头晃脑地打拍子。她让他们觉得害怕，似乎她到了晚上就剥去画皮，变成了一个靠晋剧度日的老太太。

这一年，方山县文化馆里一个叫余有生的男人不知从哪里听说李林燕会写诗，便专门跑到方山中学找她。这年头居然还能有文学爱好者来找她，委实不易。余有生三十出头了还未结婚，据他自己说，是为了诗歌事业不肯结婚，怕诗歌的纯洁性被世俗琐事淹没了、腐蚀了。他不肯结婚的原因自然无从考证，不过其中一个原因大概是他不缺女人。在那个遍地是文学女青年的年代，一个会写诗的男人钓几个女文青还是绰绰有余的。就连相亲的时候，女文青们都不忘问一句："你会写诗吗？"就像现在的女青年问："你有房有车有六位数以上的存款吗？"生态变了，生物们只好跟着进化，物竞天择。无论在哪个年代，如果一个男人既不缺女人又热爱自由，大约都不会太急着去结婚吧。

从旅美作家身边跋涉过来的李林燕再看其他诗人便有了曾经沧海的感觉，就像一个人自以为吃过大宴了，怎么还能回头去吃粗茶淡饭？余有生第一次去她宿舍找她的时候，她坐在他对面，叼着烟斜着嘴角冷眼看着他，听他滔滔不绝地讲诗歌和文学。她把油腻腻的头发在脑后胡乱扎成一条辫子，身上套着一件男人穿的的确良衬衫，坐在那里一根接一根地抽烟。她想，这足以把他吓跑了。可是没过几天，余有生又颠颠地跑过来找她了。他认为像她这样的女诗人在方山县绝无仅有，仅此一人。他认为他千辛万苦地找到了知音。他来投奔他的知音了，她能不收留他？

其实，在这长达九年的时间里，李林燕一直在反省自己和那个旅美作家最开始的源头，最后她想清楚了，那个源头其实就是她对他有一点崇拜。她高看了他，她心甘情愿地仰着脸看他，把他当寺庙里的一尊佛像供起来似的仰着头看。她抢先把自己置于一个卑微的位置，那谁还能再把她扶起来？就算人家最后骗了她，抛弃了她，其实都是她自找的，她能说出来吗？她能控诉他吗？傻子吃的亏、骗术失去麻痹力之后的耻辱，这两种质地不同的痛苦居然在她身上一箭双雕地兼备了。即便是这样，她也只能把它们当成一颗囫囵牙往下咽，明知道消化不了也只能往下咽，万万不能让人看到了。他们除了把她编派成一个坚不可摧的笑话世代流传下去，还能做什么？

因为吃过这样一种亏，所以再看男人的时候，她最怕、最忌讳的就是高看他。再见到任何一个男人的时候，她几乎是不由自主地、下意识地，先要把他祛魅——先把他身上一切虚假的磁场全部消除，先把他变回一个再正常不过的吃喝拉撒的男人，再说其他。她见到余有生的时候就是这种感觉，他甭想拿两首诗就把她唬住，把她蛊惑了、骗了，就是他诗写得再好，他就是拜伦再世，她也决不会高看他一分一毫，决不。

她平视着他，这让她心生舒服，仿佛这也算一种对旅美作家的报复。余有生每个周末雷打不动地过来找她，和她谈论诗歌，谈论文学。他坐在那里滔滔不绝地和她说话，似乎他有生以来嘴一直就是被禁闭的，好不容易获释，对说话简直有一种饥渴。她其实也有这种饥渴感，在方山中学的这八年里，她很少和人说话，别人也很少和她说话，开始那几年，她还靠着写信和信里的那个影子说说话。后来信停了，她干脆没有了说话的机会。她才像真正被关了禁闭一样，一年到头都没有一个人和她说一句人话，无非一张口就是："你那个国外的男朋友呢？还不来接你？"她恨不得朝那说话的人脸上泼硫酸，不笑话别人就会死啊？专门拣着那个不愈合的伤口捏，大约也是一种旁人无从体会的乐趣，大约很过瘾。除了上课，她几乎不开口，可是当她一个人躲在宿舍里的时候，她会在那儿不停地自言自语，她絮絮地问自己："今天吃点什么？"然后她回答自己："炒个馍花算了，反正也饿不死。"她已经好几年不肯给自己包一只饺子了。

现在，忽然有个真人摆在她面前和她说话，还真让她有些不适应。就像一个在雪地里走久了的人猛然回到暖烘烘的屋子里，竟不适应。她其实并没有仔细地听他在讲什么，她只知道他讲的是诗歌，是文学，但是光知道这一点就足以让她觉得温暖了，就像路过一片麦田，明知道自己不会下去收割的，可是只要心里知道那是麦子，也就觉得踏实了，知道来年不会挨饿了。她钝钝地看着眼前这个男人和他鱼一样一张一合的嘴，像看着一部年代久远却熟悉万分的默片，仿佛她自己就是从这部电影里走出来的一个已经衰老的女主人公。她有些怅惘，有些感动，还有些不甘。毕竟有个能说话的人不是坏事。

他们来往一年后的一个深夜，因为一时谈得兴起忘记了时间，余有生想起来要走的时候，窗外不知什么时候已经开始下雨了。余有生为难地站在门口，不敢说话。他要是主动说"我今晚就住这儿吧"，那不是摆明了自己的居心吗？她心里明白，于是她豪爽地掐掉烟，说了一句："今晚不走了，就住我这儿。"余有生毕竟是诗人，也不推辞，果然住下了。宿舍里就一张炕，两个人自然要睡在一张炕上。装了前半夜，到了后半夜，余有生还是抱她了。李林燕也没太多抵抗，她这样一个名声的女人要是留宿一个男人而没发生什么，那是万万没有人信的。既然没有人信，她索性就把它坐实了，也不枉他们白笑话她一场。

和旅美作家那一夜已经是十年前的事了，和余有生这一夜对她来说其实不过是第二夜，两夜之间一隔就是十年，她从二十一岁一步奔到了三十一岁。和余有生这一夜，她依然生涩、幼稚，似乎中间这十年的时间根本就是空的，白过了，她不过是从那一天走进了今天。可是心境毕竟不同了。她问自己这十年的时间她究竟做了些什么，她对自己的回答是，她做了十年贞节牌坊上的烈妇，做了十年莫须有的寡妇，为了一个并不存在的男人，她守了十年。"傻子。"黑暗中，她默默地骂了一声自己。

她在黑暗中看不清余有生的脸，她也不想看清他。她依稀想起了十年前的那个夜晚，她和一个男人流着泪接吻、拥抱、生离死别。那可真的是生离死别。那时候她恨不得告诉全世界，她是个新女性，她可是要爱情也要自由的新女性，就是没有性经验，她恨不得装得经验丰富一样，好让别人不以为她是伪装的新女性。她在黑暗中无声地、残酷地笑了，把头侧到了一边，以免被他看到。

她和眼前这个男人自然不可能有十年前的感觉，那种感觉美好也罢，残酷也罢，无耻也罢，一辈子也就那么空前绝后的一次，以后，再不会有了。她在这个夜晚的感觉很简单，那就是，她报复了旅美作家，报复了方山中学的老师们，报复了这十年时间里的她自己。所有这些人，包括她自己，她都该报复，她积攒了十年，是她揭竿而起的时候了。

就这样，三十一岁的时候，她公开和余有生在方山中学的单身宿舍里同居。当她像个旁观者一样看着余有生从她单身宿舍里出出入入的时候，她忽然想到了一个词——奸淫。而这个词就是向着她直直戳过来的。她把两只手交叉抱在胸前，站在窗前冷笑：那又怎么样，左不过也就这样了。她惧怕的并不是这个词本身，而是在这段时间里，她在这种奸淫中再一次发现了生活本身的平淡无奇和庸常本质。谈完诗歌就不吃饭、不睡觉、不上厕所了吗？早知道本质上不过如此，她又何必用十年时间绕了一个大弯子？当初早早嫁个平庸的男人，十年后大不了就是现在这种平淡无奇。她越发觉得自己这十年时间里真是亏了。

她后悔这十年时间不该为一个男人白白守着，就像一个犯人后悔当初不该犯罪一样。于是，她不由得开始欣赏眼前的一切，即使眼前的男人并不是多么令她中意。可是，他毕竟帮着她从这牢狱般的十年里跳出来了，她看着这十年彻底离开她了，永远不再回来，她看着它离去，就像亲眼看着一个仇人咽气一样过瘾。

可是，一切的感觉都不过像烟花一样短暂，都不过转瞬间就无迹可寻，面目全非。很快，她再次厌倦了这种状态。她已经三十多岁了，一个三十多岁的女人就这样无偿给一个男人做知音式的情妇？再过几年呢？他去找更年轻的女人去谈论诗歌和爱情，而她将在这破窑洞里孤独终老？其实，她早已经明白，在这个世界上，注定有些人是要孤独地生再孤独地死去的，可是，她并不愿意成为这些人中间的一个。她本能地想逃开，只是出于一种本能。

有了这种心思，她便再次认真审视余有生，像解剖人体一样仔仔细细审视他。她对他并没有那种惊心动魄的爱，可是，现在她已经不需要这些了。那些东西，一辈子一次就够了。他毕竟是个没结婚的男人，难道他就不想有个家？再说了，无论别人怎么嘲笑她，余有生还不是风雨无阻地每周来看她？他毕竟是个诗人，无论什么时候，只有同类才更珍惜同类吧，永远只有同类项才能被合并，才能水乳交融甚至血脉相连吧，就算整个世界都不理解你，只要有一个人知道你是怎么回事，这也够了吧。他们在一起也一年时间了，别的不敢说，惺惺相惜这一点，她相信他们还是有的。他倒没有多少钱，但毕竟有份稳定的工作，在一起生活的话，日子总是能过下去的。现在她也不要别的了，就想要个小日子。

于是，她向余有生提出要结婚。余有生没说结也没说不结，只说再处段时间看看。他都说这样的话了，她还能说什么，总不能用鞭子赶着他催着他结婚，好像自己已经十万火急，搁不住了，多放一天就会变质。她有些后悔先开口，怎么能这样赤裸裸地着急呢？显然被他看轻了。

又过了一阵子，余有生忽然兴奋地跑来找她，原来他的一首诗在全国的诗歌比赛中得了一等奖。他跪在她面前，泪流满面地说，他这首诗的灵感全部来源于她，没有她就没有他这首诗。她呆呆地坐着，惊恐地看着他哭，他的诗得奖并没有在她心里掀起多么巨大的喜悦，同行永远相轻，她压根没觉得的诗写得多好。真正让她触动和惊悚的是他的眼泪，又一个男人在她面前哭得一塌糊涂。她在那个瞬间便想起了十多年前的那个男人，他当时也是哭成这样。第一个男人在她面前流泪的时候，她感动；第二个男人在她面前流泪的时候，她害怕了。她突然怪异地笑了，男人流个泪怎么这么容易，似乎是因为流个泪太容易了，没有成本，又不用花钱，所以就随意使用，不加节制？

她看着满脸是泪的余有生，忽然觉得隐隐地不安，似乎仅仅凭着十多年前的经验，她便觉得这眼泪其实是一种危险的征兆。她定了定心神，再次提出了要结婚的话。余有生正在兴头上，什么都答应。两个人甚至开始商量着什么时候去领证。

然而，在他们还没来得及领证之时，余有生忽然被调到省里了。就是因为他那首在全国比赛中得奖的诗，他被调到了省文联，直接从县城到省城了。一听到消息，李林燕心里就明白了，他们这就算是完了。她忽然想起几天前自己心里的预感，忍不住背上一阵阴凉，像是不小心触到了命里一处阴暗的玄机。她脸上却还在木木地微笑着。果然，余有生被调走之后，就再不和她提结婚的事，都两地了还谈什么结婚？何况人家去了省城，这不是明摆着不现实嘛。开始时，他还写写信，偶尔打打电话，以尽尽义务，大约也是为了求得心安，毕竟白白睡了她一年。时间一长，他果然就心安了。于是，他们和平分手。

这时候，李林燕已经三十二岁了，仍然独自一人住在学校的破窑洞单身宿舍里。方山中学的老师中也不乏才子，有好事者在余有生调走之后给李林燕封了一个雅号——"作家的摇篮"，以此纪念曾在她身边出入过的两位男作家。虽然他们压根没见过第一个男人，但是，只要他还在传说中活着就足够了。

在传说中活着是一种更坚不可摧的存在。

四

此后，在方山中学，老师们只要远远地看到李林燕走过来了，便无声地抿着嘴笑，对接头暗号似的说一句"'摇篮'过来了"。"李林燕"这个名字简直要被人们渐渐遗忘了，人们强迫性地把她装进了一只坛子，不让她出来，还要贴上封条，上面盖个戳——"作家的摇篮"。于是，她被迫变成了一种怪物。

她惊恐地发现，年龄越大，她就越不可能离开方山中学了，因为她老了，还因为她已经有了可怕的依赖性。她仍然寄居在原来的人形里，仍然终日在这方山中学晃荡着。校长总不能因为她是作家的摇篮就把她开除吧，毕竟，就算和两个男人好过也终究不算犯罪。虽然没有人开除她，但她知道，在这方山中学里，她其实已经被彻底流放了，她走在方山中学的任何一个角落里，其实都是走在渺无人烟的大漠里。为了活下去，她只能进化自己，让自己被迫长出了两个驼峰，驮着水、储存着脂肪，一步一步地往前走，送走一个白天再送走一个晚上，然后又是白天。她一步都不敢停，只怕一停下就彻底走不动了，可是心里再明白不过，自己不过是走在一只玻璃球上，兜兜转转绕一圈不过又回到了起点，她永远都出不去了，她其实已经被焊死在这只玻璃球上了。

是啊，她就是再憎恶这些人——这些叫她"摇篮"的人，她又能逃到哪里去？在方山中学一窝就是十年，十年可以让多少东西灰飞烟灭？一个三十二岁的单身女人能逃到哪里？现在所有的国企都在改革，多少工人下岗、失业，连口饭都没的吃，她好歹是老师，不用下岗、失业，偷偷庆幸都还来不及。回父母家吗？山沟里的父母已经把她视为耻辱，都怕她回家，被邻居笑话。只有在这个角落里还有一份微薄的工资，她起码饿不死；有一间破窑洞可以住，她起码淋不到雨。她知道，一离开这里，她就会像一只离了水的螃蟹，爬不了几步就会被晒死在阳光下。

就这样活着吧，她告诉自己。别人叫她"摇篮"的时候，她就假装听不见，她要装厚颜无耻，百毒不侵。装无耻都不够，她还要装彪悍，她几乎已经烟不离手了，比学校里的任何一个男老师都抽得厉害，成了传说中可怕的"丁丁烟"。她与一切女性化的东西绝缘，弃之不及，她脸上不再涂抹任何东西，赤裸裸地被黄土高坡上的阳光晒着，脸颊两侧各长出了一坨喜气洋洋的高原红。这个世界上的女人正时兴什么衣服已经与她无关了，她穿一切让人混淆性别的衣服——衬衫、球鞋、军大衣，只有那条油腻腻的辫子，她始终没舍得剪，终日像条蛇一样趴在她背上。她不舍得剪，大约是因为心里终究恐惧，如果剪了，她就连一点女人的痕迹都没有了，仿佛被毁尸灭迹了，那个作为女人的她就彻底烟消云散了，连一点证据都没有了。当然，她也不可能真的变成男人，也就是说，她将变成一个男人和女人之外的第三种性别的人，她将变成一种全新的生物。

她可能终究担心变成这种生物后会被彻底逐出人境，于是便为自己保留了这条油腻腻的辫子。

　　失去性别和彪悍成了她身上的两座驼峰，她驮着它们才能保证自己活下去，只要她驮着它们，别人就休想把她困死在方山中学。她就是要活，谁敢拦她？走路的时候，她昂着头，假装什么也看不见，也避免了和人打招呼。因为经常连胸罩也不戴，自然不可能再耸着两只乳房走路了，她塌了，她的全身上下，除了目光，别的地方几乎都塌了。不过，她愿意，她就是狠着劲让自己往松松垮垮里塌。不如此，就不足以报复她自己。

　　那年腊月二十八了，还有两天就过年了，她已经连着几年不回家过年了。父母跟着哥嫂一家子过，她插不进去，嫂子把她当灾星。她父母也不想让她回去丢人败兴。她准备自己一个人在宿舍过年。这天，她去菜市场买菜买肉，准备包点饺子吃。忽然，她在猪肉摊上看到了一只褪得干干净净的猪头，眼珠子还没烫掉，灰蒙蒙地瞪着，耳朵、嘴都完好无损。不知为什么，她站在那肉摊前看着那只猪头看了很长时间，她呆呆地和那猪头对视的时候，肉摊老板问了她一句："想买？快过年了，正好买一只整猪头回去，供在牌位下。"他说的供在牌位下就是说拿猪头祭祀祖先。祭品？她脑子里跳过这个词。然后，她盯着那只猪头，忽然无声地笑了，她明白她为什么一直盯着它看了，因为她和它其实没有本质上的区别，都不过是祭品，它祭祖先，她祭文学。她不小心又遇到了自己的同类了。

　　硕大的猪头，她自然没买，她没什么可祭祀的。至于那堆往事，她连埋都来不及埋，更不用说去祭祀了。她割了二斤羊肉，买了几根胡萝卜、一块姜、一把葱，准备除夕夜里包顿羊肉饺子吃。

　　但是真的到过年的时候，她不是一个人过的，终究还是有个人陪她过了。是她的一个学生，叫蔡成钢。因为这个学生也不回家过年，就孤零零地住在学生宿舍里。全方山中学就他们两个人。她便把他叫到她宿舍，和她一起过年。

他们两个人一起包饺子。她问他怎么不回家过年。他说，回家太麻烦了，来回得花钱买车票，下了汽车还得爬半天的山路。他要是不回去，还能给弟弟妹妹省出点吃的来，所以估计他们也不盼着他回去。再说，现在都高三了，还剩半年就高考了，过个年也就吃点好的、喝点好的，没多大意思，还不如在学校里一个人多看看书。

李林燕至今都记得这个学生高一刚来到方山中学的情景。他是从吕梁山最深处的大山里出来读高中的。在他们那儿，人们一年到头都下不了几次山，因为光是下山就得一天工夫。深山里星星点点的几户人家，就是去串个门也得下个沟爬个山，得半天时间才能走到。所以，邻居之间有什么事的时候就站在崖口喊山，沟通效率倒比上门高得多。他母亲是个瞎子，家中有一堆弟妹，他是老大，两个小一点的孩子因为没有衣服穿，终日被放在炕上，身上盖着条破被子。衣服只能先紧着大一点的孩子穿，他妹妹已经是十几岁的女孩子了，一年到头只有一条花内裤，洗了就没的换，洗了衣服就只能躲在炕上，出不了门。其他孩子都是上几年小学就不上了，女孩子们更是认得两个字就不错了，唯独他学习好，一下就考上了方山中学。方山中学在方圆百里是最好的高中。他父亲实在不忍心，便带着他来了方山中学，让他读高中考大学。

李林燕至今都记得那天。开学报到的时候，忽然进来一对奇怪的父子，父子二人都是灰头土脸，好像刚刚赶了几天几夜的山路一样。儿子背着一卷薄薄的行李，父亲驮着一个沉重的纸箱子，箱子太重，压得他抬不起头，他因为要努力抬起脸看人，翻出的都是白眼，脸上却谦卑地笑着，露出一口残缺不全的黄牙。他打听到办公室，进去把纸箱放在地上，打开了。原来是一箱最不值钱的沙棘。吕梁山盛产一种叫沙棘的植物，果实是橙色的，小而酸，枝条上满是荆棘，很难采摘。那父亲就走到一个老师跟前，先是深深鞠一躬，差点跪下了，再双手哆哆嗦嗦把沙棘捧过头顶，递上去，嘴里说："没有什么稀罕物给老师们，就背下来一箱沙棘。我家这娃娃，老师们好好教他，他不听话就打他，往死里打。"他给每一位老师都分了一捧沙棘，给每一位老师都深深鞠了一躬。那个男孩子一直站在那里不动，看着窗外。他的嘴唇干裂，看起来也是很久没喝过一口水了，但他对那箱沙棘看都没看一眼。没有一个老师说话，大家都默默地收下了沙棘。

李林燕从蔡成钢高一的时候就开始带他的语文，现在他已经高三了。这个学生在数理化方面天分很高，语文基础却很薄弱，刚开始写出来的作文简直连句子都不通。好在他勤奋好学，经常追到办公室问她问题。她给这个学生批改作文的时候也格外认真，认真到不放过每一个标点符号。到高二的时候，蔡成钢的语文开始有了起色。除了给他补课，她还送过他几件便宜衣服。她给自己买衣服时顺手给他买的，因为他身上的衣服太不像样。后来每次见到他的时候，她发现他身上都穿着她送的衣服。她这么做多少有点身不由己，因为她一看到这个学生就会想起当年的那些沙棘。自然，那些沙棘，她一直没有吃，就一直放在柜子的角落里，慢慢变质。

这个学生连过年都不回家倒也不怎么奇怪。她就把他叫过来和她一起过年。两个人过年总比她一个人过年要好。一个人平时怎么也过得去，唯独过年这天，真是像照妖镜一样，要把所有孤单的人都照回到孤魂野鬼去才肯作罢。

除夕晚上，蔡成钢来到李林燕的宿舍。他有些紧张，站在地上闷声不响地擀饺子皮，动作倒是很娴熟，一看就是在家里做出来的。李林燕盘腿坐在炕上包饺子，把包好的饺子一个一个码在高粱秆篦子上。炉子上架着铁锅，铁锅里的水已经煮开了，水花大朵大朵地翻卷着，雪白的水蒸气浸润着两个人，减少他们之间那种生涩、陌生的摩擦。他是学生，她教了他两年半，但是今天晚上，他们之间的落差忽然奇异地消失了，就像她从高山顶上下来，一步落到他面前，他习惯了仰着头看她，现在忽然面对面了，他竟有些猝不及防，甚至不敢抬头仔细看她。

她虽然落到平地上了，但自己觉得似乎还被惯性架着，滑翔在高处，他的一举一动都能轻而易举地落在她眼里。她注意到了他的手指，因为生满了冻疮，冻疮和冻疮叠加在一起使他的手指看起来异常粗大，像长了一身牡蛎壳的海洋生物。

她问："宿舍里没炉子？"

他说："假期里没人住校，学校就不给生炉子了。"

她说："没有炉子你怎么住？"

他低着头吭哧吭哧地擀饺子皮，说："就那样住。看书的时候，我把电灯泡抱在手里手就暖了。晚上睡觉的时候不脱衣服就钻进被子里，刚睡进去的时候特别冷，睡着了就觉不出冷了。"

李林燕想起有一年冬天，有一个晚上火炉到半夜时自己熄灭了，她也不知道，等到早晨从被子里爬起来才发现，前一晚洗脚剩下的半盆水已经结成冰了。她又朝他的手看了一眼，没有说话。

饺子熟了，两个人蘸着醋各吃了一大盆饺子。两个人都是甩开腮帮子吃，不知不觉竟把这晚包的饺子全吃光了。吃完饺子，李林燕要出去提水。水龙头在外面，是公用的，住在窑洞里的老师们都备着一口大缸，里面蓄着水。她刚提起水桶，就被蔡成钢抢过去了，虽是个高三的男生，他却已经是一米八的个子，往她面前一站，足足比她高出一个头。他把水缸装满水了，又抢着出去把炭盆拿回来，往炉子里添炭。

李林燕忽然生出一种奇异的尴尬，觉得这些事情万万不该是一个学生为一个老师做的。刚才吃饺子的时候没有注意到，这时候她忽然发现屋子里弥漫着一种男人身上才有的汗腥味。这种气味让她忽然一惊，像忽然看见了别人身上藏着刀锋一样心惊肉跳。太长时间没有男人在她面前这样晃来晃去，她猛然闻到一点男人的气味比和尚闻到荤腥还害怕。虽然他只是她的一个学生、一个十八岁的少年，但她不能忽视他的性别，他终究是个男人。

为了消除自己的紧张，她盘腿坐在炕上抽起了烟。蔡成钢手里已经闲下来了，他东找西找见实在没事可做了便站在那里搓着两只紫红色的手。她眯着眼睛，借着烟雾想，现在，他是不是该回去了，回他那冰天雪地的宿舍去。突然，她心里有些难受，怕他回去挨冻。但蔡成钢没走，他坐到火炉旁边，好像忽然放松了很多，开始拨弄那只炉子。他又往炉子里加了几块炭，红色的火苗忽地蹿起来，把半间屋子都照成了血红色。

就在这时，坐在火炉旁的蔡成钢忽然问了她一句："李老师，你为什么一直不结婚？"

窗外响起了几声鞭炮声。李林燕一惊。他这句话像一柄斧头一样向她劈了过来，顿时，回忆的火星噼啪作响，她想扑过去把这堆火扑灭。可是，没有用，这火星一旦燃烧起来，她根本没有还手之力。最远的回忆和最近的回忆都从一间关着的黑屋子里窜了出来，向她扑过来，十多年前她那些可笑的瞬间的幸福，还有她那更可笑的道德，在这个除夕之夜全都借尸还魂了。

眼前这个男生，就这样一个小孩子，居然敢把它们都放出来？他是不是也知道她叫"作家的摇篮"，所以他来做它们的帮凶，做全方山中学老师们的帮凶？

五

她依然盘腿坐在炕上，一动不动，像寺庙里的一尊破败的泥塑。她借着火光，冷冷地看着他。这层冷飕飕的东西像盾牌一样挡在他们中间，但是蔡成钢还是立刻感觉到了。他慌忙站起来，情急之中，一只手扶着炉子站起来了。炉子已经被烧得滚烫，一碰就是个水泡，他也没有觉出疼来。他慌忙说："李老师，我不是那意思，我就是觉得你应该结婚，应该有个人对你好，照顾你。可你一直就一个人过，你这么好的人，其他老师都没有你心眼好，都没有你善良。我听别人说，你原来是学校里最漂亮的老师，穿的衣服都是最时兴的。我就想，你这么好的人怎么就一个人过？李老师，真的，你教得也好，还送我衣服，从来没有人送过我一件衣服。我这辈子都不知道该怎么报答你。"他反反复复地说着这几句话，李林燕只是闷声不响地坐在那里抽烟，不理他。最后，蔡成钢不说话了，他哭了。他站在炉子边，低着头，两只手使劲扭着，抽抽搭搭地哭了起来。

李林燕其实已经不生气了，刚才看到他摁着火炉站起来的那个瞬间，她就已经不生气了。她只是太久太久没有可以任性的机会，于是趁着这个机会让自己任性了一回，在自己的学生面前任性了一回。结果，她这一任性就把她的学生吓哭了。她这才觉得，自己虽然三十多岁了，其实本质上不过是个孩子，只是平日里没有人给她机会做孩子，没有人允许她任性，没有人疼爱她，她也就忘掉自己还是个孩子。刚才，她在自己的男学生面前做了一回孩子。回头想想，连她自己都觉得可笑。心里觉得可笑，泪却出来了，就好像她被这男生给惹哭了。她索性哭了起来，索性让自己变得更小一点，更彻底地做回小孩子。

虽然两个人哭的缘由不同，但各自哭了一回之后突然有了些亲近感，就像刚才两个人一起从什么荒山野林里走出来了，忽然就有了些患难与共的感觉。后来，李林燕开口了，给他讲起了自己十几年前的事。那时候她还在上大学，她热爱诗歌，然后认识了一位旅美作家。太长时间没有去碰这些往事，已经有些生锈了，她刚开始讲的时候觉得有些生涩，但讲到后来慢慢就流畅了。讲着讲着，她已经忘记她是在自己的学生面前，红红的火光催眠着她，她觉得自己像走进了教堂，在神父的面前事无巨细地把自己和盘托出，把所有让她自己觉得恶心、不堪的细节都托出，双手捧过去给他看。与其说她在求得神父的宽恕和慈悲，不如说她在求得自己的宽恕和慈悲。原来这么多年里，她其实从来都没有真正地宽恕和原谅过自己。她是一个被自己亲手抓起来的囚徒，又被自己亲手钉在十字架上。

她抬起头来，泪流满面地看着他，看着这个她假设中的神父。一个影子真的走了过来，走到她面前，一把把她抱在怀里。在触到他肩膀的那一瞬间，她忽然惊醒了，抱住她的是蔡成钢。她一阵恐惧，她怎么能寂寞到这种地步，她怎么能寂寞到对一个学生说这么多真话。她想挣扎出来，可是，他死死地抱着她，她听到了他无法抑制的抽泣。她想，他还真的是个孩子啊，甚至他的肩膀都带着奶气。可是就是这点奶气让她越发心酸，她都到什么地步了，让一个还带着奶气的孩子来收留她，来拥抱她？她想把他推开，可是，她不能，他力大无穷地抱着她，毕竟是一个男性的怀抱，她竟挣脱不出来。他抱着她，只是不停地抽泣，声音越来越大，到最后，简直变成了号啕大哭。

这是第三个男人在李林燕面前哭，在看到他哭的第一个瞬间，她立刻条件反射想到的是要发生什么了。她又是恐惧又是羞耻，前两次男人的哭都闻着气味追过来了，追加在这第三个男人的眼泪上，它们摞在一起，裱在一起，像道奇怪的符咒一样贴在她身上。她死命挣扎着，急于逃走。但是他紧紧地把她箍在怀中，号啕大哭，哭得撕心裂肺。他不给她留一丝逃走的缝隙，仿佛她是长在他身上的一道伤口，别人不小心碰了他的伤口，他疼得撕心裂肺。他几乎都要哭到全身抽搐了，就是在那一瞬间，她突然感到一种奇怪的血肉相连的东西正在他们之间迅速地生长起来。继而她又觉得荒唐，她怎么能这么饥不择食，怎么能寂寞到这种地步，他只是个十八岁的孩子，她怎么能见一个男人就想索要疼爱、索要理解、索要不孤单，她怎么能可怕到这种地步？她整整比他大十五岁，如果放在古代，她都可以做他母亲了。多么无耻。她心里挣扎着，只觉得自己荒唐可笑，可是身体和身体上的每一个毛孔更深地陷在他的怀抱里，迟迟不肯抽身。

这是一种多么新鲜的疼痛，像一只新张开的蚌壳。她喜欢感觉他的疼痛。他越疼，她越舒服，她像只嗜血的虫子一样，身上的每一个干旱的毛孔都张着，像吸收血液一样吸收着他身体里渗出来的疼。他的疼变成了一种奇怪的养料，滋润着她，柔软着她。她知道，如果一个人不是真的疼，

127

他就不可能把这疼辐射向对方，不可能让对方感觉到。只有孩子才会这样无偿地、真诚地为别人疼痛吧。换一个外人，她就是付他钱，他肯为她疼一分一寸、一丝一毫吗？可是现在，真的有一个活生生的人为她疼得撕心裂肺。于是，在这个除夕之夜，她纵容自己在他怀里一点一点小了下去，在那个瞬间，她抽去了他们的年龄、身份、性别，她把所有这些外在的东西全部抽掉，剩下的，唯一剩下的，就是一个拥抱。

可是，这个拥抱又是多么绝望啊。一个学生对一个老师的拥抱，一个男孩子对一个比他大十五岁的女人的拥抱，它带着先天的绝望和转瞬即逝，带着与生俱来的羞耻和无处藏身。

他死死地抱着，不肯松手，她也贪恋他的怀抱，反正也就是今晚，这个夜晚再怎么长都会过去，又不是永生永世过不去了。她知道他这样固执地不肯松开她，也许只是一种回光返照，他心里也觉出了他们之间的可耻和绝望，只是因为还不到明天，所以他还来不及细细审视，还来不及心惊肉跳。而她以后又如何面对他——面对一个比自己小十五岁的男学生？是不是过了今夜，他们以后只能彻彻底底地装作陌生人，只能老死不相往来？如果是那样，那今夜对于他们来说就是诀别。谈不上什么男女之情，只是，她心里有一种很异样的痛，就像是她眼睁睁地看着一个人在她面前向水底一点点沉去，她却无法把他捞出来，直至他在她面前彻底消失。

眼前这个人——这个小男生，如果对她没有一点懂得，他为什么会这样疼痛呢？他横竖在这个世上做了一回她的知音吧。她把脸贴在他的肩膀上，对他说些临别的话。她说："你肯定能考上大学的，你的成绩没有问题的。你的语文已经好起来了，不会拖你的后腿了。等考上了大学要好好学习，毕业了找个好工作，然后攒钱成家娶媳妇，再把你父母接到城里去。他们一辈子也没享过一天福。这两年多里，我一直记得你父亲当时的样子，一直记得他背上驮的那箱沙棘。你要好好对他们啊。"蔡成钢的哭声却更大、更凶猛了，他更用力地抱着她，几乎要把她嵌进肉里。她简直都能感觉到疼了，她明白，虽然是些离别的话，却分明起到了欲擒故纵的效果，竟让他更加不舍了。她下意识地问自己：她是故意的吗？如果是故意的，她为什么要这么做？

　　然而，这个时候，她惊恐地发现，她的嘴已经不长在她身上了，她已经无法控制这个独立的器官了。她居然说："我知道你家里困难，知道你父母根本供不起你上大学。你别害怕，我都想过了，我反正就一个人过，一人吃饱，全家不饿的，等你考上大学了，我把我每个月工资的一半给你寄过去做生活费，学费的话，你也别愁，我攒下钱给你出学费，这样你就能安心把大学上出来了。我一个人也用不了多少钱的，你看我，夏天就两件衬衫换，冬天一件军大衣，基本没多少花销。"

　　她的效果达到了，蔡成钢已经泣不成声了。她有些害怕了，就像是看着自己把烟花的引信点着了，却不知道下一步它会燃烧成什么样子。她只是本能地觉得自己把事情向更深的方向推了一步，她万万没有想到的是，接下来，他竟然对她说了一句让她惊心动魄的话："老师，你嫁给我吧，我会一辈子对你好。"

　　他这句话着实把她吓住了。她说些伤感的话，一方面是因为她感谢他对她流露出的疼痛，另一方面也是为了安慰她自己心里的难受和孤单，多少有些火上浇油的意思。可是，他怎么能突然说出这样一句可怕的话来，怎么一步就上升到结婚的地步？真是童言无忌啊。她很快就从惊吓中清醒过来，继而笑了，这绝对是一个孩子才能说出的话。她前面的两个男人，就是再怎么热泪盈眶地说她给了他们多少美妙的感觉、多少汹涌的灵感，都从未干脆地、不假思索地对她说过一句"你嫁给我吧"。而这句话是她一直想听到的。

如今，她已经知道这个世界上有太多的诺言不可信，一句话不过是个一戳就破的泡沫。可是，当一句诺言从一个孩子的嘴里说出来的时候，她为什么还是觉得温暖？她明明知道它是假的，是骗人的，可她还是愿意从它那里烤烤火取取暖。

这个除夕之夜，蔡成钢是在李林燕的宿舍里过的，没有回他自己冰窖似的宿舍。最后，李林燕说："别回去了，就在我这儿睡吧。全学校里也就剩咱俩了，不用管那么多，这炕这么大，你睡那头，我睡这头，肯定能睡得下。你不就是个小孩子嘛。"末了，她特意补充那一句，似乎是刻意要告诉他，一个大人和一个孩子睡在一起是不犯法的，也不会发生什么。即使这样，他们仍然都不敢脱衣服，和衣躺下了。

夜已经很深了，炉子里的火焰渐渐安静了，窑洞里的温度开始下降，整间屋子里的空气开始收缩，像心脏一样，渐渐地把他们俩挤到了一起。最后，他试探着小心翼翼地伸出一只胳膊，把她抱在怀里。他的怀抱也带着生涩的奶气，闻着这奶气，她简直有些于心不忍，不忍再躺在他怀里。可是，他牢牢地抱着她，真的像个男人一样抱着她。黑暗中，她看不清他的脸，只能一寸一寸地感觉到他的呼吸、他的身高、他的肩膀。然后，她渐渐把他抽象化了，她试着把他从学生的壳里取出来，试着去感觉他身上散发出来的性别的气味。男人的体味终于压住了孩子的奶气，她开始大胆了一点，心安理得了一点。她瑟瑟地偎依着他的肩膀，一动不敢动，仿佛他的肩膀不过是个玻璃器皿，一碰就会碎。她必须承认，在这个除夕之

130

夜，她是多么需要一个怀抱啊。她几乎泪下。

他就这样坚如磐石地抱了她一晚上，没有脱衣服，也没有一丝松动，他整整一晚上就像石头一样保持着一种姿势。她问他那条被她压着的胳膊会不会麻木，他说，没有，一点都没有。可是第二天早晨起床的时候，她分明看到他那条胳膊几乎失去了知觉，他掩饰着，不敢动那条胳膊，似乎那里长的是一只假肢。他坚持了整整一个晚上。她忽然心生一阵又酸又堵的感觉，连忙走到窗户前开窗，把这宿夜的气息散发出去。

窗外是大年初一的早晨，新鲜、凛冽，空气里散发着鞭炮的余香。地上有一角被风撕下来的春联瑟瑟地抖动着一点鲜红，整个方山中学就像一座孤岛，她和他是这岛上唯二的幸存者，而且，他们这对师生隐秘地践踏伦理，在一起睡了一晚。这种感觉让她觉得自己像刚从战场上下来一样，壮烈而凄凉，还有一缕很深很细的温暖。

大年初一这天，两个人就守在李林燕的宿舍里，守着那只火炉。没有人给他们拜年，他们也无处可去，不过是两个异乡人，没有谁会分给他们一点多余的温暖。两个人中午继续包饺子煮饺子，像是要把一年里欠下的饺子全在这一天里吃回来不可。天色暗下来的时候，蔡成钢说他出去买串鞭炮，说他们昨晚就没放鞭炮，今天应该放点，讨个吉利。她就由着他去。但是在他临出门的时候，她塞给他二十块钱。他脸红了一下，像躲块烙铁似的避开了这二十块钱，飞快地冲出窑洞，冲出校门，向县城方向跑去。

天已经黑透了，蔡成钢才从外面回来。他身上带着寒气，不停地呵着两只紫红色的手，把买回来的东西蹾在桌子上。这种类似于农民赶集归来的喜悦感染了李林燕。她甚至感觉到了自己小时候过年才有的喜悦，她打开桌子上的布包，里面有一串一百响的鞭炮、一只卤猪蹄、两只猪耳朵、一瓶高粱白，还有两支红蜡烛、一个红色的头绳。目光触着那红蜡烛时，她一怔，赶紧把目光移开了，假装没看见。

这时候，她感觉到蔡成钢已经走到她身后了。她听到了他的呼吸声，浑身一紧，更不敢动了，她忽然感到一种异样的紧张。他也不动了，静静地站在她身后。窗户上的帘子已经拉上了，整个窑洞都和外面隔绝了，炉子里的火啪啪地跳着，铁锅里的水哗哗响着。整个窑洞像被裹在一只蛋壳里，裹在黏稠的蛋黄里，她感觉每动一下都很费力，像是全身上下都被周围的空气粘住了，动弹不得。

她终于听见了他的声音，也是黏稠的、湿漉漉的。他忽然把"李老师"三个字去掉了。从今天早晨开始，他就忽然把这三个字去掉了，但是他不给她补充任何称呼，于是他不加任何称呼、光秃秃地和她说话。他的声音很紧张，就像一个在课堂上背诵课文的学生。他说："如果你愿意……我们今晚就算结婚了。我愿意娶你，如果你愿意嫁给我就等我四年，我大学一毕业，一到二十二岁，就和你领结婚证。我一毕业就和你领结婚证，你只要等到我大学毕业就行了。我说的都是真的，你相信我。我已经不是小孩子了，我知道我喜欢你，从高一开始我就喜欢你，因为我开始盼望着上语文课。以前语文课是我最讨厌的课，所以我语文才一直不好。你要相信我，我真的……很心疼你。我知道你写诗，我就找你以前写的诗来看。你的好多诗我都能背下来，我现在就可以给你背几首……我不喜欢看你抽烟，因为我觉得那一定是因为你心里不好受，我一看见就觉得心里疼……"

六

她很静很静地听着，一动不动，像是沉在一种很深的睡眠里。

这么多年过去了，在她三十三岁的时候，终于有一个人向她求婚，却是个十八岁的小孩子。他像小孩子过家家般买来两支红蜡烛，然后对她说："如果你愿意，我们今晚就算结婚了。"多么幼稚的语言，带着异想天开的荒诞，可是，就是这样一句话让她这么难过。他还在说："你相信我，我以后一定会好好对你的，我以后不会再让你吃一点点苦。等我满二十二岁的第一天，我就和你去领结婚证，你相信我吧。我不会写诗，可是这辈子，你写的每一首诗，我都会去读。"

李林燕已经有两年不写诗了，不仅不写了，还唯恐和人谈诗，别人一说诗歌，她就避之唯恐不及。现在一听他这句话，她立刻像触到了烙铁一样一哆嗦。她跳到一边，仍是不敢回头，她背对着他说话，唯恐看见他的脸。她急匆匆地说："你不知道吗？我比你大十五岁。"他抢着说："这不算什么，年龄不算什么，我根本感觉不到你的年龄，现在你在我眼里就是个小姑娘，我根本没有觉得你比我大多少。"李林燕明显地感觉自己在往下坍塌，她更加恐慌了，她说："十五岁，你知道十五岁是什么概念？等你二十二岁了，我已经——"他又一次打断了她的话："如果你愿意，我们今晚就算结婚了，就算没有那张结婚证，我们也是在一起了，我不会变的。从我来了方山，你就是唯一对我好的人，只有你对我好。从来没有人送过我任何东西，可是你给我买衣服买吃的，在我心里，你早就是我的亲人了。结婚不过是个形式，领不领结婚证，你都已经是我的亲人了。如果你愿意嫁给我，我会好好对你；如果你不愿意嫁给我，我也会照顾你一辈子。"

李林燕泪如雨下。她知道，她知道他这些话里未必有几句是能当真的，一个情窦初开的少年，他的一切都在变化之中，也许不到他大学毕业，一切就已经物是人非，也许他一进大学就会有一个女朋友，两个人在大学的林荫路上散步时，他想起他今晚说的话会不会脸红？可是，也许就在今晚的这一个瞬间，他是真的吧。

她突然想起十多年前的那个晚上旅美作家对她说的话："我的女孩，有一天我们一定会到一起的。"那个瞬间她信了，她总是这样，相信人世间一个又一个瞬间，大约是因为她心里早已明白人世无常，世上并没有什么真正可靠的东西，才会在这一个又一个瞬间寻找真相吧。她突然感到了一种来自命运深处的很深很深的悲哀，还有一种比悲哀更深的无奈。她不过是一只蝼蚁，再怎么用尽全力挣扎，也挣不出这张早已织好的网。

她清清楚楚、恐惧万分地像看着另外一个人一样看到，在这个瞬间，她再一次感动了。

眼前这个少年忽然让她想起了十二年前的自己，那时候，她二十一岁，正在上大三。她为什么总觉得眼前这个少年和十二年前的自己如此相似呢？她看到十二年前的自己从时光深处走了出来，正一步一步走向这个少年，然后，他们的影子奇异地重叠在一起。她忽然明白了，这个少年现在对自己的感情就是自己当年对旅美作家的感情，真挚，带着仰望，却是从一开始就是无望的。是啊，他像当年的自己一样，还不懂得在接触一个人之前先要把他祛魅，他还来不及懂得一个人和另一个人之间如果要有一点真正的幸福，那必得先有一种真正的平等。遇到第一个男人的时候，她仰视着他，崇拜着他，结果也就那样；因为吃了亏，所以她力求在第二个男人那里得到一种平等，但结果也就那样。现在，第三个男人站在她面前仰视着她，真像风水轮流转一样，现在，她被推到旅美作家的那个位置上了。这可是命运对她的一种补偿？

她站在那里不过几分钟的时间，却有一种流年暗中被偷换的感觉，好像几个春秋都从她身体里密密匝匝地穿过去了，有四季在她身体里千变万化着，她感觉自己凭空膨胀了好几倍，像只巨大的容器。他站在她的脚下，只有那么小的一点点，他看起来真的还是个孩子啊，这么小，这么单薄，身体还没有发育完全。她看着他，忽然就一阵心疼，像个母亲心疼自己的儿子一样，而这种感觉又让她觉得自己可耻，像在乱伦。

她忍不住又一次质问那个虚无中的男人——那个已成逝水流年的旅美作家，当年她站在他面前的时候，他就没有这种心疼的感觉吗，就没有觉得她还是个孩子？他居然忍心那样残酷地骗她，如果不是他给了她那样一个开头，她怎么可能在三十三岁的时候还孤身一人住在破窑洞里，没有人疼她，没有人爱她？她分明已经是荒山野地里的一个孤魂野鬼。

她已经多少年不允许自己委屈了，现在，沉渣泛滥，她的委屈倾泻而出，立刻就把她淹没了。她趴在他的肩膀上号啕大哭。他紧紧抱着她，把她镶嵌在自己的怀里。他轻轻地拍着她的背，像哄一个小孩子睡觉一样，他居然很神奇地、无师自通地用下巴蹭着她的脸，不停地说："不哭不哭，我会好好爱你的。我爱你，你知道吗？我很爱你。不哭了，不哭了，哭得像个小孩子一样。"

她在他的话语里忽然感到了一种奇怪的角色替换，她觉出了在这个少年身上居然有一种类似于父爱的东西，此时，他居然像个父亲一样爱着她，哄着她。她依然哭着，却浑身一震。因为她明白，一个人爱另一个人到深处的时候才会有这种类似于父亲母亲的感觉，你足够爱他了就会不自觉地把他当作自己的孩子，就会奇异地觉得你是他的母亲或父亲，因为不如此便不能深不见底地去爱一个人。

可能是为了补偿自己，也可能是为了报复当年的旅美作家，当然更重要的是，这个父亲般的拥抱一针便刺进了她的穴位，为此她撒手放开了自己，纵容自己在时光中迷失了，她从这十二年的上空跳了过去，然后摇身变成了这个男人的女儿。

现在，他是她的父亲。

这是李林燕和第三个男人在一起。她想起了自己十二年前那个晚上的生涩，现在想来，那时真是飞蛾扑火啊。红烛已经慢慢烧尽了，她想，这就是洞房花烛的感觉？这种新奇的感觉又让她流泪。在黑暗中，她能感觉到他每一次拥抱的温度，没有一点点虚假掺在里面，她感觉到了，此时此刻，他恨不得把自己的命拿出来给她。他疼惜着她，亲吻着她，恨不得把她在前两个男人身上受的苦一次性还给她。她想，他虽然生涩，但是就像一只刚切开的椰子一样，新鲜而一尘不染，她是他的第一个女人，那么，他对她总该有一些真心吧，总该和以前那两个男人不同吧。她暗暗告诉自己，一个男人如果很年轻，也是有好处的，那就是，他还有一点真。原来，她已经说服了自己。在一切前途未卜的时候，她已经说服了自己，这让她在黑暗中又是一阵恐惧。恐惧已经成为她的常态，和她如影相随。

此后，蔡成钢会在周末的时候偷偷到她宿舍过一夜。她给他做些好吃的，还要在灯泡下给他补一会儿语文课，然后两个人才熄灯睡下。

2000年，蔡成钢顺利地考上了省城的理工大学。开学的时候，李林燕把他送到大学报到，给他买好了脸盆、毛巾，买好一切日常用品。她浑然不觉自己在做这些事的时候真的就像他的母亲一样，她只是本能地想为他多做点什么，在她眼里，他终究是个孩子。她临回方山之前，他像下保证似的又对她说了一次："等我毕业，我一毕业咱们就领证，我找到工作就把你接过来。"一个四年以后的承诺，多么遥远，又是多么脆弱，可是她还是对他笑着，表示答应。

此后的四年时间里，李林燕尽可能地省吃俭用，每年帮蔡成钢缴学费，每个月还要把自己工资的一半通过邮局汇给上大学的蔡成钢，给他做生活费。她不是没有犹豫过，因为她会下意识地问自己：这样做值得吗？这样做，她真的会得到什么回报吗？她知道，这样做，她其实冒着很大的风险。她知道，她不过是个爱情上的亡命徒，不过是在孤注一掷，他说四年以后怎样，真的就会怎样吗？他能知道这四年里会发生多少事情吗？如果他在大学里遇到更好的女孩子，他变心了，她又能把他怎么样，难道她能把这钱要回来吗？到时候她会成为方山中学更大的笑柄，又是赔人又是赔钱，那笑柄会大到她无处容身的地步，甚至连这破窑洞里也待不下去了。到时候，她怎么办，她又该去哪里？

可是，她眼前又出现了蔡成钢高一来报到时的情形，压都压不下去，没有办法，她真的心疼他，可能是因为孤独得太久了，她太需要亲人了，她经常会不自觉地觉得他就是她的孩子。她又想起了那些个夜晚他抱着她温存，那些温存、那些话起码都是真的吧？就算他以后变了，他对她起码真实过、爱过吧？既然这样，他横竖也算在这个世上做了一回她的亲人，她也算没有白认识他一场。三十三岁之前从没有人向她求过婚，他是第一个，就为这一点，也算值了。人活一世，本质上不过就是爱与被爱，这样算计又有什么意思？就算他最后也不过是骗了她，她就权当自己是行善做好事了，资助一个贫困生上完大学也算功德一件吧。因为老了几岁，她越来越相信世上真有因果报应。最后，她还是按时把钱给他汇了过去。

这一开头就是四年。蔡成钢一个学期回来一次，学校放假之后，他先到方山中学看她，和她在一起住几天，然后回家看自己的父母，临开学前再来方山中学和她待几天，帮她做些体力活，提水、捣炭、修补门窗，像个真正的男人一样。学校的老师们看在眼里，流言四起，她也不管。反正这么多年来她在这学校里从来就没有过好名声，她就是什么都不做也就是那样一个恶劣的名声，还不如索性真做点惊世骇俗的事情给他们看看，也不枉他们这么多年费尽心机地笑话她、践踏她，不把她当人。作家的摇篮？那自然不是人。

而事实上，她心里比谁都恐惧，她再明白不过，蔡成钢不过是牵在她手里的一只风筝，就靠那么细细一根线，随时会被风刮断，甚至被它自己咬断，无论是道义还是经济原因，都是靠不住、脆弱不堪的。它一旦飞走，她根本奈何不了它，像旅美作家一样说消失就消失了。就是因为这种隐隐的恐惧时时刻刻像虫子一样啮噬着她，她只能加倍对他好，近于讨好。除了生活费，她还定期给他寄去吃的、衣服，比如自己亲手织的毛衣，她像个隐形的保姆一样负责他的全部生活。她一人兼顾了多种角色——母亲、姐姐、老师、保姆、资助人、妻子、女儿，一开始的时候，她简直有点应接不暇，手忙脚乱，经常陷入多种角色的冲突，就像落进了自己摆好的迷局。但不管怎样，这样的忙碌和操心总算给她枯燥、贫瘠的生活找了点事做，使她得以填满那些无尽的日日夜夜——那些像长明灯一样永生的日日夜夜。

蔡成钢因为机灵，和大学里的老师们关系也好，毕业的时候便留校做了辅导员。工作刚安排好，他就去方山中学找李林燕，要和她去领证。虽然蔡成钢不过是信守了四年前的诺言，李林燕还是多少感到意外，就像凭空捡了个便宜一样。这四年时间里，她尽管供给他一切费用，心里却根本就没有底气。她太老了，而大学校园里的年轻女生比比皆是，蔡成钢长得不丑，个子也不矮，人又机灵，怎么可能没有女生喜欢他？她们当然不会知道，他身上的一针一线都是她给他买的、织的。她们只会看到一个现成的他。所以，在她源源不断地供给他钱的同时，心底里却时时刻刻做好了准备，准备着哪一天他先变卦、反悔。她必须得准备好了，只有在心里一直准备着，真的到了那个时候她也好有个缓冲，痛也痛得轻一点，不至于到时候痛得无法自持，颜面尽失。

可是，四年之后，他真的过来找她了。她一面再次惶恐地打量着她和他的年龄，一面暗暗地欣喜着，他还算有良心。她今年已经三十七岁了，她知道，以她的名声和年龄，在方山县，她再不可能有机会嫁出去了，不会有男人娶她的。眼前这个男人虽然比她小十五岁，可是，他起码是真心地要娶她。这对于她来说，是结束后半生孤独生活的唯一机会。

原来，她是这么惧怕孤单，原来，她没有一天不怕它。她是恐惧得太深了，就自以为根本没有恐惧可言。

这是2004年，他们领了证，虽没有摆酒席，却在方山中学发了一圈喜糖。尽管是个小男人，毕竟是男人，而且是被自己一手打造、培养出来的，李林燕心里多少有些见不得人的窃喜，自己培养出来的总该忠诚于自己吧。这样一想，她又觉得自己实在可怖，怎么像个一心要培养党羽的宦官，而培养党羽无非是因为自己无能。

结婚后，又有新的问题出来了，那就是，李林燕是跟他去省城住还是继续在方山中学教书。李林燕考虑再三，决定还是先两地分居，因为她如果跟着他去了省城就没有工作了，她这把年龄了再到省城给人打工？她能在方山中学忍辱负重十五年就是为了这个饭碗，况且这么多年过来，她觉得自己除了教书，别的都不会了，长期在方山中学这个孤岛上窝着，她像鲁滨孙一样，已经不习惯和外界打交道了。如果连这份工作都扔了，那就意味着她在经济上没有办法再独立了，她将不得不依附一个男人。她不敢。就算他们已经领证结婚了，她也不敢。没有办法，她在他面前将注定永远是心虚的，永远是没有底气的，因为他们之间的十五岁像泰山一样压着她。

她不得不时时刻刻考虑着下一步、再下一步，如果他哪天变心了，怎么办？如果他终究嫌她老了，要和她离婚，怎么办？到时候，她像个衰老的弃妇一样被扫地出门，连个寄身的地方都没有？所以，她不能，她万万不能把这个世界上她最后一个栖身的地方——这个破败的窑洞——也放弃。

七

他们变成了被一条公路挑在两头的两地夫妻。

蔡成钢一个月回方山中学看李林燕一次，过个周末就又回省城。蔡成钢总是抢着回来看她，她也不说什么，由着他来，心里却明白，八成是因为这样老的一个妻子着实拿不出手，猛地被旁人一看，很容易以为他们是母子。他回来也有他回来的好处，给方山中学的老师们看看她男人跑得多殷勤，心里要是没她，他能跑得这么勤？有时候会有一两个老师似笑非笑地问她："你家蔡成钢跑得还挺勤嘛，不过，年轻人嘛……"她便笑着对眼前的人说："我们好得很。"这句话也是一语双关的，意思是要告诉这人："我们哪方面都好得很，不用你操心。"有时候她甚至暗自庆幸，亏得蔡成钢是个理科生，几乎没有文学修养，不然的话，她那"作家的摇篮"的封号简直要稳如磐石、固若金汤了，她这辈子都甭想再翻身了，好像她怀里就是专门出男作家的。

她心里也明白这种局面终究不是长久之计，一种隐隐的危险沉在她心底，就像一只船沉在海底，就是隔个十万八千里，她也能闻到它的气息，它就沉在那儿，它就是锈迹斑斑了，腐朽不堪了，还是在那儿，它根本不可能长出翅膀从这海底飞出去，不可能。可是，既然没有更好、更稳妥的办法，她就强迫自己安之若素。

日子一天一天过得疯快，又相似得可怕，所以倒也过得流畅，不觉一年又一年过去了。她蛰伏在这孔破窑洞里，蛰伏在巨大的惯性里，倒也过得下去。只是不能去想明天，好像从一开始她就是个没有明天的人，好像她天生就是个残疾。

　　她一度想过要个孩子，毕竟孩子可以牢固夫妻关系。但不知什么缘故，结婚两年了也不见怀孕，她偷偷去县医院检查了一次，她没有问题。难道是蔡成钢有问题？这话怎么和他说？算了，年龄都这么大了，何况她最不愿意做的事就是挫伤他，因为在她心里，他其实一直是个孩子。她不忍心，那就随遇而安吧，行到水穷处，坐看云起时，真要发生什么的话，谁都拦不住。她唯一能做的就是，往死里对他好。一年又一年，她真像母亲一样对他。以至于有一次晚上两个人躺在一起的时候，他忽然对她说了一句："有时候觉得你就是我妈。"他母亲是个瞎子，能为他做的事情极有限，为此他很小的时候就学会了自己缝补衣服、钉纽扣。现在他在她身上把这二十多年的缺失全找回来了，所以他不能不依恋她，可是再怎么依恋，她也觉得像是儿子依恋着母亲，而不是一个男人依恋一个女人。就这样过吧，无论是哪种依恋，只要能把两个人牵扯在一起不分开就够了。但她必须承认她仍然时时刻刻紧张着，这种紧张其实让她很累，她和这个男孩结婚本身就是冒风险的，如果他们终有一天离婚了，有多少人在等着看她的笑话啊。他们简直恨不得把她做成一枚标本展示给世人看。她不能让他们得逞。

　　可是，无论她怎么恐惧，该来的终究会来，她挡不住。这时已经是2008年了，这是他们婚后的第四个年头，就是在这一年，她发现蔡成钢回家的次数开始减少，不再是一个月回一次他们这个小家了，改成了三个月甚至四个月回一次家。他借口说自己正在读在职研究生，学习紧张，回家就少了。她冷笑。借口，时间是个什么东西，哪有挤不出来的时间？她站在窑洞的窗前，面无表情地望着远处一个虚虚的地方。她已经感觉到了，他们之间正像一座开始融化的雪山一样，已经有一个小小的角落开始坍塌了，接下来，该是整座雪山坍塌了。她站在这雪山脚下，不过是螳臂当车。

马上就到年底了，整整一年时间里，他只回了三次家。他不回家，她就绝不催他；晚上他不给她打电话，她就绝不先给他打。晚上，她经常心不在焉地翻着一本书，看了半天，书上的字却一个个面目可憎，都不认识。她自己都不知道其实她全部的注意力都放在那电话上了，她一晚上一晚上地等着它响，可是，它比一个哑巴还安静。她和那电话静静地相望，但她不会去碰它。她看看墙上的表——十一点。如果他身边有人的话，这个时候两个人应该正是如鱼得水的时候吧，她怎么做，难道打过去骂他？连着那女人也一起骂？你们还在做啊，也没猝死？她不能。她开始看电视，正在播放一部正妻斗小三的电视剧。看了几眼就不敢看了，关了电视，因为她恐惧，觉得她在提前看自己的明天。

今年她已经是四十二岁了，而他今年只有二十七岁。她凭什么把他捆绑在她四十二岁的身体上，不许他再去碰别的更年轻的身体？傻子都知道年轻的身体好，不然的话，怎么会连八十岁的老头还想娶少妻？她的身体已经不年轻了，已经有皱纹了，乳房已经下垂了，小腹已经鼓起，腰上也有赘肉了，既然这样，她凭什么去阻止一个男人去喜欢更年轻的女人的身体，她凭什么阻拦人家在一起？是啊，谁没有二十多岁过？她也有过，和旅美作家在一起的那个晚上，她就是二十一岁。怎么转瞬之间二十多年已经过去了？她怎么还什么都来不及做，就忽然之间变成了一个心力交瘁的老妇人了？她靠着墙坐着，怔怔地盯着那喑哑的电话，但一滴泪都没有。

蔡成钢偶尔回一次家，也是一进家门就见有什么活就做什么活，他恨不得把一年用的炭都给她准备好，话越来越少，活做得越来越多，一看就是一个正在愧疚的男人。他这些举动更证实了她的想法，但她什么都不说，由着他去。既然他觉得她像他的母亲，她就要把这慈母的形象维护到底。她不和他吵，她就是要让他愧疚，她倒要看看一个人究竟能有多少良心、有多么忘恩负义，还有多少心安理得。

更多的时候，屋子里只有她一个人，除了去上课，其余的时间她都是一个人在窑洞里过的，这孔窑洞成了她在这个世界上唯一的根据地。现在她已经很少看书，也无法喜欢上电脑和网络，她就靠织毛衣打发时间。这种机械而不用动脑子的古老活计让她有些迷恋，让她暂时忘记时间的存在，她变成了一个真空中的人，与世隔绝，也与世无争，整个世界的战火都烧不到她这里来。

在这种简单巨大、无边无际的安详中，有时候她会忽然变得宽容起来，她会在心里对自己说："是啊，人家有什么错，四十二岁的女人和二十多岁的女人有什么可比性？他不提离婚就算不错了。"如果他一直不提离婚，她怎么办，难道她先提出来吗？离婚之后，她一个人就这样静悄悄地老死在这孔破窑洞里？余生她将被方山县的这些八卦女人摧残到死？所以，如果他一直不提离婚的话，她就这样装下去吧，就这样睁一只眼闭一只眼吧，她惧怕更老之后的孤单，她不能到时候连个陪她的人都没有，她生病了怎么办，瘫痪了怎么办？难道她也像她家邻居那个孤老太太一样，因为没人照料又瘫痪在床，干儿子为了不给她洗被褥，把她裹在一块塑料布里，她就像只蚕蛹一样被裹在里面，尿在里面，拉在里面，直到整个人都被苍蝇包围了、吃了？再说，再过几年她就五十了，五十岁是什么概念？那就意味着她真是个老妇人了，可他那时才三十五岁，对一个男人来说，正是一枝花正在开的年龄，她凭什么把人家霸占在她身上？人不能太自私了，尤其是对男人，尤其是对这年头的男人，你还想要求他多少？要他从一而终？她疯狂地想着，疯狂地织着，像一架织布机一样。忽然，她一针戳进了自己的指头。

她本想着，如果能平平安安，那就这样过吧，她情愿睁一只眼闭一只眼。可让她没想到的是，还是有人不让她这样往下过。她正在那里使尽全身力气努力去消化这件事情的时候，有人主动来找她了。那天不是周末，她下了课，往办公室走，得先批改作业本。这时候她看到办公室前面站着一个女孩子。一个老师见她进来了，对她努努嘴："喏，找你的。"

一个二十岁左右的年轻女孩子。李林燕在看到这个女孩子的一瞬间，浑身的汗毛立刻竖了起来。不用说别的了，就她这个年龄就够了，她知道她是谁了。她眯起眼睛看着眼前这个女孩子，就像很多个晚上都梦见的一个鬼魅突然真实地出现在她眼前，她有些恐惧，有些憎恶，还有些好奇。

但是，在这个时候，她万万不能先失了身份。她要是先歇斯底里了，岂不是被她小看？她算什么东西？她是正房，是领了结婚证的妻子，她充其量就是个男盗女娼的小三，她还真和她一般计较？不能让老师们看了笑话，她带着这个女孩子出了校门，两个人向后山走去。她不能带她回自己的宿舍，免得让这淫妇脏了自己的地盘。

李林燕默默走着，不说话，她等着来客先说。果然，女孩子先说话了。她居然伶牙俐齿地先进行了一下自我介绍："我叫董萍，是理工大学大四的学生，蔡成钢……是我大学里的辅导员。"

李林燕淡淡的一声"哦"，表示她知道了，心却像被十只章鱼缠住了，根本无法呼吸。她微微侧转了一下头，深吸了一口气，免得把自己憋死。居然和她预料中的一模一样。好歹有点新意吧，好歹有点让她出其不意的波折吧？可是，没有，居然和她预想中的分毫不差，这种感觉简直让她觉得更加受辱。她成百上千次地在深夜里猜测那个睡在他身边的是个什么样的女人，她的直觉告诉她，应该是个女学生，应该是他的学生。没有更多的理由，就是一种直觉，她甚至看准了他一定会和他的女学生有染。但是那些都不过是活在她脑子里的假想，再怎么绘声绘色也是假的，没有机会变成真的。现在，这个人从她的假想中跳了出来，并跳到她面前，长成了一个庞然大物。这种逼真让她觉得恐惧而窒息，但她要撑住。

果然是他的学生，一个崇拜他的女生？多么雷同的情节，真让她感到彻骨地厌倦。这简直就是一种可怕的轮回。也许他在她这里终究亏欠下了，所以必得找更年轻的女人来补偿自己。

这个自称叫董萍的女生还在继续说："我来找你是经过认真考虑的，我觉得应该和你谈一谈。"李林燕又是淡淡一声"哦"，表示"知道了"。董萍也不客气，继续说："我大三的时候，蔡成钢成了我的辅导员，也就是说，我们认识两年了。"李林燕心里已经快要炸了，但她强忍住，不说话，听她往下说。董萍又说："我开始和他好的时候并不知道他已经结婚了，他没有和我说过，所以我不知道他有妻子，不然我不会和他开始，也就是说，我从一开始就被他骗了。"

李林燕终于扭头看了她一眼，这一眼她总算把她看清楚了，皮肤白净，五官疏淡、普通，一头没有修饰过的直发，看着就是大学里的普通女生。他居然和这样一个女生在一起？既是偷情，却找这种普通到没有任何悬念的女人？真是浪费。她忍不住，在心里对他一阵鄙视，也就这点审美了。就这样一个普通得落到人堆里就拣不出来的女生，居然敢上门来找她？好像真正的奸妇是她李林燕，而不是她自己，无耻。

然而董萍还在继续说，大约也是为了早早说话好尽早解脱。她说："我和他在一起已经两年了。嗯，你知道我的意思，就是说，我们已经在一起同居一段时间了。他可能没有告诉过你吧？"李林燕的腿和嘴都开始哆嗦，心想，这是什么世道，现在的女学生已经变得这么可怕了吗？说起和一个男人同居的时候就像说起自己刚刚吃了什么。她当年再惊世骇俗，也不过和旅美作家一夜，却为他守了整整十年。而眼前这女人竟然无耻地告诉别人自己和男人怎么同居。她是不是接下来还要详细告诉她他们在一起的细节？她简直要心惊胆战了。

董萍不理会她的表情，事实上她也没有看她，直视敌人的目光是需要胆量的，她避重就轻。她看着别处说："我今天来找你，也是迫不得已。其实我一直问他什么时候和我结婚，他一直含糊其词，一拖再拖。直到前不久我才知道他早已经结婚了。我质问过他，他也承认了。他说他不能和我结婚，因为他离不了婚，他说他老婆不会同意离婚的。可是你想，我和他在一起都两年了，我现在马上要毕业了，我得确定我去哪里找工作，只有我和他确定要结婚了，我才能在省城找工作。如果他不和我结婚，我怎么办？我和他在一起两年，出出进进，我班上的同学都知道，如果不能和他结婚，我以后怎么见人？最重要的是，我发现自己怀孕了，你说，我怎么办？"

两个人已经走到山崖边，李林燕停住了，只是看着远处，半天才像才从冰天雪地里爬出来一样说了一句："你觉得你找我有意思吗？你要是想结婚，就应该去找他，而不应该找我。"

　　可眼前的女生不是善茬，她说："他已经说得很清楚了，不是他不离婚，而是你不离婚，只要你同意离婚，他就离婚。"

　　李林燕虚弱地冷笑着，浑身的血往回倒流，心脏像一台水泵似的哗哗地把血全抽回去了，她手脚冰凉，却死死撑着说："这好办，把他叫来，我们三方对质，把话说清楚。只要他当着我的面和我说要离婚，我马上就离。"这个女孩子不说话了，眼睛也看着远处。李林燕心里多少有些明白了，八成是蔡成钢死活不同意和她结婚，这个女孩子急了，决定先从她这里下手，让她主动离开。两个女人一时都不说话，迎风站在崖边，衣袂翩翩的，像两个随时准备要跳崖的人。

　　这个女孩子忽然又喃喃说了一遍："他怎么能不和我结婚？他是我第一个男人，现在我都怀孕了，你让我怎么办？"这句话简直让李林燕有一口啐到她脸上的冲动，心想："你以为就你和男人有过第一次啊，你以为你和他第一次了就必须有回报啊，让你和一个男人在一起一个晚上，然后你等他整整十年，然后你名誉扫地，被人唾弃为'作家的摇篮'，如果这些事情发生在你身上，你觉得公平吗？就你觉得你是真情，又有哪个女人第一次深陷爱情的时候不是真情？"凭什么就她一个人该有回报，该被疼惜，凭什么她李林燕就该受这么多年的苦？她不是人吗？她没有纯洁过、纯情过？她没有真正爱过一个男人吗？凭什么以为世界就是她一个人的，凭什么她就不该受一星半点委屈？

　　李林燕连连冷笑着，忽然怒从心头起，积压了一年多的怨气忽然倾泻而出。她扭过头冷冷对她说:"离婚?我不会离婚的,不要以为这个世界是你的,不要以为你想怎么样就可以怎么样。你太小了,过几年你就明白了。你回吧,婚,我是不会离的。"

董萍也是一声冷笑:"你觉得你这样有意思吗?如果我没记错,你比他大出整整十五岁吧,你都能做他母亲了,你这样霸占着别人的青春有意思吗?而且我这样一个清清白白的人,你让我以后怎么做人?"

李林燕冷笑:"清白?连他有没有老婆都不搞清楚就跟他睡到一起?不是清白吗,这么容易你就和他睡了啊?"

董萍毫不示弱:"我就是再怎么随便也不过是和一个男人睡过。你呢?你很清楚你自己是个什么货色吧?别以为我不知道你的那点情史。就半年前,我们晚上睡在一起,他还详细地给我讲过你的情史,我都知道你和几个男人好过,你还不停地给一个男人写过情书。哦,那个男人在美国,听说从来没给你回过一封信。我还知道你有一个好听的外号,叫'作家的摇篮'。"

李林燕用尽全身的力气才没有让自己摔倒在地。

董萍连夜走了。第二天一早,蔡成钢回来了。

他们两个人在窑洞里默默对峙。李林燕像看一个陌生人一样看着他,看了他半天才悠悠说了一句:"听说你想离婚?"蔡成钢慌忙抬起头:"不离,我什么时候说要离婚了?我不离。"李林燕一笑:"你难道不知道昨天谁来找我了吗?你不想知道她对我都说了些什么吗?哦,她说她怀孕了,她说,只要我同意离婚,你就立马离婚,然后和她结婚,是这样吗?"蔡成钢往前连走两步,忙不迭地说:"不要听她胡说,她根本没有怀孕,没有的,我也绝没有说过这样的话。我承认,我确实和她……好过,是她先追我的，老去宿舍找我。我也是一个人住校……可是我从来没有说过要和你离婚的话，我从来没有答应过要和她结婚。你相信我，我真的没有说过，是她自己着急了，老逼我，我们就吵翻了。我明白告诉过她我不会和她结婚的，她就是丧心病狂了，不知去哪里打听到你的工作单位就偷偷来找你了。我根本就不知道。我不可能和你离婚的，你是我在这个世上最亲的人，我不离开你，我怎么能离开你？"

李林燕冷笑："哦，这么离不开我，却能在那边再找一个小姑娘一起住？"蔡成钢连连说："是我不对。我知道是我不对，我经不起诱惑。可是我心里真正爱的人是你啊，你对我来说是和任何一个女人都不一样的，谁都无法和你比，你不仅是我的妻子，还是我的母亲、我的姐姐、我的老师。你不知道，我们之间是割不断的，我们之间是血肉相连的啊。"

李林燕脑子里忽然想起的一句话却是，再怎样血肉相连，也抵不过一具年轻的身体。她毫不退让地逼视着他，更深地笑了："是吗？这么血肉相连却能详细给别的女人讲我的情史，讲我和几个男人睡过，还有，给她讲我的外号叫'作家的摇篮'。你倒是记得很清楚嘛。"蔡成钢的头猛地垂下去了，一句话都说不出来。

李林燕忽然就弯下腰捂住胸口，泪如雨下："你还有没有一点点良心，你还有没有一点点……良心？就算我什么都没有为你做过，就算我不过是个陌生人，你怎么能在别人面前这样说我？这样说我的时候，你是不是很愉快？是不是只有这样说我，你才能讨好她？"

蔡成钢扑通一声跪在她面前，失声痛哭："我已经后悔了，我真的很后悔，那是我一时……你原谅我一次吧，我真的后悔了。现在很多男人都这样，我就是控制不住自己。其实我心里一直都很内疚。她说是要和我结婚，其实也是为她自己打算。现在的大学生就业很难，她们专业的女生更不好找工作，她是想着，和我结了婚就让我帮她找工作，她想留在校图书馆工作。她当时为什么对我投怀送抱，我后来才明白，其实她是想利用我。可我们是亲人啊，我不会和你离婚的，我绝不和你离婚。我娶你的时候就没打算再和你分开，你就是比我大二十岁我也不怕，你比我先老了我也不怕，我会一直和你在一起的。我们不要分开，没有人能取代你，没有人比你对我更重要。真的，你相信我，你相信我好不好？我求你了，你相信我一次吧。"

李林燕汹涌却无声地流着泪。其实在昨天下午，在听到董萍说出"作家的摇篮"的那一瞬间，她的心就已经死了，那时候她就已经知道了，他们再不可能在一起了。他们缘分已尽。现在她流这么多泪，是因为她忽然悟了，其实不是谁害了她、骗了她，而是，她其实就是为一个时代而生的，她只能昙花一现，属于某一个时代，是那个时代的一缕光线，其实她早已经被这新鲜的时代远远地抛下了。在这个世上，她其实是一个遗物。她的所有挣扎其实是多么荒唐，让人泪下。

蔡成钢抱着她的腿还在继续说："眼看就要毕业了，她一直没找到工作，就老来逼我，让我帮她找工作，让我和她结婚，她简直就是个疯子。她昨天深夜突然去找我，像疯了一样哭着骂着，她问我到底离不离，我说，不离。听见我这样说，她突然不哭了，却说，不和她结婚也可以，我必须在一周之内给她三十万的青春损失费，不然的话，她就告到校领导那里去，说我玩弄女学生，让我在这个学校里臭名远扬，待不下去，让我滚蛋。她要让我活得不得安生，我以后也别想好好过。你看看这是什么样的女人，多么可怕。当初是我看走了眼，是我错了，我真的很后悔很后悔，我怎么能和这样的女人在一起、结婚啊？不过你放心，我会打发她走的，我会把她打发掉的。给我点时间，打发掉她，我们就好好在一起。我把你接到省城，我们再也不要分开。我怎么可能和她结婚？我要是和你离婚，和她结婚了，我会恨她一辈子，我会一辈子不得安生。"

李林燕听到自己的声音冷静得像块淬好的钢铁。她说："哦？三十万？你怎么打发她？你去哪儿弄这三十万？"

蔡成钢不说话了，只是抱着她的腿哀哀地哭着，真的像她的孩子一样。她忽然想起十多年前他到学校报到那天，他穿着不合身的大人衣服改成的衣服、破了洞的球鞋，看什么都怯怯的，还有他父亲背上的那箱沙棘。她汹涌地流着泪，伸出一只手摸着他的头发。突然，她声嘶力竭地喊了一句："你告诉我，我就要一句，你到底有没有爱过我？"

蔡成钢又号啕大哭起来："我真的不骗你，这个世上我最爱的人就是你，就是我和多少个女人好过，我最爱的人也是你，我就是卖肝卖肾也要把她打发掉，也不能和你分开。"

她苍茫地微笑着说了一句："男人是不是都可以这样，就是和一百个女人睡觉了还可以冠冕堂皇地说，他心里其实就爱着一个女人？"

两个人都不再说话了，久久地保持这个姿势，一个站着，另一个跪着，像两座山峰似的。不知过了多久，李林燕忽然推开了蔡成钢，对他说："马上也要过年了，还是快点结了好。这样吧，明天把她叫来，你们就在方山住一晚。给我一晚上的时间，我有办法，我会帮你的。"

蔡成钢火速回了省城，第二天果然和董萍一起来了方山县。看来董萍也是无计可施了，但凡有点机会，她都不想放弃。李林燕知道，蔡成钢其实已经没有任何办法了，不然他不会来求她。她确实是这个世界上最了解他的人。

当时天色已经晚了，三个人在县城里找了家旅馆，开了两间房。李林燕和董萍住一间，她说要和她彻夜谈心。蔡成钢自己住一间。三个人甚至在一起默默地吃了顿简单的晚饭。董萍一直等李林燕先开口说话，但李林燕一直没有说话。然后各回房间。

两个女人歪在床上心不在焉地看了会儿电视，彼此无话。董萍显然沉不住气了，她起身，戏谑地问李林燕："听说你要和我谈心？怎么一晚上不见你说话？要和我谈什么？告诉你，别再枉费心机了，如果他不和我结婚，不给我找工作，那也简单，给我三十万块钱，我就走人，一分都不能少，我就和你们再没关系。要是婚也不结，钱也不想给，世上哪有这样的好事？亏他想得出来！"

李林燕忽然很想对她说："你也配说你有过爱情？你要是真爱过一个人，回头就能问他讹三十万块钱？"可是她微笑着，一句话都没有说。这种笑容，她已经保持一晚上了，使她看起来文雅得不近人情。

董萍胸有成竹地躺下了，头朝里，一动不动，不知道是不是睡着了。

李林燕一直歪在那里看电视，不脱衣服也不换姿势。她一个频道一个频道地换着，直到深夜两点的时候，她轻轻地从床上坐起来，关了电视。然后她看了一眼邻床的董萍，她好像确实睡熟了，呼吸均匀，连身都没翻一下。李林燕在壁灯下盘起腿，默默地抽了一支烟。把烟头掐在烟灰缸里之后，她无声地站了起来，打开了放在床头的自己的包。她从包里取出了一把新磨好的斧头，然后她一手提着斧头，快步向另一张床走去。

八

　　她对蔡成钢撒了谎。她没有任何办法，她也根本不指望能说服这个女人，她知道那是根本不可能的，这个女人已经被这个时代逼急了，她不会放开蔡成钢这根稻草。她也知道蔡成钢根本没有办法拿出这三十万。她还不知道他有几个钱？然而，还有更重要的，从前天下午董萍走后，她忽然就有了这种感觉，那就是一种很深却很静的厌倦。她内心忽然有了一种深不见底的安宁，再不留恋什么，包括蔡成钢。她能在方山中学撑二十年，已经够本了。她也相信蔡成钢真的爱过她，那也够本了。一个人真的爱过另一个人哪怕一个瞬间，也算够了吧？她不是爱够了，是整个活够了。原来人的一生真的就是一滴水，在时光的洪荒中转瞬即逝。她不过是曾经的一个时代留在这世上的遗物，是用来祭祀那个时代的祭品。是该回去的时候了，总不能一直占着世上这活人的位子，应该让给那些更年轻的人，让给那些新出生的婴儿。他们是多么新鲜啊，像眼下这个时代一样新鲜、可畏。

　　当然，她在临走前要帮他最后一次，这个男人是她的丈夫、她的儿子、她的学生、她的弟弟，这个世上唯一曾经真正疼过她、爱过她的男人。她甚至想起了他那遥远的面目模糊的父亲。多少年了，他还是会让她落泪。

其实这个叫董萍的女生也不容易吧，就算她是她的仇人，她也知道她不容易。抓不到男人、抓不到工作的时候就去抓钱，也是一种保全，总不能让自己什么都捞不着。可是，无论如何，她还是要帮他一次。她真的心疼他，她不能让他在二十七岁的时候就名誉扫地、前途尽失。

她已经无声地站在董萍床前了。董萍显然没有任何感觉，还在熟睡中。李林燕站定，默默地、深深地吸了一口气，然后，慢慢地举起了那把斧头。

在斧头劈下去的那一瞬间，她清楚地看到了自己落在墙上的最后的影子，壁灯把她的影子放大了，又像投影仪一样把它投在墙上。它看起来像个诡异的魅影，硕大、狰狞、虚弱，紧握一把斧头。那斧头正像一支脱弦的箭一样迅速向另一个女人的脖子飞去。

圣婴

他恍如浸泡在二十年前的水底，这水里还浸泡着一老一少两只标本，她们在这水底搭乘着格格那肥大丑陋的肉体之船，好像这是她们唯一的诺亚方舟。

他在这深不见底的地方忽然与她们不期而遇。

一

他走进这破旧小区第一眼看到的，便是那对坐在紫藤架下的母女。

她们坐在那里，不约而同地盯着他，像橱窗里一对为他摆设了很久的银器，虽然看上去灰蒙蒙的，但似乎只要他上前擦两把，她们就会重新长出大片光芒，足够他收割一阵子。

他站在门口慢慢打量着她们，她们也小心翼翼地打量着他。横亘在他们中间的是一大片闪闪发光的正午的阳光，似乎有人正在这里翻晒一大片金黄的谷穗。坐在谷穗尽头的母女俩若隐若现，像两只误飘进深秋时节的纸风筝。突然，他微微一笑，拉了拉西服的下摆，又松了松脖子里的领带，这条廉价的红色领带像艳丽的死蛇一样缠在他的脖子上，湿腻而冰凉。他踩着那金色的阳光碎片试探性地往前走了一步，紫藤下的母女没有动，她们依旧坐在那里，身上有深潭里才有的青苔气息。秋天似乎快步跑到她们皮肤下面去了。

这时候他才注意到，这小区里一共有四栋六层的老楼，每栋楼楼顶都带着尖顶的阁楼，灰败的墙不久前刚被刷了一层油腻的奶白色，像一个老女人急吼吼地要遮住自己的年龄。整个小区里光秃秃的，除了一道蛇形的走廊，走廊上爬满了阴森森的紫藤，站在走廊口倒像马上要走进一眼深不见底的山洞。就连城市里的这些贫民也有自己的房子，这些砖石堆成的房

158

子在地球上到处都是，简直像一些奇怪的卵。他几乎是愤怒地看了它们一眼。房子是什么？不过就是一堆砖石。其实，人也不过是由一堆砖石砌成的吧，这些砖石就是那些无穷无尽的意外，以及意外之外、再之外。一眼看过去，那简直是一副可以无限纵深的镜头。所有这些大大小小的意外堆积成了一个人形的建筑。

他又向着那架碉堡似的紫藤走了几步，唯恐在他到达碉堡之前她们就会像鸟一样逃走。他已经习惯人们一看见他就四处逃散，在七月的烈日之下仍然捂在身上的西装和缠在脖子上的廉价领带以及不分昼夜挂在脸上的谄媚笑容都会在第一时间把他出卖。经常是他冲着人堆刚摆好笑容，还没来得及从他的百宝囊中取出法宝进行推销，众人已四处逃窜作鸟兽散，把他和他脸上冻得狰狞的笑容抛在北极圈内。他独自瑟瑟地站着，虽然大热天里还穿着西服，却分明觉得自己一丝不挂地被抛在人来人往的大街上。

没办法，他知道，对于他这样的人来说，这种工作是世界向他裂开的唯一一道裂缝。别的缝隙，他连钻都钻不进去，只有这种工作才可能让他空手套白狼，才可能一夜之间成为富人。在上岗之前，他还参加了一次培训。培训班里的老学员像英雄一样向他们传授秘诀，就是一定厚脸皮，只要不要脸了就什么都可以做到，只要像狗一样去舔别人的脚，别人好意思把你踢开吗？脸算什么？在这世界上，脸是最没用、最累赘的一样东西。老学员让新学员们手拉手，坚信他们一定能成功，一定一定能成功。

培训结束之后，他穿起西装打起领带，晚上打地铺，白天挨家挨户地去做推销。西装只有一套，所以一上他的身就像另一层皮肤一样长到了他身上，剥都剥不下来。这黑色的西装在他身上长势葳蕤，压过了其他一切器官，竟独自长出了一片森林般的气场。所以每次他还没走到人跟前，人们就慑于他这层皮肤的气场，赶紧逃走了。

　　一年时间过去了，他仍然打着地铺，仍然春夏秋冬不论严寒、酷暑地裹着同一套西装，真是老虎下山一张皮的气魄。有时候他怀疑人们会闻到他西装下面藏着的馊味，他自己时常会不自觉地朝腋下闻闻。越是担心，他越是在十米之外便摆出更多更富丽堂皇的笑容，像杀虫剂改进了配方，药力越来越猛，恨不得顷刻便把一群人全部药倒。然而，人们还是一见他就跑，好像不仅认出了他那著名的西装，还娴熟地背下了他的五官。他经常觉得自己的境遇比一个四处逃窜的通缉犯好不了多少。

　　他又朝着碉堡下的那对母女小心翼翼地走了几步，她们居然还坐在那里，不只是坐在那里，简直就是岿然不动地看着他。他心中一阵狂喜，不由得加倍蹑手蹑脚，生怕惊跑了前面的那两只鸟儿。他一边走一边习惯性地在嘴角架起他的招牌笑容，那笑容又大又空旷，像只捕鼠器似的专心等着老鼠们钻进去。等到他挂好笑容，忽然又意识到这样很危险，因为事实上，他的笑容像某种商标一样经常会把人吓跑。于是他又慌忙地拉下脸来，好让自己看起来严肃一点，起码不能让人一看就知道他是个搞推销的。

　　他蹑手蹑脚地又走了几步，横穿那片金黄的阳光。现在他离她们只有几步之遥了。他欣慰地看到，那对母女仍然坐在紫藤架下，没有丝毫要走的意思。看样子她们像是本来就住在这紫藤的碉堡里似的，而且是自宇宙洪荒时代，她们就住在这里。他已经能看清楚她们的脸了，这简直让他感到了突如其来的快乐，因为他实在是太久没有看清一张人的脸了。只要他出现，它们便纷纷隐去，好像他是个前来捉鬼的法师，那些面孔一见到他便化为齑粉。

　　他看清坐在眼前的是一个五十多岁的老女人和一个肥胖的年轻姑娘。

那姑娘死死盯着他，嘴唇张开，耷拉着一截粉红色的舌头，下嘴唇突出，托着一汪刚分泌出的唾液，一边看他，一边用两只手紧紧抱着那老女人的一只胳膊。这时，老女人忽然举起另一只手，放到眼前搭了个隆重的凉棚，把眼睛藏在凉棚下，就着凉棚的阴影看着前面的男人。她凉棚外的嘴唇干瘪，线条僵硬，像两扇木门一样紧紧闭着，似乎随时要把人推出十米之外。她冷冷地看着他，好像才忽然发现眼前居然有个男人，并且她的表情告诉他，她根本想不出他是忽然从哪里降落的。她似乎更愿意相信他是被眼前的一坨空气分泌出来的。

她搭起的凉棚和嘴角的僵硬让他更快乐了，他不由得又对她们笑了一下。大大的无声的笑，简直像一座从他脸上顷刻搭起的巴别塔，从这塔里出发，他可以到达所有地方。他毫不犹豫地又往前迈了一步。

这时候，那个胖姑娘忽然尖叫了一声，一边尖叫一边把脸埋在老女人的怀里。他吓了一跳，心想，难道自己长得很吓人吗？还是吓人而不自知？这时候胖姑娘把脸探出来偷偷看了他一眼，又飞快地把脸埋进去，埋进去不到几秒钟又蠕动着探出来偷看他，好像已经坐实他是个奇形怪状的人。他头一次受到这种待遇，正在纳闷，忽见那老女人终于撤掉了搭在眼前的凉棚，对着胖姑娘的耳朵耳语了几句。胖姑娘的脸便再次像蜗牛一样缓缓地、湿漉漉地探了出来，她又在偷看他，一边偷看一边露出一截粉色的舌头。她在笑。

他忽然明白了，怪不得第一眼看到这胖姑娘就觉得她哪里不对劲。现在想来，是她胖得太异样了。那是一种没有底气却声势浩大的肥胖，不像是一块肉一块肉垒起来的，倒像是一只气球一口气就被吹起来了，似乎谁要是敢戳她一下，她就会立刻爆掉。他想，八成是长期服用激素药物的结果。

想到这里，他简直感到喜悦了。一个瘦骨嶙峋的老女人加一个智障的胖女儿，她们简直是为他量身定做的。想到这里，他忍不住摸了摸带在身边的皮包，唯恐装在里面的东西会自己迫不及待地跑出来。但他不能一开口就让人知道他是个卖药的，尽管他卖的是保健品，但是旁人总觉得他与走街串巷卖耗子药、蟑螂药的无异。他抬头看了看天空，张口便说："姐，今天天气真不错啊。"

这是他在推销途中取到的不二真经，见了女人永远只能把她往小里说，越小越好，把三十岁的当十八岁，把六十岁的当三十岁，对当阿姨的、当奶奶的一律统称为姐绝对是安全的。为了把老女人和她女儿区分开，他又冲着智障的胖姑娘慈祥地说了一句："小姑娘，你的皮肤真好。"听见这话，胖姑娘立刻像只喜鹊一样又尖叫了起来，他看不出她脸上的表情是高兴还是愤怒，只见老女人一面按着她，一边又在她耳边说了几句什么，胖姑娘便站了起来。她一站起来，他才发现她庞大得吓人，肚子巍峨，估计用皮带都勒不住裤子，便用一根绳子勉强绑在腰上。胖姑娘看了看她母亲，又偷偷看了他一眼，忽然站在阴森森的紫藤树下跳起了天鹅舞。

她拼命地踮着脚，把整个庞大的身躯都搭建在脚指头上。这只肥胖的天鹅一边摇摇欲坠地跳着，一边不忘朝他这边偷偷看几眼。随着脚尖的一踮一踮，她浑身的肥肉也像风铃一般哗哗作响。倒是他有些不忍目睹了，只觉得整个世界都被这白花花且肥腻的肉覆盖了，他自己也被埋进了这人肉坟墓。

他站在那里，架着一个空空的笑容一心等着这胖天鹅赶紧跳完。果然，没几分钟她便气喘吁吁地停下来，站在那里得意地看看老女人，又看看他。老女人抿紧的嘴唇终于咧开了，孵出一个月亮一般的笑容，她用哄婴儿的语气对胖姑娘说："格格跳得真好。"说完，她迅速剜了他一眼，提醒他作为第二个在场的观众不能不发表一点感想。他便连忙对那胖姑娘夸过去："确实很好，跳得真好，真像一只天鹅。"格格好像又害羞了，抱住母亲的一只胳膊忽然又尖叫了两声。他忽然明白了，她尖叫的时候大约是因为她兴奋，比如刚才她看见他的时候……他背上忽然爬过一丝阴凉的感觉。

老女人坐着，格格不肯坐，一定要站着轰隆隆地偷看他。他只好也看她。他注意到她站在那里的时候，两只手一直在机械地摆动，两只脚也在合着同一种节奏踏步，好像她身体里有一根诡异的发条已经被拧紧了，她整个人被迫像一只钟表一样呼吸。他忽然又有些不寒而栗，这也是服药过量的结果。老女人注意到他正看着格格来回摆动的手，便一把拉住女儿的手，像是急于要把那些诡异的机械动作藏到自己的口袋里。

她拉着女儿的手，却把脸转向他，她微微仰起脸，用鼻孔看着他说："这天鹅舞可是我送她到舞蹈班里学的，花了八百块钱呢。这小区里的女人还说我，花八百块钱学这个有什么用，有那八百块钱不会去干点别的，就是八块钱一斤猪肉，八百块钱也够披挂一百斤猪肉在身上了。我说我就爱花这个钱，我就是要让我家格格学。你说，这钱怎么能说是冤枉钱呢？她就是每天给我跳一段也算没有白学吧，我天天有天鹅舞看不比看别的强？再说了，我家格格也不是见个人就能跳的。"

她的意思是，他已经被她们娘俩款待过了。可他听出了她的话外音，其实是，这巍峨的胖姑娘是只要见到个人就要来段天鹅舞的，恐怕连闸都刹不住。他又感到了一阵奇怪的恐惧，他必须得把话题往他包里的药上引，他并不是闲得乐得在这里做一个傻子的观众。他眯起眼睛看着胖姑娘，心想，还是得从这傻子身上入手。她那母亲像是在菜籽油里浸过的，又干又硬，简直刀枪不入。

他盯着胖姑娘身上的肥肉盯了几秒钟，然后笑着开口了："这小姑娘今年多大啦？这么年轻的姑娘，当然长得胖一点是很可爱，有很多人会喜欢胖一点的姑娘。可是，年轻女孩子嘛，还是苗条一点会更好——"

老女人咣的一声截断了他的话："我家格格今年十八岁。"说完，她得意地看了他一眼，像是刚刚向他炫耀了一件珍藏多年的宝物，而且只给他看一眼便飞快地收了回去，唯恐被他抢走了。她继续说："我家格格就喜欢胖一点，我也觉得胖一点好，胖了有什么不好？胖了显年轻，胖了皮肤就好，那些瘦子都是纸糊的，风一吹就倒，得个感冒半个月都好不了。哪像我家格格，一年到头都不知道什么叫感冒。"

格格听懂她母亲的话了，知道是在夸她，便又像喜鹊似的尖叫了两声。她的两只手被母亲擒拿了，两只脚却还在原地不停地踏步，就是忙着尖叫的时候都没有停下。他盯着她那两只来回踏步的脚，只觉得头皮发麻，好像亲眼看着一支诡异的队伍正朝着他轰隆隆地开过来。他咽了口唾沫，把脸上的笑容摆得像一张巨幅海报，然后他开口了："格格是很可爱，非常可爱的姑娘。嗯，我觉得，我只是觉得……要是给她服用一些脑神经营养品就更好了——"

老女人再次像一座雄伟的堤坝一样截住了他的话。她音色洪亮，义正词严，仿佛刚刚被发电机充满电。她严厉地对他说："格格不需要任何脑神经营养品，她是个可爱的小女孩，她只有十八岁。"

"可是——"

"她什么都好，她脑子没有任何问题。"

"可是——"

"我再说一遍，她脑子没有任何问题。"

"……她不是脑子有问题，她只是心理上有一点点障碍，是障碍，明白吗？"

他唯恐又被这大坝截流，便趁她喘气的当儿，飞快地掷出了这句话。

老女人一愣，竟没有火速接茬。

机会来了，他已经看到了他可能出现的成功正在前面一路小跑，像一匹配好马鞍只等着他骑上去的马。他得紧跑两步追上去。他对着她宽容地一笑，表示他是唯一和她同时看到坛子里到底装着什么的知情者，此刻他是她的盟友。他又开口了："在脑神经心理学的范畴，有一种症状叫躯体化障碍，它具有假性神经学的症状，比如运动协调障碍、平衡障碍、麻痹，会失声、尿频、幻觉、触觉和痛觉消失，还会记忆丧失和意识浑浊。这是一种心因性的疾病，但是长期服用利培酮和奥氮平会产生很多副作用，比如——"

他打住了，整个人站在那里像一颗夜明珠一样透着光泽。他眼前这钢铁侠般的女人忽然像折断了铁翅一样，怔怔地看着他，嘴唇微微张着，好像他真的是天外来物。他恨不得能把刚才那段话重新打碎再咀嚼一遍。推销了一年多的保健品，头一次用上这点背熟的专业知识，他还以为有生之年都用不上了。他看着目瞪口呆的老女人，心想，千万不能给她死而复生的机会，他得趁热打铁。

但是老女人忽然之间就泣不成声了。她张开嘴号哭起来，透过两排发黄的牙齿，能看见她暗红色的舌头。她就这样忽然不顾丑陋地哭起来，她一边哭一边挣扎着看着他的脸，一边看着他一边对他说："她生下来的时候不是这样的，她生下来的时候根本不是这样。你不知道她小时候有多活泼、多可爱。她是上学之后才变成这样子的。那时候她已经读初中了啊，已经是个中学生了，她很苗条，很美丽，很听话，从来不会和我吵嘴，谁都说她是个好孩子。呜呜，我不知道自己造了什么孽让她变成了这个样子。"

堤坝溃了，他得以畅通无阻地把目光再次投到胖姑娘身上。胖姑娘见他在看她，便一边使劲跺脚一边把脸埋在母亲怀里，好像一只鸵鸟把头钻进了笼子，只向他露出一个肥大的屁股。他像狼外婆一样慈祥地笑着，试图把她从笼子里引出来。他像正对着一个婴儿说话一样，所有的用词都涂了一层奶腥气，又像个医生在审视着某种新生的病菌。他说："格格，你能不能告诉我，你上学的时候发生过什么事？能不能告诉我发生过什么呢？是不是有同学欺负过你？有老师批评过你吗？还是有男生——"

忽然，老女人噌地站了起来，瞬间恢复成一堵铜墙铁壁。她一把把胖姑娘推到自己身后，然后对着他一个字一个字地用力往出掷："你，在，说，什，么？"

他往后退了一步，喃喃辩解着："我只是……只是想知道她心里是不是有什么障碍……这也许是她的病因。"

"她没有任何病……"

他几乎要笑出来了。他不再犹豫，迅速从包里掏出一瓶推销了一年之久的保健品，然后咧开嘴亮出三十二颗牙齿，对她笑着："你可以试着给她吃吃这个，这个是脑神经营养品，对她这样的病人是很有效的……当然，吃一瓶是不够的，起码要服用两三年时间。你放心，肯定没有任何副作用，也没有任何激素，吃了也不会把人催胖——"

"走开……"

"什么？"他像是没听懂，有些疑惑地看着她。她干瘪的嘴唇再次抿紧，又像一扇即将关闭的破旧木门。她一指头指向小区的那扇铁门，钢铁般的表情和巨人般的指头都在告诉他，这是他该离开这个星球的最后期限，这儿不是地球，而他应该滚回地球去继续招摇撞骗。

他落荒而逃，走出小区好几步了还能听到身后传出的胖姑娘的尖叫声，她真像只喜鹊。

二

过了几天，他穿着他那身铁打的西装、背着皮包，假装从那小区门口路过。

他沿着小区的铁栅栏慢慢往前蹭，一边蹭一边偷偷看着小区里的紫藤架。紫藤架下是空的，一个人都没有。从这个方位看过去，紫藤架里阴森森的，像一个打开的山洞，把那母女俩都吞噬了。他继续慢慢往前走，胖姑娘的尖叫声在他大脑的空房间里来回行走，试图寻找一个能坐下的地方。忽然之间，他看到胖姑娘从他大脑里跳出来，跳到他眼前了。

他再仔细一看，果真是她。可能是阴天的缘故，胖姑娘穿了一条肥大松散的背带裤，像只麻袋似的，把她的肚子、屁股和肥硕的腰身通通塞了进去。她上身穿着一件红色的T恤衫。

胖姑娘正站在小区门口，忽然也看见他了，便尖叫着一跳一跳的。他远远地看到她那两只巨大的乳房在衣服下面摇晃，冒热气，勉强被她的衣服镇住了。等他又往前走了几步才发现，在胖姑娘宏伟的腰身背后还屹立着一个人，是她的母亲。此时她正把脸扭向别处，假装没有看到他。

老女人身上的阴郁简直像固体一样搁在那里，她都不用开口便溢出了冷酸的气味。他远远地便闻到了，有些发怵。这时他发现，在胖姑娘尖叫着上蹿下跳的时候，老女人却假装专心致志地正看着路上的其他行人。忽然，他明白了，她们守在这里，其实是在等他再来。

他又往前走了几步。老女人还是用她那白发苍苍的后脑勺把自己严丝合缝地包起来。她越是不肯回头，他越是高兴，甚至得意。他盯着前面的母女俩，就像盯着一截已经被自己挤出来的赤裸裸的牙膏，连牙膏是什么颜色的，他都已经看清楚了，实在不能不得意。直到他走到两人跟前，老女人才不情愿地回过头来，然后假装忽然看到了他，吃惊地问："是你？你不是前几天来过吗？"

他觉得此刻自己就像一个陪小孩玩捉迷藏的大人，明知小孩藏在哪里还得假装找不到她。不过，他有充分的耐心，干他这行的要是没点耐心，早就死一千遍了。他笑眯眯地接口说："姐，是我。"

"你怎么又来了？"

"路过。"

"路过？"

"我经常从这里路过。"

"我带格格来门口看看汽车，她觉得在家里闷得慌。嗯……她经常想让我带她出去玩，她老觉得家里太闷了。"

他继续笑眯眯地看着她，不说话。她大约觉得站在那里有些心虚，便坐了下来。她坐在那里仰着头，往衣服里缩了缩肩膀，像是忽然感觉到了某种神秘、不辨方向的寒意。她继续蛮横地盯着来来往往的车和行人看，表示这可是她的星球，她想看谁就看谁。她一面盯着一辆大红色的小汽车一边说话，让人以为她不过是在和那辆汽车说话："哦，我还不知道你叫什么呢。"

他仍然笑眯眯的，周身的气场忽然之间便稳固如一座佛塔，像是瞬间把什么都能镇压下去："你在说我吗？我叫许峰，就叫我小峰吧。"

"许峰？你有多大了？"

"我今年二十五了。"

"鬼才相信你们这些卖药的话。你说你叫许峰，你以为我就信你啊。二十五？我看你起码有二十八了。"

他不说话，继续保持可怖而耐久的微笑。

她又把肩膀往里缩了一寸，好像正好赶上寒流了，风刀无情地割进她的衣服。她目送着又一辆汽车远去，好似它曾经是她的士兵，她有义务目送它一程。然后她慢慢开口了："上次你说的那个，障碍……有什么办法能治好吗？"

话题终于冲出了悬崖，现在改成顺水漂流了。他坐在门口的另一只石墩上，和她遥遥相望，如同两只其貌不扬的石狮子。他用一种焕然一新、只有大夫才有的口气说："应该可以治好。"

老女人忽然把投向汽车的目光悉数打捞回来，然后湿漉漉地投到他身上："怎么才能治好？"

她像一个走失的女童一样仰着脸，可怜巴巴地看着他，一动不动。她身后庞大肥硕、又叫又跳的女儿成了她亲手刺绣的屏风背景，她坐在屏风下，安静、古老，如一个裹着三寸金莲的中国老太太。

他咳嗽了一声，开始发挥："有病当然要吃药了。"

"能吃的药都吃了。去年住了一个月的医院，每天就是输液、吃药，一天要吃三十八颗药。一天就三十八颗啊，你说谁能受得了？就是好人也要被吃成病人了。可是现在的医院就这样，就这样给人治病，就是让人往死里吃药。药吃多了，副作用就都出来了……她以前根本不是这样的。她以前根本没有这样胖……你不知道她小时候有多懂事。她很小的时候，一次过她的四岁生日，那时候生日蛋糕很贵，她就很懂事地告诉我她不要生日蛋糕，她不爱吃。可是最后我还是给她买了一个。她一边吃蛋糕一边对我说：'妈妈，等你以后也变得很小的时候，我也给你买生日蛋糕吃，还给你点蜡烛，给你唱歌。'你说她可爱不可爱？"

她那两只被皱纹包裹起来的眼睛再次晶莹剔透起来，好像在这张满是皱纹、干涸的脸上，只有眼睛这个地方丰润、茂盛，不仅是茂盛，简直要把整个世界都淹没了。他看到他和胖姑娘的影子都在里面游弋，他们都变得很小很小，形同婴儿。他忽然有点难过，便说："可是不吃药怎么能治好……病？"他谨慎地选用了这个字，并准备着随时被她一球拍狠狠反击回来，击到他脸上："谁有病了？谁有病了？你才有病。"

可是她忽然就软弱得比眼睛里的他们两个还小，她满脸皱纹，形同侏儒，眼泪和鼻涕拧成一股爬在脸上，她也顾不得。忽然，她凑过来，用很小很微弱的声音乞求他："你是不是学过医？我觉得你应该是学过医的，不然你怎么会懂那么多，你是不是知道有什么办法可以……把格格治好？"

一个走街串巷卖药的，而且与卖蟑螂药、耗子药的从没有本质上的区别，忽然之间被人当作救死扶伤的医生，这让他一边觉得惶恐一边又没法不得意，好像忽然之间自己被当作牌位供在龙王庙，只等着这可怜的妇人向他求雨了。他不能错过这么好的机会，这老女人和她的胖姑娘果然是为他量身定做的。他打开皮包，飞快地从里面再次取出那瓶保健品。他动作之敏捷把他自己都吓了一跳，好像生怕取慢了，别人会替他取出来一样。

这药瓶的外面裹着一层黄绸子，是他裹上去的，因为老是拿出来又卖不掉，他怕弄脏了，卖相就更差了。老女人看着这黄色的包裹，然后伸出一只手，用一根手指挑开了外面的绸布，然后静静地端详着里面的药瓶。

他们两个都静静地看着他托在手里的药瓶，都没有动，好像托在他手里的是某一桩凶杀案的凶器，他们谁也不忍把它从一汪血泊里取出来。她盯着那药瓶看了足足三分钟，然后她抬起头来，脸上异常荒凉，只有眼睛明亮、灼热，他感觉她的目光随时都能在他身上烧出几个洞来。他正拿着药瓶不知所措，就听见她的声音平平地从她身体里走出来了，一字排开地站到他面前："原来你就是个卖药的，原来你还是在卖药。骗子。"

他感觉自己猛然被人从龙王庙的牌位上推了下来，碎了一地，在他还来不及捡起自己的碎片的时候，老女人已经拖着胖姑娘扬长而去了。胖姑娘像是走得很不情愿，一边走一边挣扎着尖叫。老女人并不回头，只管拖着那肥大的姑娘像扛着一件硕大的家具一样，一瘸一拐地往前走。他这才发现，原来她还是个瘸子，她的一条腿显然是有问题的，她也不去管它。她一晃一晃的背影让他恍惚觉得，她正把自己那根裂开的腿骨提在手里走路，那骨头明晃晃的，惨白，如同一根骇人的拐杖。

他举着那瓶药呆呆站着。

半个月之后，他再次来到这个小区门口。这天天气很热，他仍是把自己箍在那口黑色的西装桶里，背上像开了个澡堂子。他先是远远张望了一下那母女俩是不是正像石狮子一样守在门口。门口没有人。他又蹭到铁栅栏边，向里面的紫藤架下张望了一下。紫藤架下坐着另外两个老太太，正扇着蒲扇聊天。没有那母女俩的影子。他一边没有目的地往前走，一边想，她们是回家睡觉了，还是去干别的什么了。他忽然想，她们会不会已经从这里搬走了呢？胖姑娘的尖叫声和老女人包在皱纹里的两只眼睛古怪地交错在一起，衍生成了一种新的可怕生物，横在他面前。他想把它看清楚，它却只是面目模糊却又力大无穷地从他身体里穿过去，简直像一柄邪气、锋利的剑。

他一边胡思乱想着一边走到小区门口，忽然在门口的阴凉处看到了两个人——胖一瘦两个人影，胖的影子正坐着小板凳画街上来来去去的汽车，瘦的影子蹲在旁边看着她画。正是那母女俩。看到她们的一瞬间，他无端地松了口气，就好像两只走失的羊居然自己找回来了。正蹲在一边看胖姑娘画汽车的老女人一抬头正好看到了他，好像为了研究一下到底是不是他，她又特意在眼睛上搭起了那个经典的凉棚，好像这个凉棚是专门为他设计的，不动用这个凉棚，她简直无法把他看清楚。胖姑娘一抬头也看到他了，她立刻便扔下手里的铅笔，跳了起来，一边跳一边尖叫。那尖叫声把紫藤架下两个老太太的四只眼睛都引了过来，粘到胖姑娘身上。胖姑娘带着这叮叮当当的目光只是跳个不停。他走过去看了一眼她画的汽车——两个轮子上托着一块面包。他说："画得真好。"

老女人撤掉凉棚，眯着眼睛慢悠悠地对他说："你是那个许什么来着？"

"许峰，叫我小峰好了。"

"叫什么也都是假的，你们推销东西的还能有个真名字？去年有个女的来我们小区推销东西，她用三轮车拉着满满一车东西，什么都有，牙膏、牙刷、锅碗瓢盆。她对我说：'大姐啊，我这车东西最少值三千块钱，我的店倒闭了，我急着要把积压的货清理出去，回收点资金才能再做生意不是？你看啊，我就忍痛大甩卖，一车八百块钱全卖给你了。你买了可以慢慢再卖出去啊，保证你最少也能赚两三千块钱。'我想了想，这一车东西八百块钱也算值了，就都买下来了。她一边帮我卸货一边'大姐''大姐'地叫，说她叫毛毛，我以后叫她毛毛就行了，以后有什么需要的，只要打她电话，她就立刻赶过来。结果你猜怎么着？一车全是垃圾，都不能用，更别说往外卖了。再打她电话，哪里还能打得通？我知道你们都是骗子。你，今天还是来卖药？"

他笑了笑，下意识捂住了自己的皮包，像是怕里面的药瓶自己先跑出来。他说："姐，我今天是想来告诉你，像格格这种病光吃药确实是不行的，她又不是天生这样，那就说明她后天肯定受过什么刺激。你还是找人给她做心理治疗吧。怎么说呢？这样和你说吧，刚开始给她做心理治疗的时候，她肯定觉得很难受。因为她可能通过得病好不容易才把受到的那种刺激掩藏起来，现在却一定要把这病根再挖出来，她肯定会觉得不舒服。可是你想，你要是不忍痛去挖她的病根，她可能这辈子都好不起来了……所以，你还是要忍住，就这样往下把它挖出来。"

他一边说一边用手残忍地比画着挖的动作，好像他正在手术台上，手边是一大堆鲜血淋漓的器官，而他一定要从这堆器官里找出他要找的那个东西，那个东西是什么，他并不知道，只知道它肯定是丢在它们中间了。

老女人正出神地看着他的手势，忽然之间把眼睛从他身上拔出来，掷向他的身后。他吓了一跳，一回头才发现，那两个坐在紫藤架下的老太太不知道什么时候已经站在他们身后了。显然，两个老太太已经听到他刚才说的话了，其中一个用扇子指着老女人，用走风漏气的嘴说："你家格格就是该嫁人了，赶紧给她找个男人嫁了就好点了。你看，她一见到男人就又叫又跳的，那不是想男人了是什么？赶紧的。"老女人冷笑一声，摆出一副一口唾沫就能把老太太淹死的架势，扯起嗓子说："你说谁呢？谁有病了？谁想男人了？你才想男人想疯了呢？我家格格明明好好的，你看她哪里不对劲了？你看她全身上下哪里像有病的样子？你们还当我家格格嫁不出去？告诉你们，趁早别操这闲心了，我今天想把闺女嫁出去就能嫁出去。我是舍不得她，我们娘俩在一起多好，闺女就是件小棉袄，要多贴心有多贴心，我怎么能舍得把我闺女嫁出去？活该你生的儿子都不孝顺，人家宁可守着老婆都不愿来看你们一眼。"

她已经把范围从两个老太太身上转移到整个小区，然后又转移进小区里的四栋楼。她像个彪悍的将军一样站在这里发表独立宣言，似乎整个小区都是被她一手解放的，四栋老楼外加楼上的所有居民都该是她俯首帖耳的听众。

两个好事的老太太抹了一把被喷到脸上的唾沫，相互搀扶着逃走了。

三

胖姑娘才不管他们在说什么，她一个人尖叫着又跳起了她的天鹅舞。她再次踮起脚，把整个庞大的身体压在了脚指头上，她对着天空张开了双臂，这一瞬间看过去，她简直像一只几欲要飞上天空的肥大天使。

肥天使投下的影子里，静静站立着她阴郁瘦小的母亲。两个老太太的背影都消失了，她还是站在那里一动不动，疲惫、灰败，忽然之间便又老下去几岁。她还出奇地肃穆，看上去简直像一座教堂，而她身后胖姑娘的天鹅舞则是绘在教堂穹顶的冰凉壁画，她高高地悬在那里，展览给每一个前来教堂参观的游客。

他真想冲过去喝止那胖姑娘："不要跳了，你他妈的不要再跳了，你这傻子让所有的人都跟着你变成了傻子。"可是他站在那里也动不了，他脸上那不长腿自己就能走出来的笑容也在他脸上一动不动。他身上的黑西装和对面老女人身上的白纺绸就这样静静对峙着，好像他们是两枚意味深长的棋子。

这时候，胖天鹅终于跳累了，轰然倒向母亲的肩膀。她一边用头蹭着母亲的下巴，一边问："妈妈，你说我跳得好不好？好不好？"眼皮却撩起来，偷看着对面的男人，偷看一眼又赶紧用头碾着母亲。老女人赶忙说："好好好，格格跳得真好，以后都能上电视跳了。"

他暗暗松了口气，像得赦一般准备告辞。他佯装看看太阳，忽然一脸惊讶："呀，这都什么时候了，姐，我得走了。"没料到，老女人一边抱着胖姑娘，一边不紧不慢地对他说了句："回去了也得自己吃饭吧？走，到我家吃饭去。"

他打量着这个家。老式的两居室，最多八十平方米，窗户很小，屋里摆设的家具都是二三十年前的样式，一只红色的玻璃花瓶里插着一束塑料玫瑰花，连瓶带花从暗淡的房间里跳了出来。他置身在这些古老幽暗的家具里，忽然觉得时光在倒流，他恍如浸泡在二十年前的水底，这水里还浸泡着一老一少两只标本，她们在这水底搭乘着格格那肥大丑陋的肉体之船，好像这是她们唯一的诺亚方舟。

他在这深不见底的地方忽然与她们不期而遇。

他第一次知道老女人的名字，她叫宋怀秀。宋怀秀指着墙上的照片给他看："喏，这是格格小时候。很漂亮吧？像个洋娃娃……这是我们一家三口……他已经去世十几年了……工伤，早早就死了……活在这世上的人有几个不命苦的……我们工厂早倒闭了，不过我还有份退休金，还有她爸的一份抚恤金。就我和格格，也够用了。"

说到这里，她忽然把目光从照片里抽出来，看了他一眼。他又是猛地一哆嗦。她每次看他，他都有这种感觉，与其说那是眼睛，不如说那是她身上最坚硬的一个部位。较之她的肉体，这目光就像镶嵌在这肉体上面的两枚钉子。她继续给他介绍："这是水曲柳的家具，是我们结婚时自己做的。你见过水曲柳吗？你看到家具上的这些花纹了吗？它们都是天然长成的，你看看这些花纹多漂亮。我经常对格格说：'格格啊，妈妈哪天要是不在了，你可千万不能把这些家具扔了。现在那些家具怎么能用？都是骗人的，里面塞着锯末。'我说：'妈妈要是不在了，这些家具就都留给你做嫁妆了。'"

一个活人在那里展望自己死后的情景，总让人有些背上发凉。他便一句话都不说，只是俯首帖耳地跟在她后边。她指着家具展览了一圈，忽然，她在一扇狭窄的木门前停住了。他也跟着停住，盯着那扇墨绿色的木门，他感觉一个神秘的山洞即将在他眼前打开。不知道会有什么奇异的生物即将在他眼前飞出来，他感觉自己呼吸都急促了一些。这时候，宋怀秀伸手缓缓推向那扇墨绿色的门。门嘎吱一声开了，一道幽暗的楼梯出现在他们面前，如同古墓的机关。

只听宋怀秀说："这是我们家的阁楼，走，上去看看。"他跟着她上楼，心中越发惶恐。他觉得他即将走进一个比那些家具更古老、更幽暗的时空，就像一个套在梦境中的梦境。

眼前的阁楼因为没放什么东西而显得分外空旷，空气沉闷、拥挤，大约是长期不通风的缘故。地上落着厚厚一层灰，使这阁楼里有一种近于秋天的萧索。唯一的家具就是一张木头做的单人床，床上铺着整齐的床单，摆着叠好的被子。难道这屋里除了她们母女，还住着第三个人？这第三个人又在哪里？他静静地盯着那折叠整齐的被子看了几分钟，然后嗫嚅着问了一句："有人在这阁楼上住着吗？"

"没有。"

"那这被子……"

"一直放在这里。"

他忽然明白了，他确实走进了比脚下那房间更深一层的空间了。这间不住人的房间，已经将睡眠忘却，住在这里面的黑暗完全免除了人世间的一切法则。这里不过是这个女人的一个梦境，也就是说，她其实一直在等一个人来到这间阁楼，来填满这张床。时间在哗哗流走，而这座阁楼如一座坚固的岛屿浮于时间之上。所有的空间，起初是被物体占领，后来便是被凝固的时间占领了，这是空间向着某种幽灵的转化，也就是说，这空间自己生出了生命。

这阁楼生出了什么？

他知道接下来要发生什么了，忽然有些紧张，就像一个突然被告知要上台领奖的人，狂喜，但无比紧张。他几欲转身逃走，可是双脚根本动弹不得。然后，一种更强大、更邪恶的喜悦彻底把他控制住了。果然，宋怀秀开口了："你这外地人在这城市里肯定没有住处吧？是自己租房子还是在旅店住？……打地铺？我看看你身上这身永不换洗的西装就能猜到你住在哪里……你也真不容易。我的年龄应该和你妈差不多吧？你要是愿意，就住在这阁楼上吧。我也不收你房租，你就帮我干点活。我年龄大了，好多活都干不动了。另外，没事的时候多陪陪格格就行了。她一见到你就高兴得不行，不见你来我们小区那几天，还让我带她到门口天天等你……你自己看吧，不想住这儿，我也不勉强你。"

他脑子像被推土机轰隆隆地碾过一样，一片混乱，外加一点疯狂的惊讶，还有一点坚硬的无法相信。房子，房子，这砖石垒成的房子，他强迫自己鄙视的房子，他认为它们都是城市下的卵。可是他的嘴已经独自游离出去了，他听见自己说："姐，这……这……不好吧，房租怎么能不给你……"他像是头一次如此逼真地看到了自己的无耻。

只见那老女人忽然之间像个真正的老人一样，慈祥而古老地对他说："以后还是叫阿姨吧，我都要六十岁了。说实话，我看你也不是干这行的材料，话又说不了个话，骗也骗不了个人，就这么一身西装也不知道换洗，走到人跟前都是一股馊味。我估计你也就这一身衣服——"

"我——"

"我就是看你还是个老实巴交的孩子，不是什么坏人，不然也真不敢留你。"

"我——"

她忽然用亮得发烫的眼睛看着他，继续打断他："其实，我只是愿意相信……你不是骗子……我其实是被骗怕了的。你看那边……"

他这才注意到阁楼的角落里摆着一堆东西，上面盖着一块暗红色的丝绒布，好像下面埋着什么宝藏般隆重、神秘。她走过去，缓缓揭开那块丝绒布。下面是各种各样已经生锈的锅碗瓢盆，这些锈迹斑斑的用具堆积在一起，竟生出些抽象的意味，好像在这阁楼里塑了一座抽象派的雕塑。

她说："这就是我给你讲过的那次受骗经历，我八百块钱买了那个叫毛毛的女人一车废铁。我没有扔掉它们，把它们摆在这里就是为了能经常提醒我自己，不要再被人当成傻瓜捉弄了，我口袋里一共也没几个钱。所以我其实是怕极了骗子，可是，我还是愿意相信你。我就是相信你是个好人。要是连点相信都没有了，我们这些活着的人早活不下去了。"

他明白她的意思了，她其实是给他一个警告，她不允许他在她的屋子里做骗子。他和她默默地站在那座生锈的雕塑面前，谁也不再说话。楼梯传来了咚咚的脚步声和喜鹊般的尖叫声，是格格找上来了。阁楼上的两个人不约而同地回头，脸上都带着一种相似的惊慌。

砖石垒成的房子。

卵一般的房子。

阁楼。

他第二天便搬进了宋怀秀家的阁楼。一个免费的住处，他实在没有理由再迟一天搬进去。

他辞去了原来的推销药品工作，去了一家电脑城卖手机。这也是宋怀秀为他规划好的，同样是卖东西，她认为在一个固定的地方卖比上门推销体面得多，在电脑城待着起码看起来不像骗子。她让他住进她的阁楼的首要条件就是，他必须看起来不能像个骗子。

然而他发现他还是不愿太多时间待在这阁楼里，他每天早出晚归，尽量待在外面，直到天黑才回去。他回去的时候，有时候那母女俩已经吃完晚饭，在看电视了；有的时候她们正在吃晚饭，他尽量说自己已经吃过了。他知道，九点半一过，她们就会去睡觉，挤在一张双人床上，瘦弱的

179

母亲抱着肥大的女儿，嘴唇对着嘴唇，四只乳房撞来撞去。所以他就特意回去得再晚一点，甚至希望，等他回去的时候，她们已经睡下了。他问自己为什么不愿见到她们，他想了想，安慰自己说，这大约是因为他不付她房租。这让他每次见了她都觉得他其实是在被提醒，他是个无赖。

这天晚上，他故意磨蹭到九点半以后才蹑手蹑脚地打开门。本想着那母女俩已经睡下了，他一开门却赫然看到宋怀秀正端坐在客厅的沙发上。她独自坐着，披着一件挂满古老长褶子的睡衣，褶子从她嶙峋的肩膀上流下来，好像还挂在衣架上似的。她坐在那里正盯着他进来的方向，她看上去饥饿、富有而愤怒。

他靠着门把自己站得几乎像很薄很薄的一张纸，尽量不占据这屋里的任何空间，然后他静静等着她劈头盖脸地控诉他。她会说："你住在我家里，不出一分钱……不出一分钱，你还这么心安理得……你的良心都让狗吃了吗？格格每天等着你回来，你却故意不回来……"

哦，那个胖姑娘，那只该死的肥天鹅，他不能想象抱着她那身肥肉会是什么感觉，大约是种类似于溺水的感觉，他会被她的一身肥肉淹没的。然而，她端坐在那里，一句话都没有说，只是死死盯着他看了足足十分钟。然后，她缓缓起身，像个女王一样披着她古老的褶子睡衣扬长而去，把一屋子的寂静狠狠地锤进他身上的每一个毛孔。

这一晚上，他一直睡得很恍惚，他觉得自己正睡在一条漂在水面上的小船里，而楼下的那对母女则是沉在水底的，她们正躺在水底监视着他的一举一动。

此后他便刻意早些回来，一进门看到格格正在客厅里，他便立刻在脸上堆出积雪般的笑容，恨不得扮成圣诞老人对格格说："格格，今天都玩了些什么啊？学会了什么新儿歌了没有？妈妈有没有表扬你啊？"格格一见到他，便尖叫着跳了起来，然后又拿着一张纸和一支笔冲着他尖叫。他只好走过去，见纸上画着一些乱七八糟的符号，简直是天书。格格指着墙角的柜子对他叫着："柜子，柜子。"他知道了，她是让他给她把柜子画下来。他只好在纸上给她画了个七歪八扭的柜子，又画了一台电视机。再后来格格又不依不饶地让他画了一只小猫和一只兔子。他如果说不会画，她便开始尖叫，一边尖叫一边跺脚。他画画的时候，她紧紧贴着他的胳膊看他画，她的肥肉便从她身上流到了他身上。他觉得她像一只巨大的肉质口袋，简直能把他装进去。一想到这里，他便不能不害怕，只想下意识地离她远点再远点。

晚饭好了，宋怀秀一边出出进进地端晚饭，一边笑眯眯地看着他们两个画画。见宋怀秀笑了，他便更卖力了，又给格格画了一只猴子和一头猪，卖力的同时又觉得越发悲怆。他觉得，就好像这女人只要在他前面扔下一块肉骨头，他就会拼了命地跑过去衔起那骨头冲她摇尾巴。但宋怀秀显然是高兴了，顺便打赏他一下，这顿晚饭他便是和这母女俩一起吃的。吃完晚饭，他又陪着格格玩到九点半才得以脱身，上了阁楼。

这个晚上，当他一个人躺在那张单人床上的时候，他忽然希望这阁楼变成一只风筝，能在这个晚上悄悄飘走，飘到与这母女无关的地方。

此后，他只要一见到格格，脸上就会立刻条件反射一般摆出一大盘丰盛殷勤的笑容，这些笑容像在他脸上搭成了一件巍峨的道具，显得庞大而虚空。为了逗这胖子高兴，他便顺着她的尖叫声在屋子里跑来跑去，这儿刚落下，又在那儿响起，好像一屋子系满了大大小小的铃铛，他正匆忙奔跑于这尖叫的森林里。

就这样，他在这阁楼里不觉已经住了半年。这半年时间里，格格的病情没有什么好转，她该尖叫还尖叫，该跳天鹅舞还跳天鹅舞。她每次跳天鹅舞的时候，宋怀秀和他必得规规矩矩地端坐在沙发上欣赏她的天鹅舞，他们的表情都很严肃，很虔诚，他们简直装得像古典歌剧的忠实发烧友。欣赏完之后，他们还要把经久不息的掌声送给这只肥天鹅。至于他为了卖药背熟的那段《焦虑心理学》里的话，显然没有起到任何实质性的作用，为此宋怀秀还表现出了一点失望，但她很快就鼓励他应该去看更多这方面的书，她还要带着他去书店买书，并且声明她出钱。她急迫的表情简直是想一夜之间把他锻造成一个崭新的医生。无论她说什么，他都不会反对，像只驯服的家禽一样温驯。跟着她去买书，然后装模作样地翻翻，装模作样之后，他觉得舒服了一点，因为这让他觉得他也付出了劳动，就算是交过房租了。

　　这天，格格感冒发烧了。女儿发烧这对于宋怀秀来说可是件惊天动地的大事，她呼天抢地地要把女儿送到医院去输液。为了表现出自己同样强烈的情绪，他便向老板请了一天假，然后和宋怀秀一起送格格去医院。在去医院的途中，两个瘦弱的人架着一个巍峨肥大的格格，惹得路人纷纷侧目。宋怀秀却忽然表现出很高兴的样子，她谁也不看，好像在和马路说话。她说："你看我们三个多像一家人。"这句话让他心里轻微地咯噔了一声，好像有气流把那只本来安在他身上的充气阀顶了一下。

　　医生给格格测了一下体温，超过三十九摄氏度了。宋怀秀的泪一下就下来了，满医院全是她的哭声。格格输液输了半袋了，她还坐在那里哭泣不止。肥大的格格已经输着液睡着了，这哭泣像落叶一样连她的梦境都刮不进。到最后她的哭泣已经完全是老人的哭泣了，安静而精疲力竭。他呆

182

呆地坐着，不知道眼睛该看这老女人还是该看她的女儿，她们一个老泪纵横，另一个是遮天蔽日的肥肉。他忽然想起她那句话，心想，他们看起来真像一家三口？他不由得偷偷冷笑了一声。

这时候，宋怀秀趁着最后一点未干的泪痕忽然开口了。她并没有看他，让他一度以为她不过在那里自言自语。她说："我就这么一个孩子，如果她像别的孩子一样健康，没有得这种病，没有被激素刺激得这样胖，我也不会这么难过……你知道吗？我就是觉得我欠她太多了，因为是我把她带到这世上来的，她什么错都没有就要受这样的罪，你觉得这样对她公平吗？她没有任何过错啊，任何一个婴儿来到这世上的时候都没有任何过错，他们来到这世上的时候都是圣徒，是真正无罪的人。是我没有把她带好，都是我的错……所以我总想着怎么能补偿她一点，怎么能让她过得好一点，怎么能让她不要白来到这个世界上一场。她也是条命啊，也是个人，就是傻子、疯子，也是个人，她应该有正常人都有的幸福。有时候看着她像婴儿一样不懂事，我心里也会安慰一下，活得像个婴儿其实没什么不好的，长大了懂事了总归要受更多的苦。可是，我最担心的就是我死了就没有人能把她当婴儿一样照顾一辈子……"

身体上那只气阀再次被顶开，他强作镇静，要压住那气流。他努力用麻木、平板的声音对她说："阿姨，不要担心，就是感冒，过几天就好了。"

宋怀秀却忽然仰起了一张泪痕未干、满是皱纹的脸，异常机敏地打量了一下周围坐着的几个人。然后，她忽然把脸凑过来，压低嗓门，用一种陌生诡异的声音悄悄对他说："你应该还没有成家吧……你……愿意娶格格吗？"

四

　　身体上那只气阀终于砰的一声被顶开了，有一种黑暗而凝固的东西从他脚底往上在他体内移动，住在他大脑里的那些正在呼吸的东西正在逃逸，他感觉他正在被这种全新的黑色物质灼烧，他正亲眼看着自己渐渐化作沥青。他那两只四处逃窜的眼睛最终登上了格格躺在那里的肥大身体，好像那也是他唯一的逃生之处，是他能够着的唯一岛屿。这么肥硕的女人，就是三个他绑在一起也抱不住，不，四个他都不够。他一旦和这个女人躺在一张床上，他将立刻被她身上滚滚的肥肉淹没。还有她那无处不在的尖叫——碎玻璃一样的尖叫，还有她那永垂不朽的天鹅舞，此时都像酸性物质一样要把他腐蚀掉，再把他掏空，直到他变成一座废墟。

　　然而就在他还没来得及把身体里这些新生的洞补好的时候，宋怀秀已经开始替他填补了，她在往他的那些洞里拼命塞东西，他都能听到自己的身体最深处发出的咚咚的回声，表示有什么东西正在那里不停地着陆。他听见她说："……你一个外地人在这里无依无靠，也没有什么朋友，等你在这城市里有了自己的房子，那得多少年？你自己想过吗？就你现在一个月赚的那点钱……我那两室一厅的房子就住着我和格格，还有那阁楼，你是知道的，稍微收拾一下，相当于上下两层了……你和格格结了婚就和我们住一起，那房子也就是你的家了，我们这样住在一起才名正言顺。不然那些邻居老太太老是想向我打听：'你家住了个什么人啊，是租了你的房子还是你家的亲戚啊？'你说我和旁人怎么说？我也是要面子的人……再说了，我今年都六十了，还能活几年？你看我这条腿上的关节炎越来越厉害了，怕是要成瘸子了，终究是老了。说得难听点，要是我哪天不在了，那上下两层的房子不就是你和格格的了吗？人活在这世上什么是头等大事？头等大事还不就是得先有个自己的住处？你看看那些连个住处都没有的人多可怜啊，那么一把年龄了还得寄人篱下……"

他的目光已经顺着格格身上的肥肉爬到她手上的输液管上，再顺着输液管往上爬，爬到那瓶液体上。他盯着那输液瓶一眨不眨地看，液体正从那瓶子里一滴一滴地往下滴，像时光的更漏，一滴，两滴……宋怀秀忽然住了嘴，他也不知道该说什么，两个人之间出现了暂时的空场，他们都不约而同地盯着那液滴。因为猛然而来的寂静，他们都能听见液体往下滴的声音和彼此腔子里的心跳声。好像这两个坐着的人的心跳声正顺着这输液滴进那躺着的人的血液。而他们这三具身体即将被揉在一起，组合成一种新的阴谋。

短暂的空场之后，宋怀秀再次猝不及防地开口了，好像她透视到了他身体里的哪个洞还没有补好，毫不犹豫地向那洞扑了过去。这次她的声音更硬也更尖厉了些，好像她正在和金属对话，不得不如此。她说："不过，你也不要以为我是随便逮着一个男人就能把格格嫁给他。我一直想给她物色一个合适的男人再把她嫁出去……我也是看着你还算老实，不是个能骗得了人的人，心地还算良善，家又是农村的，父母都是老实巴交的农民。有这样的家庭，你肯定坏不到哪里去。我还看你挺有耐心的，老陪着格格玩。格格也喜欢和你玩，每天你还不到下班时间，她就要去门口等你回来。这么多年来，除了我，她从没有这样依赖过第二个人……我就这么一个女儿啊，从小到大，我都没有碰过她一指头……她要是个正常健康的孩子，我也不会这样宠着她，我就是觉得对她太不公平了。你别看她都是这么大的姑娘了，其实还像婴儿一样纯洁，什么都不知道。只要能给她点吃的喝的，能给她点爱，她就满足了，她肯定能活下去……她其实就是个永远长不大的婴儿，她比任何一个女人都纯洁，你要是和她结婚了，她不会给你添任何麻烦，不会对你指手画脚，不会干涉你自己的任何事情……格格的病也不是先天性的，就是说，你们就是要个孩子也肯定是健康的。只要……只要你也肯把她当成一个婴儿来对待……就只是一个无辜的婴儿。"

宋怀秀的泪再次汹涌而出，而他正使尽全身的力气盯着那瓶液体看，在宋怀秀嘴里的最后一个字落地的同时，那瓶子里的最后一滴液体也轰然向格格的身体里坠去。就在那滴液体流进格格身体的一瞬间，他忽然觉得某种神秘的仪式已经在暗中完成了，他整个人在那一瞬间获得了一种古怪的轻松。就在那滴液体即将消失的时候，他忽然侧着脸对宋怀秀说了一个坚硬无比的字："好。"

瓶子空了。

他们从医院往回走的时候，已经暮色四合。仍然是两个瘦子搀扶着一个肥硕的胖子慢慢往前走，但意味和来时完全不同了，仿佛来时只知道要去哪里，现在却不单知道了去处，还知道了过往，似乎筋脉都汇于一处了。这使得三个人走在一起的时候简直像个庞大的连体怪物，背影黑压压的一片，只能看到六只腿在缓缓向前迈动。

开了门进了客厅，他忽然感到这客厅看着和以往竟然不同了，他甚至怀疑自己是不是走错了地方。没错，还是那沙发，还是那旧式的柜子，可是他就是感到很陌生，陌生到了晃眼。他忽然明白了，这种陌生其实不过是一种回光返照。因为这种陌生马上就要消失了，就要见鬼了，所以才这般晃眼，事实上这屋子很快将和他极度熟稔，他将是这里新生的主人，而且是唯一的男主人。他对着天花板落下的灯光张开了两只手，好像在检测这屋顶会不会落下金币。忽然，他意识到宋怀秀还站在他身后，他便慌忙地放下两只手，摆好崭新的笑容却狼狈地向格格走过去。

输了几天液，格格感冒好了，烧也退了。退烧这天，宋怀秀下厨做了满满一桌子菜，还开了瓶一直保存在柜子里的竹叶青。宋怀秀给三个人各倒了一杯酒，然后冲对面的两个人说："你们俩把这杯酒喝了吧，喝了这酒，今晚你们就算订婚了。"他不敢抬头看她，只管盯着杯子里绿色的酒。这酒绿得妖气森森的，好像有一只眼睛正浸在里面，正隔着这薄薄的绿色液体，残忍地窥视他。他端杯子的手忍不住抖了一下。坐在一边的格格今晚出奇地安静，因为安静，使她今晚看起来分外肥大、臃肿，坐在那里简直像一面恣肆的湖泊。他始终都不忍朝着她的那个方向看一眼。听到宋怀秀让她喝了这杯酒，她忽然便无声地哭了起来。这种哭法在她身上实在罕见，以至另外两个人都被她吓了一跳，好像一个对手开来一艘从未见过的宇宙飞船。

她无声地流了会儿泪，然后隔着桌子叫了一声："妈妈。"哭了一会儿，她又叫了声"妈妈"。宋怀秀的泪哗地下来了，她一边哗哗流泪，一边使劲对他笑着说："你看，格格都知道自己要出嫁了，她害羞了，她知道结婚是要害羞的。你看，她连这个都知道。你看，她心里其实是什么都清楚的，对不对？"然后她又流着泪对格格说："格格啊，女孩子大了都是要嫁人的。妈妈老了，妈妈不可能一辈子陪着你，要是妈妈死了，你一个人可怎么过？总要有个人来替妈妈照顾你，妈妈才能放心。格格，你不要难过，妈妈肯定会给你找一个男人疼你、照顾你一辈子的，妈妈一定要亲手把你交给他。"格格不再无声抽泣，她又开始尖叫，一边尖叫一边重复地、不顾一切地大喊着："妈，妈妈，妈妈，妈妈。"

宋怀秀已经泣不成声了，她忽然满面泪痕地转向他，用钢铁一样的眼珠子死死盯着他的眼睛："你说，你会好好照顾她的，是不是？"

他觉得自己被带到一架酷刑具边上，有两只手，不，有四只手正拼命地把他往里塞，他本能地挣扎着，后退着。他觉得他应该说点什么，哪怕就说一个字，可是他的喉咙好像已经被自己从内部堵住了，居然连一点声音都发不出来。然而，她的眼睛和嗓音携带着更为强大的火力向他袭来。

"是不是？"

"……"

"是不是？"

"……"

"是不是？"

"……"

"是不是？"

他猛地抓起面前那杯绿色的液体，仰起脖子一饮而尽。竹叶青凛冽的酒香顺着他的嗓子一直往里爬，向他的五脏六腑爬去。浸在酒里的那只邪气的眼睛也滑进他的身体里了，它一落进去便轰然长成一枚核弹，他忽然感到自己浑身都是蛮力，他又是想哭又是想笑，又是想把自己从内部炸开，又是想和这两个女人抱在一起，好好痛哭一场，从深夜一直哭到早晨才好。可是，他只是呆呆地坐在那里没有动。然后，他又给自己倒了一杯，喝下去，然后又一杯。三杯之后，他抬起头来，眼神空空地看着对面的女人，然后使着全身的力气对着空中劈出一个字来："是。"

对面的女人深深地看着他，他也以同样的角度回看着她。竹叶青的酒香在他们中间爬行，似无数翠绿的小蛇。

这时候，一个巨大的人影忽然从他们中间拔地而起，云影一般飞到客厅中央，然后跳起了一段无声的天舞鹅。是格格。她的脚尖一颤一颤，全身的肥肉便跟着一抖一抖，捎带着那两只巨大的乳房也在抖动。他狠狠地盯着那两只巨乳看了一眼，然后忽然垂下了头。这是被她的天鹅舞第几次强奸，他已经记不起来了。三个人好像本来正在一出严肃的悲剧里走着，不知怎的忽然就拐到喜剧里了，而且这喜剧还那么令人感到恐怖。

订婚之夜几天之后的一个晚上，宋怀秀独自去超市购物，就剩下他陪着格格。他和格格坐在客厅的沙发上看电视。格格坐在他身边，异常安静，安静得让他觉得有点不对劲。他呆呆地盯了一会儿屏幕上的人却不知道那人到底在说什么。忽然，他转脸向格格的胸部瞟了一眼。她只穿着一件衬衣，她所有的衣服穿在身上都扣不好扣子，因为一对乳房太占地方，哪儿都搁不下。过了一会儿，他又瞟了她一眼。客厅里只开了一盏壁灯，灯光昏暗，他忍不住想，今晚连灯光都搞得像妓院的。在这灯光下，格格像是忽然感觉到空气中有谁在挤压她，她越发安静，只有呼吸声越发清晰，她不时向门口看一眼，看母亲回来没有。

这时候，他朝着格格看过去第三眼，这一眼像他抛下的锚，他先把锚抛在格格身上，定了定神。之后，他整个人突然便向她游过去。他扑过去，一把抓住她衬衣的扣子，想把那些扣子扯开，好尽快看到下面的东西。格格一惊，然后便开始尖叫，她一边尖叫一边哭着喊："妈妈，妈妈。"他听到哭声了,但假装没听到,两只手加倍忙活。格格开始反抗,使劲推他,他则像被压下去的弹簧,又以更大的力度反弹回来,弹在她的一身肥肉上。弹到她身上时,他张开双臂都没能抱住她,他加倍地沮丧,简直也要哭出来了,他越是沮丧,蛮力便越大。他使劲去抱她,却发现自己抱住的不过是她的三分之一,她就像一棵千年古树一样巍然屹立在那里,而他不过是树下连树枝都不够不着的一个小丑。他真是个小丑,就这八十平方米的老房子,就这陈旧的沙发,都没有一样是他的,他吃她的、喝她的,吃完喝完,现在又来占有她硕大的乳房。

他忽然觉得,此刻根本就是她在欺侮他,她站在高处,俯视着他,凌辱着他,他的泪忽然就下来了。他变成了一个比她更小、更野蛮的婴儿,他不顾一切地扯开她的扣子,一定要摸到她的巨乳。虽然和一堆肥肉搏斗让他耗尽了力气,但扣子不是铁石,最后还是被扯开了。哗的一声,两只巨乳从决口处抖搂出来了,像两只大铁锤一样几乎要把他砸晕过去。他定了定神,呆呆地盯着那两只乳房看了又看,始终没有摸一下。忽然之间,他往后退了几步,头垂了下去,灯光下的脸上泪光闪闪。

一连几天他都忐忑地等着宋怀秀把他赶出去。他两手空空地搬进来,再被两手空空地赶出去,被赶出去之后,他将再次流离失所,也许还得再去睡潮湿的地铺。可是他又有点盼着自己被赶出去,似乎只有被赶出去了,他才能看起来有点像英雄。似乎被赶出去也是一条捷径,通过这条捷径,他就可以和其他一般的生命具有等价的生命了。这样即使睡在地铺上,他也会感觉自己像刚刚被淬过一样,周身闪着蓝色的寒光。

可是宋怀秀什么都没有说,好像她什么都不知道一样。这让他在庆幸之余又不免有点淡淡的失落,好像白白丢掉了一次做英雄的机会。一连几天都这样，他每次专心等着被她驱逐，每次都落空，等他再次回到阁楼睡觉的时候，又觉得好像落进了自己编好的陷阱，于是一晚上半睡半醒，以至深夜猛然醒来还要问自己自己究竟是睡在哪里。

直到几天之后的一个黄昏，外面下着小雨，空气湿漉漉的，如一层苔藓。格格在卫生间洗澡，宋怀秀一边摘豆角一边好像很不在意地对坐在一边的他说："你们婚也订过了，要不咱们就把婚结了吧？你们俩先把结婚证领了吧，至于请人，也没什么好请的，结婚主要还是结给自己，又不是给别人看的。你们年龄也都不小了，到了什么年龄总得做这个年龄的事情。……你也知道的，格格她就是个小孩子，所以你要对她有耐心……"

五

他浑身猛地一颤，惊愕地看着她，似乎不愿相信这话竟然是从她嘴里说出来的。他等待了几天的驱逐不但没有现出原形，反而变成了这样一番妖冶的春景。可是这番景致更令他害怕，也更令他厌恶，似乎他等来的是一条美人蛇，它藏着更锋利、更邪恶的牙齿。他都这样了，她还不把他赶走，他已经这样了，她居然还要默许他的行为，还要忙不迭地把女儿塞给他，看来真是跳楼大甩卖。她是不是看准了只有他这个男人会娶这样一个傻子？

他似乎已经被这蛇咬中了，他开始感到疼了，他一边捂着那个隐隐作痛的伤口，一边觉得这毒素正蔓延全身，毒素所过之处开始变得刀枪不入、百毒不侵。他忽然仰起脸，声音不高却不阴不阳地对她说："结婚是要钱的。我没有钱。"

她摘豆角的手忽然停住，一根豆角还吊在她的手里。她慢慢抬起头，像不认识他一样仔细看着他。他毫不退缩，迎着她的目光，他们之间散发着金属撞击的寒凉气息。她缓慢地、一个字一个字地拈出来，挂在嘴上："你，刚才，在说什么？"

"我没有钱结婚。"

她仍然牢牢抓着那根豆角，忽然就无声地冷笑了："你是不是以为这世上的每一个母亲都愿意把女儿连同房子送给你这样的男人？"

他把每一个字都咬得异常清晰，但没有一点感情色彩在里面。他说："哪个十八岁的女孩会那么老？如果我没有猜错，她至少有三十岁了吧？"

"……你以为你告诉我你二十五岁，我就相信吗？你以为你告诉我你叫许峰，我就相信吗？也许你叫王二狗，也许你叫李发财，也许你已经三十八岁了。你以为你说的就都是真话吗？不，只是我愿意去相信，而不代表你说的本身就是真的。在这世上，什么是真的？就是你愿意去相信的东西。如果你愿意相信她只有十八岁，那她就是十八岁。她在我的眼里从来是一个婴儿，就算她已经三十了，可她在我的眼里连十八岁都没有。"

"她真的已经三十岁了？还是三十岁都不止？"

"……她如果只比你大一两岁，那又有什么关系？不过就是一两岁而已。"

"……"

"一两岁会死人吗？"

"……"

"一两岁不会死人的。"

"……"

"你以为像你这样一分钱都没有的外地人，家又在农村，还穷得叮当响，还会有谁愿意把女儿嫁给你吗？"

他看着她，忽然阴森森地冷笑了："那你为什么不但要把女儿嫁给我，还要把房子倒贴给我？"

那根豆角还吊在她手上，好像已经在她那里生根发芽了。她久久地看着他，好像已经把他看熟了，她才慢慢垂下眼睛，握着那根豆角疲惫地说了一句："因为，我觉得你是个好人。"顿了顿她又说，"我不想把女儿交给一个坏人，等我死了，她一个人会害怕的。我就这么一个女儿，她没有享过任何福，可这不是她的错。"

他阴森森的声音突然被淋湿了，他的声音也沙哑、潮湿起来："可是你说你并不相信我的话，你甚至都不相信我到底叫什么名字。"

"我是不相信你的名字，可是我相信你不是坏人。"

"你怎么知道我不是？"

"我愿意相信。"

"万一我是坏人呢？"

"你不是。是吗？"

"……"

"你会对格格好的，是不是？"

"……"

"是不是？"

"……"

"是不是？"

"……是。"

他忽然开始号啕大哭，她也跟着一起哭。那根豆角还长在她手上，坚若磐石。卫生间的门嘎吱一声开了，格格肥大的影子罩在一团水蒸气里出现了，她尖叫着："下雨了，妈妈下雨了。"她的尖叫和肥肉立刻淹没了他们和他们的话题。

第二天晚上，已经过了九点半，他理直气壮地敲开了她们母女睡觉的那间卧室。宋怀秀皱着眉头披着她那件古老的睡袍出来了，她一边用手掩着门一边轻声埋怨道："你不知道格格已经睡下了吗？我好不容易才把她哄睡着，你这样敲门会把她吵醒的。"这话让他真倒胃口，他真想问一句："你每晚睡觉前还要给她讲睡前故事吗？给你那老婴儿？"这话虽然忍住了，但他觉得自己站在那里更加理直气壮了，越发觉得这个时候敲她的门是应该的。他笔挺地站在黑暗里，她无法看清楚他的脸，却感觉今晚黑暗中的他比任何时候都要坚固。她下意识地把挂满褶子的睡衣像水一样往肩上提了提，似乎有点怕冷。她静静地等着他开口。

在黑暗中看不清她的脸，这黑暗给他罩上了一层安全的醉意，好像他随身携带着一座城堡站在她面前。他站在自己的城堡里对她说："我是想和你说，我同意和格格结婚。不过……"她不说话，静静地等着他下面蛰伏着的正蠕动的话。"不过，我有个条件，这房子现在在你的名下吧，如果让我和格格结婚，就得把户主名字改成我和她的。"他诧异自己竟说得这么流利，显然是这邪恶的黑暗滋养了他，可是这流利还是让他有点害怕，就好像是另一个人披着他的皮囊用他的声音替他说话。他又有点后悔，想把这些话收回来，可是已经晚了。她已经开口了。

她躲在另一张面目模糊的面孔后面，用一种同样不属于她的声音冷冷地说："你急什么？这房子迟早是你的。等我死了，房子就是你和格格的了。"他不说话也不动，只是和她对峙。她又在黑暗中静静地端详了他一会儿，然后说："到我快死的时候我会安排好这些的。我已经老了，活不了几年的。年轻人，你不应该提太多的要求。"

他们还是站着不动，却好似已经在黑暗中看清了对方透明的构造。他微笑了一下，终于说："因为，除了我，没有男人愿意娶她这样的女人。"

"她怎么了？她只是一个婴儿，她只是一个无辜的婴儿。所有的婴儿都是没有罪过的……所有的罪恶都在我们身上，在我们这些健康人身上。"

"可是，除了我，没有人会愿意娶她。"

"告诉我，你会对她好吗？"

"……会吧。"

"什么叫会吧？会还是不会？"

"……"

"我只需要一个肯定的回答，哪怕就一个字。"

"会。"

"……好了，孩子，快去睡吧，时间已经不早了。格格要是发现我不在她身边，她会惊醒的。她真是个可怜的孩子，她没有一点安全感，唯恐别人会抛弃她。你以后如果和她结婚了，要记得，每晚睡觉的时候一定要抱住她。只有这样她才能睡着，才能在黑暗中不害怕。"

这是她第一次叫他"孩子"，在他听来却觉得分外残忍，似乎她正挥刀从自己身上割下一块肉来喂他，这让他觉得血腥却也快意，似乎这也是他该得的。

第三天晚上，他在阁楼上刚刚关灯睡下，就听见楼道里传来很轻的脚步声。脚步声越来越近，他感觉到这脚步声里夹带着的杂乱电压了，这电压让他紧张。他假装睡着了，直到那脚步声像音符一样渐渐上升，一直升到他的耳边，突然停住了。他猛地睁开眼睛，在黑暗中与宋怀秀那张模糊的面孔再次对视。

夜空中贴着一轮金黄的圆月，月光穿过阁楼的窗户，流淌进来，汩汩流了一地。在满地银色的月光里，这张孤零零的小床越发像一叶不知将去往何方的扁舟，船上躺着一个人，船头站着一个人。远处是那座被红丝绒盖起来的荒凉的金属岛屿，寸草不生，空旷、辽远。

他这才看清楚她向他递过来一样东西，他看不清那是什么东西，却无端觉得心跳加速，口干舌燥。他不敢接，她便一动不动地把那只手伸到他面前。她的声音也被这月光浸湿了，湿漉漉的，像狗的舌头落在他的脸上，让他几欲泪下。她说："我想过了，你说得对，结婚总是要用钱的。格格爸爸死得早，这么多年我也没攒下多少钱，这个存折，你就拿去吧，给你们结婚用。结了婚想在这屋里添置点什么家具就添置点，这屋里的家具也都老了，可是质量是真好啊，都是她爸爸亲手做的。你给自己买身新衣服，也记得给格格买个戒指……她总归是要嫁人了，我替她高兴都来不及。只是……"

他静等她把下面的话说完。

"只是，你们明天就去把结婚证领了吧。领了证就是合法夫妻了，做什么都名正言顺一点。明天我陪你们一起去。"

更多的月光涌了进来，阁楼里像流淌着一条银色的大河，河水使这两个船上的人越发渺小了。他们又沉默了片刻，然后他伸出手，接过那个存折。他不知道上面的数目，他想，她总不会把全部的数目都给他。可是这已经足够他心惊胆战一会儿了。不知为什么，这钱拿在手里竟给他一种杀人之后拿到赃物的感觉，让他不能不害怕。尤其是窗口还有这么大的月亮，简直是一只无所不在的眼睛。

　　第二天一早起来，宋怀秀便开始打扮格格。她给胖女儿绑了一个高高的马尾辫，给她擦了白白一层粉，又涂上腮红，涂了大红的嘴唇，最后给她穿上一条大红色的裙子。她一边给格格穿一边说，这裙子她已经在箱子里保存十年了。十年？他想，看来她是在格格二十岁的时候就急着把她嫁出去，没想到直到十年之后才能了这桩心愿。看来他真是她们的救世主。他独自坐在沙发上冷冷地笑着，不乏凄凉。

　　领完证往回走的路上，仍然是两个瘦子夹着一个巨大的胖子往回走。其中一个瘦子因为关节炎又犯了，看起来一瘸一拐的，他们像相互绑在一起一般慢慢往前走。格格顶着一个红嘴唇和两个红脸蛋，穿着一条大红色的裙子。她大约也知道今天是她大喜的日子，一路上分外兴奋，只要见到个人就要冲着人家尖叫、大笑，吓得路人纷纷躲避他们。他们两个一左一右使劲按着她，结果还是按不住，她还是要挥开双臂冲着汽车尖叫。整条马路上，格格简直像一面嚣张的红旗，猎猎地、狂欢地燃烧着，不单想烧掉身边这两个人，简直是想烧光这条马路上所有的行人和车辆。

　　他一边按着格格疯狂甩动的胖肩膀，一边恨不得找个地缝钻进去。他觉得他就是在做推销被人一次又一次关在门外的时候都没有过这种蒙受奇耻大辱的感觉。他娶了这个女人简直像在给自己做免费的广告："看看这个男人吧，快来看看这个可怜而伟大的男人吧。"当前面出现一家咖啡馆的时候，他真想撒个谎告诉她们他要进去买两杯咖啡，让她们在外面等着他。然后他进去了，再然后，他从此消失。存折已经在他手里，而且是她送给他的，不是他偷的，也不是他抢的，她连报案也不能。何况这样一个老女人和这样一个傻女儿，又能把他怎样？可是，他不能这样做。他看了那家咖啡馆一眼，犹豫了大约两秒钟，便从它门口走过去了。

他们按着格格走上了一条回家的捷径，格格还在兴奋地尖叫，把路边的一个小孩子吓哭了。他抱歉地对孩子的母亲点了点头，唯恐别人知道这是他的新娘。路边种着很多蔷薇，花开得正好。宋怀秀忽然停住了，她站在路边，折下了一朵粉色的蔷薇，然后递到他手里。她躲在一张满是褶子的脸后面使劲笑着，说："把这花送给格格吧，你还从来没有送过她一朵花呢。你看看现在那些小伙子，动不动就一捧玫瑰一捧玫瑰地送给女孩子。每次我在电视上看到他们向女孩子送花的时候就觉得特别羡慕，从来没有人给格格送花……你也送格格一朵吧，好吗？"她的声音已经近于乞求了。她躲在满脸的皱纹后面乞求他。

她这种做法、这种腔调让他又是厌恶又是难过，他不愿再看她一眼，便接过花，眼睛却向周围瞟着，似乎是要看看周围有没有人注意到他们。周围没有人看着他们，可是他捧着那朵花还是送不出去。那一瞬间，他真想把这花扔在地上，狠狠踩上几脚："你他妈的，你他妈的破花。"他不知道他想骂谁，他就是觉得他想狠狠地骂人，再被人狠狠地揍一顿，最好今天他就能被抬进医院。

宋怀秀一直注视他脸上的表情，最后，她幽幽地叹了口气，从他手里接过那朵蔷薇，一瘸一拐地走到格格面前，把那朵花别在格格的辫子上。格格忽然抱住了她，大喊着："妈妈，妈妈，我好看不好看？"宋怀秀的泪下来了，她说："妈妈在呢，妈妈一直和你在一起呢。你现在是个小新娘了，你真是好看，可是妈妈真舍不得你啊。妈妈看着你长到现在，没有一天和你分离过。现在你已经成为别人的新娘了。"

他的眼睛呆呆地看着别处，只觉得酸涩异常，他便使劲看着更远的地方。忽然，她抓起他的一只手，放在格格那只肥大的手上，他的手居然握不住那只手。然后，她像个牧师一样郑重地看着他的眼睛："你会对格格好的，是吗？"

又来了。他有一种要发疯的感觉，他现在只想消失，马上从这对母女面前永永远远地消失。可是，那句话再一次阴凉地爬满他的全身："你会对她好的，是吗？"

他望着天空，他现在已经不能把她们当作人类了。她们不过是走错地方的外星人。如果能够，他真想把她们送回她们自己的星球啊。天空中飘过一朵白色的云，像一艘宇宙飞船———一艘即将让她们搭乘的宇宙飞船。

可是，那声音第三次爬过他的神经："你会对她好的，是吗？"

他站在云朵下，听到一个陌生的声音替他回答了："是的。是的。是的。是的。是的。是的。是的。是的。是的。是的。是的。是的。是的。是的。是的。是的。"

然后呢？然后他应该大笑："哈哈哈哈哈哈哈哈哈哈哈哈，哈哈哈哈哈哈哈哈哈哈哈哈，哈哈。"

没有办婚宴，他只添置了几件新家具。宋怀秀把屋里那几件老家具搬到阁楼上，然后，她自己住在阁楼上，把原来那间卧室和卧室里的双人床让给了他和格格。她每晚早早就爬上阁楼，一晚上都不再下来，似乎急于给他们腾地方。

婚后一个月的一个晚上，格格已经睡着了，他一个人坐在沙发上看电视。宋怀秀忽然像幽灵一样站在那扇通往阁楼的木门后。他看了她一眼却没有动，似乎他已经晋升为这里真正的主人。宋怀秀走了过来，在他身边坐了下来。他看着电视，不看她。她的声音慢慢爬了过来，有些犹疑，还有些很深的惊慌在里面浮动着。她说："格格一个人睡了？"

"嗯。"

"你都不抱着她睡觉吗？"

"……"

"你不抱她她是睡不着的。"

"她不也睡得好好的？"

"你答应过我会对格格好的。"

"我没有对她不好。"

"你都不肯抱着她睡觉。"

"你又不和我们睡在一起，你怎么知道我不会？"

"我知道你不会。我就知道。"

"……"

他不再说话，眼睛又开始看着电视，他当她已经从他面前消失了。他们中间空白了五分钟，然后，她忽然再次讪讪地开口了："你要是觉得我哪里做得不够就和我说，我能做到的都会为你和格格去做，我就这么一个女儿……"

一个女儿。一个女儿。一个女儿。他简直要咆哮了，他知道她能为她这傻女儿把心摘出来。想到这里，仿佛为了惩罚她一般，他冷冷地说了一句："干什么都是要钱的，我现在没钱了。"

"我不是已经把存折给你了吗？"

"结婚时都用光了。"

"都用光了？"

"是。"

"那你想怎样？"

"我说了我现在没有钱。"

"……"

"我又攒了几个月的退休金，明天我都给你取出来。"

他的眼睛还盯着电视，他没有一丝一毫的高兴。相反，他想流泪，他想一边流泪一边骂她："你就这么下贱吗？你犯什么错误了要这么下贱？傻子，傻子，你就是傻子。"他忽然发现他更想骂的其实是他自己，于是他用更大的力气在心里咆哮："傻子，傻子，傻子，你就是个大傻子。你就是个王八蛋。你就是个骗子。你就该下地狱，该下十八层地狱。"

夜已深，窗外月光如雪。

婚后三个月的一个下午，已经是深秋了，窗外的银杏通体黄透，能把人的眼睛点着。各种各样的落叶落了厚厚的一层又一层，踩在上面吱嘎作响，好像人正走在薄脆的冰面上。紫藤的叶子落光了，露出了扭曲在一起的狰狞的枝条，使那幽深的走廊显得越发诡异，好像真的是时光深处遗漏的一个山洞。偶尔一个老太太坐在走廊口，总让人觉得她是从那山洞的深处走出来的，似乎还要再走回去。站在六楼的窗前便可以看到楼下空地上的那些落叶，金黄的、毛茸茸的一层，像地上铺了一张毯子，让人觉得踩上去一定是柔软的。

一阵风吹过，更多的落叶踩着下午已经西斜的光向地面飞去。这个下午，宋怀秀站在窗口，格格正在屋里午睡，他则坐在沙发上抽烟。抽烟的习惯是两个月前才开始的。宋怀秀站在窗前，忽然对他说了一句："你对格格好吗？"

他扭头看了她一眼，她背对着阳光站在窗口，所以他只能看到她正站在一圈金色的光晕里，她的五官、她的表情全被这光晕吸走了。他不耐烦地皱了皱眉头："又怎么不好了？"

她站在那里一动不动："你撒谎。"

他又看了她一眼，正好看到她的身后有叶子纷纷扬扬地落下，看起来像乘坐着雪橇的圣诞老人。他高声说："你老问这个到底想怎么样？"

她还是没有动，声音平静得吓人："我就是想让你对她好一点。"

"你怎么知道我对她不好了？你见过我打她还是见过我骂她？"

"从结婚以来，你抱着她睡过一次吗？"

"……"

"你都不肯碰她一下。"

"……你偷看我们？"

"你都不肯碰她一下。她是你的妻子。"

"你居然偷看我们？"

"你不肯对她好，为什么说会对她好？又为什么要娶她？"

"那你为什么要把她嫁给我？你自己陪着她，一直陪着她不就行了吗？"

"因为我陪不了她多少年的，我迟早要先离开她的。如果我死了，你让她怎么活下去？"

"……所以你就把她塞给我？"

"我就是想让你替我去照顾她，能一直照顾她，照顾到她死的时候。一定要让她死在你的前面，好吗？不要再把她转手给别人了。她只是个无辜的婴儿，她不是小猫小狗，你不能再把她送人。她什么都不懂，她只是个婴儿。"

"……"

"即使不爱她，你也可以做到去照顾她的，对不对？因为我相信你是个好人，我一直都愿意相信这一点，我知道你一定是个好人，形式上的问题永远不重要，最要紧的是，我相信你是个好人。那么你就是个好人，对吗？"

"……你真的不用这样的。"

"所以我才把格格交给你，我把她交到一个好人手里才能放心。你现在告诉我，你怎样才肯对她好？你要怎样才能做到对她好？你告诉我，好不好？"

"我——"

"就算你不爱她，你也把她当成你的责任，好吗？你想想，我已经把全部的积蓄都送给你了，我已经没有一分钱了，这房子也迟早是你的。只要我一死，这房子其实就是你的了。现在什么都是你的了。格格她不过是个婴儿，她需要的不过就是一个睡觉的角落、一口饭、一个怀抱，就这点东西，你能给她吗？你告诉我。"

"……"

"你还是不答应，是吗？你还是嫌我给你的东西少，是吗？可是我真的已经倾尽所有了，你知道吗？你还想要什么，你能告诉我吗？你怎样才能给她一个怀抱啊？我只盼着你每晚都能抱着她睡觉，像抱着你的孩子一样，你们可以不像一对男女，把她当成你的孩子，好吗？"

"……"

"你还是不答应吗？"

"……"

"我明白了，你其实还是嫌我碍事，是吧？即使我住在阁楼里，你仍然嫌我碍事，是吧？我会离开的，你放心，我会给你们腾出地方的。"

"你不要这样说。"

她的声音忽然越发平静和幽远了，像是从很远很远的地方传过来的："我明白了……我明白怎样才能让你对格格好了。你要记住，你欠了她的债，这辈子都还不清了。……如果我死了，你就再也还不清她了。"

听到这句话，他霍地从沙发上站了起来，他想对着她喊一句："你不要说这样的话。你说这话是什么意思？"但他没来得及喊出这句话，就在那一瞬间，他看到窗外又有几片落叶画着苍凉的弧线落下去了。与此同时，他看到那个站在金色光晕里的人影忽然以落叶的姿势向洞开的窗户仰了下去。

只一个瞬间，她就从那扇窗前消失了。

他久久地站在那里动不了，只是大口大口地喘着气，满屋子都是他深深浅浅的呼吸声。在他还没有挪到那扇窗户之前，他忽然看到，又一片红色的落叶画着一种奇异的弧线飘落下去了。它在空中留下了一滴血迹一样的影子。

东山宴

她轰地跪倒在地，把整张脸都埋在泥土里，久久抽泣着。雪一样的月光大片大片砸下来，盖住了人间这些大大小小的坟墓。

一

　　若说这水暖村是镶嵌在吕梁山山沟里的一座玲珑塔，一点都不为过。

　　村子小巧，不过几十户人家，家家住的都是依山势挖出的黄土窑洞。山是竖着长的，他们就竖着挖，结果这几十孔窑洞便一孔摞着一孔，出了自家的窑洞便是站在别人家的屋顶上了。最高的那孔窑洞都快攀爬到山顶了，耸立于众生之上，让人看着都觉得摇摇欲坠，随时会掉下来。

　　村子小不过是个体积问题，更重要的是内部结构错综复杂而又搭配有致，没有一个是被浪费掉的，堪比工艺精巧的玲珑塔。张三家的窑洞里住着一男一女，不过这女人本是他嫂嫂，哥哥死后，身为光棍儿的他便继承了哥哥的窑洞和女人。被继承的女人每日照样活得心安理得，若是这小叔子身板不强壮，又死在她前面了，而他碰巧还有个弟弟，那她还会被一路继续继承下去，说不定她活到耄耋之年还要被更小辈的继承。这女人简直就像是张三家的祖传宝物，必得代代相传下去才好，千万不能流到外人家中。李四家的窑洞里住着一个老女人和两个老男人，老女人的孙子管这两个老男人其中一个叫爷爷，对另一个叫小爷爷。小爷爷年近七十，瘦小加老迈，一副随时准备缩回母亲子宫的架势，因为占地面积太小，稍不留意就四下里找不到他了。他已经完全退化到废物的行列，终日混吃混喝，专心等死。

这小爷爷是老女人的第一任丈夫，比女人大出二十岁，女人年轻时候因为吃不上饭而被这小爷爷收留。女人四十岁尚且生龙活虎的时候，小爷爷已经衰老，变成满是老年斑的"香蕉"了，白天不能养活她，晚上不能满足她。后续无援自然让这男人女人都心生恐惧，毕竟还要死皮赖脸地往下活很多年。于是，女人便携夫嫁给了一个四十多岁的老光棍儿。嫁给他的前提是，得养活她前夫直到把他养老送终。人活着哪能没有一点良心？如今把他当爹养老送终也是应该的。她的第二任丈夫欣然允诺，"老香蕉"已经没有性能力了，要是还能动，他一定会无私地让出来几宿。独自霸着一个女人有什么意思？难道见个人就举着喇叭宣扬，老子的女人生的孩子可是老子的血亲，血统绝对纯正。又不是皇族，血统不纯则丢了江山，谁的孩子生下来不是在这山里照样吃饭、照样干活？那么把自己当人真是要被人捂着嘴笑话的。虚荣在这吕梁山里不管用，相反，无趣得很。

　　两个男人相处甚欢，不忙的黄昏，一人抽一支劣质纸烟坐在枣树下聊天，金色的夕阳包裹着他们，令他们全都面目模糊了，同样佝偻着背，同样叼着一支烟，看上去完全就是亲密无间的兄弟俩。

　　水暖村的人不好面子，只讲实效，难道哥哥遗留下来的女人就坐视不管，任其饿死或逼她出去卖淫吗？老婆的前男人老了残了，就把他当包袱扔掉吗？救人一命胜造七级浮屠。无论日子怎样艰辛，大家互相搭救一起往下活总比一个人孤零零活着有意思些。再说，救人可是积累功德的事，于是水暖村人人都觉得自己是闪闪发光的佛陀，不唯有今生，还必定会有修来的璀璨来世，即使死掉，那也是上得天堂的。他们对此毫不心虚。于是整个水暖村成了颇为壮观的浮屠塔，在这与世隔绝的深山里自给自足，巍然屹立。

他们不仅善于以各种精巧结构搭伙过日子，还最大限度地发挥了自己作为穷人的才华。吕梁山缺水，水暖村至今吃的都是旱井水，水对他们来说是贵如油的东西。没有水，自然就没有鱼，所以鱼对水暖村的人来说堪比贡品。在红白宴上需要上鱼的时候就上条木鱼，看看就算了。两年前王五外出打工，回来的时候带回来几条活鲇鱼。他边流口水边向村民们介绍这鲇鱼肉何等肥美，村民疑惑，比猪肉还好吃？王五不屑于回答，这些山里的人就知道猪肉，却不知道这世上还有鱼肉。他说，这鲇鱼不仅肥美，还特别容易饲养，比猪好养多了，还专爱吃粪便和垃圾。他设想，如果把它们养在粪池里，那简直像给庄稼追了强力肥，不出一年便可肥硕如牛，若过年时把这肥鱼宰了，不仅能省出猪肉钱，还省了一年的猪饲料。

　　众人都被这辉煌的前景蛊惑着，前呼后拥地来到王五家的粪池边，然后像打发菩萨上天一样虔诚地把几尾鲇鱼放养在臭气熏天的粪池里。村里的厕所都是露天的，粪池终年暴露在光天化日之下，所以养个鱼倒也方便，站在粪池边上就能看到鱼在里面游来游去。微风过处，众人心情都很不错，觉得自己仿佛也是站在湖边观鱼，风雅得很。

　　这鲇鱼一入粪池便如虎添翼，不过几天就嗖嗖长大了两圈，一年下来果然肥硕如猪，加上周身滑腻，一个人都捞不出来。王五吆喝来几个男人帮忙，将粪池里的大鲇鱼捞出，然后洗净粪便，杀鱼，架柴生火，炖了一大铁锅鱼肉，分与村民们共享。村民们吃完鱼宴后啧啧称奇，这鱼虽说是在粪池里靠吃粪长大的，五脏内却没有任何粪臭，肉质鲜美肥腻，真是天外来物。王五的试验大获成功，一时被誉为水暖村的英雄。接着，王五又潜心于在粪池中培植鱼苗，然后隔三岔五将长肥的鲇鱼送与邻里。于是，王五的粪池里常年养着几头肥硕的鲇鱼，水妖似的蛰伏着。有客远道而来的时候，他便捞出来一尾宰了待客，至此终于淘汰了祖传了几代的木鱼。

此等盛宴不能不令山外人肃然起敬。

这日，李四家的"老香蕉"寿终正寝，他早已烂熟，就差这往泥土里的最后一落。一落下去，他就会像一粒种子一样被种进黄土里，等到再生根发芽的时候就是一个重新开始牙牙学语的婴儿了。众人无不欢喜。一个人能老死是最大的福气，千金难买。他女人送人送到底，极具侠士风骨，虽然一滴泪没有，却给死人擦脸、理发、换寿衣，还给他脸上擦了两坨浓厚的胭脂，好让这死人看起来容光焕发，返老还童。末了，她又给已经僵硬的死人嘴里塞上满满一口饭，好让他去了地下也饿不着。

女人的现任男人则给他打好了棺材，棺材上桃红柳绿地画满了山水、花鸟，有菊花，有兰花，有桃花，看上去栩栩如生，生机盎然，好像人躺进去不是为了入土为安，而是要轰轰烈烈、正大光明地开始享受了。水暖村的人喜欢把棺材画得桃红柳绿，则是因为活着时过于沉闷枯燥了。这黄土高原的山沟里，整整半年是冬天，以至人们每年春天一看到小草发芽都会流泪，觉得总算又活过来了。活着的时候看不到的，只好齐齐带进棺材里了，活着的人把这些桃红柳绿给死人做陪葬，再看着它们被埋入黄土。最后一缕颜色都被黄土吞没之后，活着的人由衷地在心里笑了，就像看着自己远嫁的女儿在别处享福一样，总算是能心安了。

村里平素没什么可供娱乐的，所以一旦有嫁人、死人时的红、白宴，便是全村老小的节日。白宴上，人也埋了，纸也烧了，肥肉和馍馍也吃了，全村人都打着饱嗝心满意足散去了，静等着第二天再排出肥肉味的粪便。这气味让他们颇为得意，就像家家户户刚吞下并消化了一头肥猪似的，何等殷实。

这时候天色已晚，月亮出来了，金黄地卡在黢黑的山顶上，住在山腰上的白氏忽然发现孙子阿德又不在院子里了。这孩子一定又把自己留在坟地里了。他像根钉子一样动辄就钉在坟地里。阿德今年五岁，出生的时候头被挤压了一下，成了半个傻子。平日里别人问他什么，他好像都听不见，湿漉漉的舌头半耷拉在嘴唇上，不时舔一下嘴唇，他顽固沉默如一座城，薄薄几句语言根本轰炸不了他。可是，这傻子只要看到往土里埋人就立刻两眼放光。谁家办丧事往坟地里抬棺材，他一定会第一个闻着气味跟过去，辛勤得像蜜蜂一样一路盯着，跟到坟地里一眼一眼看着棺材被埋进去。等到众人都散去了，他还戳在那里不肯走，像坟前的石碑一样肃穆、安静，是所有葬礼中最忠实的看客。每次，他站在人堆里，大睁着眼睛，伸长脖子，嘴半张着，粉色的舌头像狗一样半耷拉着，一眨不眨地盯着葬礼的每个细节。他表情贪婪、狂热地看着这个埋葬死人的过程，就像一个学徒抓住一切时机偷窥师傅的绝技，一心要早日学到手。

　　白氏打着手电筒朝山下走去，村庄坐落在东面的山头，而坟地就在对面的西山头，虽然站在自家门口就可以与那些坟堆遥遥相望，胳膊长点的似乎一伸手都能把那些坟包像馒头一样拿起来。可是，望山跑死马，又不能凌空飞过去，她只好一步一步挪到山脚下，东、西两座山头之间有一条山路，这路是水暖村与这个世界的唯一脐带。她穿过山路，再一步步爬上对面的山头。近年来她体形越发臃肿，走一步路，全身的赘肉都要晃三晃。

　　坟地里一片死寂，没有墓碑的坟堆晾晒在月光里，分外凄清、安静，像一堆没人收留的孤儿聚集于此，摩肩接踵，相互取暖。远处黑色的树影无声而阴森地摇摆，似很多鬼影正藏在里面向外窥视。即使是一个资深的彪悍女人，她也不由得有些恐惧，拿起手电筒朝那黑暗处劈了一刀，黑暗处立时裂开一道口子，黄色的土和绿色的树像肠子一样从里面翻滚出来。她在坟地里走了几步，又胡乱挥了几刀，果然，几刀之后，阿德小小的影子被罩进灯光里了，他像石马一样守在一座坟堆前纹丝不动，灯光把他罩进去了，他也没有动一下。他背对着她，黑暗的轮廓毛茸茸的，看上去就像一个在黑暗的末日世界边缘的守门人，身上带着一缕另一个世界的诡谲。

她走过去，站在他背后说："阿德，回家吧，该吃晚饭了。"阿德对着那扁扁的坟堆老成地叹了口气，忽然犹豫而迟钝地开口了："奶奶，你说，妈妈在下面吃饭了吗？"眼前这个扁平的坟堆下面埋的是阿德的母亲——一个不到三十岁的少妇，去年某一天忽然肚子绞痛，然后开始呕吐，没过一天就死了。去年阿德只有四岁，他亲眼看着母亲被装进棺材里，然后棺材像种子一样被埋进泥土里。当时他并没有流太多的泪，可就是从那时候开始，阿德表现出了对所有葬礼的狂热，他像个牧师一样认真、虔诚地把村里一个又一个死人送到墓地。别人都离去了，他仍然不肯离去，像是要固执地陪伴那些地下的尸体，和他们说话，关心他们吃饭了没有。即使在没有死人可埋葬的日子里，他也终日一个人在坟地里晃着，像常驻这里的魂魄一般，似乎此处才是他的乐园，别处都不是人间。别人和白氏说："你家阿德是不是被鬼魂跟上了，一个小孩子怎么成天在坟地里玩，也不害怕？"

白氏举着电筒，皱着眉头看着眼前的小孩。阿德没有得到回答，便缓缓转过身来，正对着那束手电光。他那张迟钝的脸看起来像发光的风筝一样在夜色里浮动，见她不说话，他又试探着怯怯地问了一句："奶奶……妈妈在那里吃饭了吗？"

自从他母亲死后，每逢吃饭，他便要问一句："妈妈在那里吃饭了吗？"他不关心任何人的存在，他只关心那个死人。死人没吃，他也吃不下。他是真的吃不下。

一次白氏把饭碗使劲往桌子上一蹾，厉声说："你妈已经死了，死人不能吃饭。"

"什么是洗（死）了？"

"死了就是闭着眼睛躺在那里，不能吃饭，不能说话，谁也看不见她，她也看不见别人。"

阿德忽然跳起来尖叫着："我能看到她，我看到她就睡在那里，我知道她就在土里睡觉。"

白氏一把捉住活蹦乱跳的阿德，朝他屁股上猛扇了几巴掌："看你以后还敢不敢再问死人的事。"白氏是个强悍粗鲁的老妇人，自打年轻时男人死后就做了寡妇。不是每个女人都被男人的光棍儿兄弟继承的命运。虽然经年没有男人摸了，但因了土豆的滋养，她的屁股和乳房彪悍地一路自己长下去，肥硕多肉，对于一个寡妇来说，真可惜了这对乳房和这盘屁股。她力大如牛，独自在山上开垦出十八弯的梯田，靠种莜麦种土豆养大了一个儿子。干活的时候，她总困惑于怎么搁置这对巨大的乳房，因为它们的广袤和肥硕实在是妨碍她干活时大显身手。

情夫倒也有过个把，只是先前那男人骨瘦如柴，外加是肺痨，晚上在炕上根本勒不住她的缰绳，只好任由她在他身上自由发挥。不仅如此，自打被睡过之后，那男人的地也得由她来种，搞得她要对这个瘦猴似的男人从里到外承包。她被他睡，还要给他种地，就这样，一段时日之后，她听见村里的男人在背后怎么议论她了——"那女人既好 × 又像男人一样能吃苦。"显然这话是从那肺痨嘴里放出来的，如今已经独自成虎成狮满山跑了。她痛恨自己怎么瞎了眼，恨不得把那肺痨一脚踹到山脚下。自此白氏安心守寡，断绝了再与男人睡觉的心思。"奶奶的，就是被猪睡了也不会转身就被卖掉吧。"

儿子好不容易娶了媳妇，生了孙子，眼见自己终于熬成别人的婆婆了，白氏还没开始舒畅一天呢，儿媳妇就早早咽气了。儿子三十岁就又变回光棍儿了，终日急得上蹿下跳，看见母猪跑过去都两眼发光。留下这么一个孙子真是可怜，早早就没娘了不说，脑子还不灵光，越是看着阿德傻，白氏心里便越是疼。但是她没有流泪的习惯，从年轻时候就戒了，因为留着没用。任何技能长期不用都会荒废的，她难过的时候只会把泪往里倒流，旁人甭想看到她的一滴泪。她用更流畅、更熟悉的身手来掩饰自己的疼痛，比如现在把阿德抓起来粗暴地打一顿。

挨过两次打之后，阿德果然问得没有以前那么频繁了，可是他并没有善罢甘休，他终日观察着她的脸色，捕捉着她脸上乍现的一丝半缕的晴光，伺机再问。每隔几日，一端起饭碗，阿德的嘴就会娴熟地绕到这个话题上来，那就是关于埋在地下的母亲有没有饭吃的问题。白氏从这儿堵住，它又会从另一个地方冒出来，简直拦都拦不住。每到这个时候，阿德简直就像一辆上了铁轨的火车，被轨道牵引着，根本无法停下，即使知道哪个站该停，他也停不下来。他所有的结论一定会准确无误、庄严肃穆地滑进最终的车站，那就是，他地下的母亲究竟饿着了没。

白氏看出来了，如果有合适的入口，他一定会钻到地下给他母亲送饭的。不管怎样，这个傻子的悲伤还是让她有些吃惊，她看着他迟钝的脸和半伸出来的舌头，忽然觉得她其实并不真正认识眼前这个小孩。一年前，他母亲去世的时候，他也是木讷的、呆呆的，没有泪。她怎么也没有想到他的悲伤会一直持续到第二年，而且到了第二年也没有一点刹车的迹象，他好像不仅没有淡忘了母亲的模样，相反，母亲像只会自己发电的灯泡一样在他身体里驻扎下来了，时不时就自己发出光来。她透过他的瞳孔都能看见那个死去的女人发出的诡谲的光亮，像荒野上亮着的唯一一点鬼魅的灯火。她忧心忡忡地看着这个孩子，他正不顾一切地向这点灯火跑去。他那么渴望去接近它。

现在，站在坟地里，阿德又迎面绕到这个百问不厌的问题上，这简直是一座可怖而坚硬的礁石，似乎只要出海就一定会迎头撞上去。尽管他小心翼翼、怯生生地拎出这个问题，白氏还是生气地一把拽住他的衣领，像拎瓶子一样拎起他，她像晃瓶子里的水一样把他晃了几下，然后大吼："跟我回家。"她说完便夹着双脚悬空的阿德离开了坟地。

她心虚地看看周围是否有人，深更半夜地在坟地里流连不去，人们会以为他们祖孙俩是合伙来盗墓的。

二

桌上又是毫无悬念的两碗小米稀饭、一大碗蒸熟的土豆片，土豆片切得厚实，一片片都能赛过磨盘，稳稳地盘踞在碗里。就是靠这土豆，山里女人才长出了敦实的屁股和乳房。白氏夹起一块土豆片，蘸了一圈血红的辣椒就往嘴里塞，土豆片下去了，辣椒酱在她嘴唇上落了一圈，像抹了极艳的胭脂,妖媚得很。她吃完两片土豆了,阿德还坐在桌子后面不动。他呆呆地坐在灯光下,像块煮熟的番薯。白氏敲敲桌子,说:"快吃。"阿德忽然抬起头偷偷看着她,嘴唇动了动。她生怕他嘴里又说出关于那个死人有没有吃饭的话,连忙去堵他的口:"你快吃吧,你妈肯定有饭吃,埋她的时候,我在她嘴里塞满了饭,她永远饿不着的。"

阿德看着她,眼睛里忽然就蓄满了泪,泪憋在眼眶里却不往下流。白氏看得肝肠寸断,她嗓子里一哽,连忙往里又塞了片土豆,好把那哽咽尽快咽下去。阿德的泪转了几圈还是落下来了,他无声地流着泪,忽然大声对她说:"你骗我,你就系(是)骗我,妈妈根本没饭吃,她洗(死)了。"

白氏吃惊地看着阿德,她忽然觉得此刻的阿德就像被魂灵附体了,他身体里似乎获得了一个崭新的人格,这个人格通透、聪敏,把那个傻子阿德压下去了。她反而更加害怕了,就像是坐在她眼前的并不是阿德。这时候阿德蹒跚着从自己的椅子上跳了下来,走到她面前,又是那么无声地落泪,看着她。他怎么会这么娴熟地用眼泪摧残她?她一边诧异着,一边抱起了他,把他抱在怀里。他毕竟只是个五岁的小孩子,没了娘的孩子总是可怜的。她把他抱紧了,他也把自己扣在她怀里一动不动,尽情抽咽。她像哄婴儿一样拍打着他,想,过几年他就该淡忘了吧,一个小孩子总不能一直这样沉浸在丧母之痛中,这多少有些不正常。她想,给他养只小狗吧,让他试着去爱别的东西,或许他就可以分心了。

阿德又抽咽了两声,忽然把手伸进她的衣服,一边摸着她的乳房一边小心翼翼地观察她的脸色。阿德从没有吃过母乳,因为他母亲几乎没有奶水,他是靠着羊奶和小米稀饭长到现在的。大约就是因为没有吃过母乳造成的不安全感，阿德对女人的乳房异常迷恋，而且不管老少肥瘦，只要是乳房就行。他母亲还没有死的时候，白氏就已经发现了，但凡他母亲把他抱在怀里，他的两只手一定准确无误地放在她两只乳房上。虽然没有乳汁可吃，但他还是孜孜不倦地终日摸着那两只乳房。结了婚的女人没有什么可畏惧的，他母亲为了让他摸着方便，正大光明地终日把那两只乳房挂出来让他摸，顺便让村里人一路瞻仰，看起来他简直像一只挂在乳房上的猴子。

自从他母亲死后，这个任务只好落到白氏身上，虽然是松弛干瘪如布袋一般的老乳房了，但那毕竟是乳房。他母亲刚死的时候，他每夜哭着不睡觉，只有白氏把一只乳房塞给他，他才能停住哭泣，然后他专心致志地摸着那只乳房，摸着摸着就睡着了。就是白天不睡觉的时候，他也时不时见缝插针地蹭到白氏身边说："奶奶，让我摸一下。"白氏正干着别的活，两手腾不开，只好用下巴叼起衣服，露出两只老乳房让他摸一摸。他摸了两下，她说："可以了吧？不能再摸了啊。"他和她讨价还价："再摸一下，就一下。"

阿德父亲本来就嫌弃阿德是个傻子，妨碍了他光宗耀祖，自打死了老婆便终日在外找零活干，几乎不管阿德。所以，就是去地里干活，白氏也得把阿德带上，反正没有旁人，白氏也就由着他摸去，他像玩什么玩具一样终日缠着这两只乳房，恨不得把它们割下来攥在手里。她一边干活一边由他摸着乳房，想，小孩子嘛，又没吃过奶水，真是可怜。

眼看着阿德已经五岁了，个子又长了一截，这摸乳房的习惯却丝毫没有减损，不仅没有减损，反而变本加厉，长势葳蕤。有时候她带着他到村大队里开会，一屋子黑压压的人头，阿德又旁若无人把手伸进她的衣服摸起来。他随时随地攀到她身上，时刻准备摘下这两只乳房。她感觉到这样下去的危险了，再不制止他，恐怕他要一直这样下去了，搞不好到十几岁二十几岁了还这样，当着别人的面就能把手伸进她衣服里摸来摸去。到该娶媳妇的时候了还这样，当着媳妇的面把手伸进奶奶的衣服摸乳房？她决定帮他戒掉这个不能再往大里长的恶习。

一天晚上睡觉之前，阿德的手又熟门熟路地摸了过来。她知道，他只要摸上两分钟就会自己睡着。可是，她下定了决心，大喝一声："放开。"屋子里出现了一种异乎寻常的宁静，似乎整个世界都被她的暴力喝停了。阿德的手愣了一下，然后这只手像是不相信这虚假的宁静，又独自前往圣地。他的手刚放上去，白氏的大手就追过来了，啪的一声把那只小手打到一边去了，余震太大，打得那只乳房直乱晃。阿德先是无声地把嘴咧开，表示他要哭了，他要吓唬她。然而他发现白氏无动于衷，他的眼泪这才放了出来。阿德坐在炕上号啕大哭，白氏翻过身继续睡觉，心想，他哭一会儿也就自己停了，由他哭会儿吧。半天过去了，阿德没有要减弱的意思，坚持不懈地号哭。白氏背对着他一动不动，眼睛却酸得火烧火燎，几乎要把休眠多年的眼泪逼出来了。但她多年炼出的彪悍箍着她，让她一动不动。他俩继续较劲。

阿德哭到后半夜，哭声渐小渐弱，大约实在是哭累了，他自己趴下睡着了。白氏睁着两只血红的眼睛，翻过身来把他轻轻抱在怀里。睡梦中的阿德又挣扎着伸出手来，娴熟地搁在她的一只乳房上，一摸到乳房，他整个人忽然就静下来了，像深海的一只蚌。白氏又欲落泪，在睡梦中他都能准确地找到那只乳房，他贪恋母亲的怀抱而不得，才会这样歇斯底里地向往一只女人的乳房吧。她把他抱得更紧了些，他大约在睡梦中都感觉到温暖了，身体放松了，安稳地窝在她怀里，手在乳房上却抓得更紧了，好像又一次抓住母亲了。

白氏心中一阵悲伤，她突然意识到，他需要的如果仅仅是一只乳房的话，他可以向任何一个女人索取，是不是谁愿意给他一只乳房，他就会不顾一切跟着那女人而去？可是她死前寂寥的后半生就只有他了。她辛辛苦苦一辈子，早年守寡，无人体恤，风骨近于钢铁，又不屑于与猥琐之流搭伙，把自己当牛马使才撑起这个家。无论怎样，这半傻的孩子还是给她平添了不少干活的能量。她干活干得直不起腰来，说："阿德啊，来给奶奶捶捶背。"他就爬过去一下一下给她捶背。她说："来给奶奶唱个歌。"他就站在那里五音不全地给她唱《放牛郎》。有一次祖孙俩坐在崖边数山下的汽车，他突然神秘地对她说："奶奶，我长大了也买个小汽车，你想去哪儿，我就带你去哪儿，我还带你去公园好不好？""公园"二字，他说的是普通话，估计是从广播里听来的。他并不知道公园是什么，大约觉得那是个遥远的好地方。她不搭理他，只起身说要去茅房，一转过身便哗哗流泪，休眠多年的眼泪终究苏醒了，决堤而下。

打这以后，阿德再把手伸过来时总要先观察一下白氏脸色的阴晴，阴天不宜，傻子也怕招来暴风骤雨。晴光潋滟的时候，她也会额外赏他摸几下。今晚阿德大约是在坟地里又想他母亲了，便敢提出这个要求作为对他的安慰。见白氏不反对，他便爬上她的大腿，放心地把两只手都伸进去。白氏腾出两只手继续喝粥，周身却有一种异样的安泰和宁静，这个挂在她怀里的小孩子就像她身上长出的一朵蘑菇，他的全部都依赖着她，他的每一天都是她亲手为他创造出来的。他是这世界上唯一真正和她血肉相连的人。这种感觉在死去的男人身上没得到，在儿子永泰那里没得到，在情夫肺痨那里也没得到。半生渴望，最后倒是一个半傻的孩子给她了。

她唯恐被他窥到表情，便倔强地喝粥，差点把整只碗扣到脸上。

　

鲇鱼仿佛成了水暖村共同饲养的家畜，尽管人们生活不算宽裕，却不吝于每日把吃剩的饭菜倒进王五家的粪池，其中尤其以白氏最为慈悲，一天要跑过去看鲇鱼三次，次次不空手，连刚煮熟的红薯、南瓜也扔给鲇鱼们。鲇鱼们也被喂熟了，一看见粪池边站着人影便悉数游过来，像群小孩子一样张开嘴等着吃食。天气异常干旱的时候，白氏便从旱井里打出所剩不多的水，浇到王五家的粪坑里。旁人笑："你对鱼比对人还好呵，这鱼又不是你孙子。"

过了一个夏天又一个秋天，鲇鱼们长了不少。

转眼又是冬天，暴躁的西北风开始送来大雪。眼看粪坑快要封冻了，人们不担心住在里面的鲇鱼，因为在粪坑的冰面下待一个暖和的冬天之后，它们又会增肥好几圈。等到来年破冰而出的时候，它们体形硕大魁梧，简直像冬眠于此的鲸。冬天漫山遍野没有一点绿色，人们打开一人高的瓮，满满一瓮酸菜经过一个夏天和一个秋天的发酵，酸得凛冽、周正，已经可以名正言顺地上饭桌打发馒头和面条了。整个漫长的冬天，人们就指望这一瓮一瓮的酸菜了。谁家要是没有酸菜瓮，那就准备整个冬天吃白水煮土豆吧。

整个冬天没有农事，人们专心待在家里，白天养膘，晚上配种。中午的时候，村口有阳光的地方总会黑压压地聚集一群人，他们像群跳蚤在晒太阳似的。男人清一色穿着深色的棉衣，女人头上裹着五颜六色的头巾以对抗这枯燥的寒冬。男男女女袖着两只手每日东家长西家短，或者数着山脚下来来去去的汽车，要么就数着对面山头雪白的坟堆。数来数去，今年村里又少了两个人，移到对面的山头了。活着时和这些人每天见三回，死了还是每天见三回，只要抬头就能看见那些新坟和老坟。肥硕的新坟依偎着干瘦的老坟，好似初来乍到，人生地不熟，需要些许庇护。老坟虽然枯瘦，却周身阴气更重些，似长了一身的骨头，硌着活人的眼。众人一边与那些坟遥遥相望，一边感叹，大约是庆幸自己还活在这个山头，可是又不知道哪个早晨就忽然搬到对面的山头了。人生在世，横竖不过"无常"二字，活过三十岁的人就要暗自庆幸已把半辈子交待了。

有时候眼尖的人会猛然看到白雪覆盖的坟群里有一个小孩的影子像幽灵一样一闪一闪，便有人亮起嗓门呼唤白氏："你家的阿德可又跑到对面的坟地里去了，不知那里有金子还是银子。"

水暖村的春天终于从冰雪里破壳而出，青草稀薄崭新的影子让人们欢呼雀跃，宛如自己重新活过来一般。人们欢呼主要是因为穿了半年的棉衣可以卸下去了。棉衣整个冬天都不洗的，早结了厚厚一层油垢，刮一刮就是二两油，明晃晃的都能映出人影，镜子似的终日挂在身上。小孩子们的棉衣尤其脏，又没有换，大人们恨不得把棉衣缝在他们身上，又怕虱子吃了他们。鲇鱼们破冰而出，一个个水妖一般魁梧、鲜亮，满身是膘，果然不负众望。

水暖村的春天来了，永泰的春天也接踵而至。他的第一个女人，也就是阿德的母亲，死了。现在，第二个女人要走马上任来补空缺了。

这个女人是媒人从十里之外的一个山村介绍来的，据说，她是因为不堪忍受她男人嗜赌和嗜酒，赌博赌得家徒四壁，喝完酒回来还要打她撒气。她一气之下离了婚，在本村是不好再嫁了，便翻过一个山头嫁到水暖村来。山里的女人没有经济收入，一旦脱离了男人，必须得在最短的时间内再依附另一个男人。有的女人眼看卧床生病的男人好不了了，在他还没有咽气的时候就已经给自己找好了下家。男人一咽气，她就拍屁股走人，换一个男人也无非是在晚上被继续睡，前提是先要有口饭吃。

这个女人比永泰大出七岁，已经三十八岁了，还把一个十三岁的女儿留在了前夫家。这是两人定好的婚前契约，谁都不许带孩子。对方要是带过来孩子，既不是自己生的，又要多张吃饭的嘴，如果还要上学，那就更麻烦了，还得年年缴学费。带过来的是女儿，那无非是给别人家养着，养大了再嫁出去。如果带过来的是儿子，那分明就是在给自己储备一个仇人，长大了又是自己的首席债主，钱也要，老婆也要，连本带息一齐问他要。至于阿德，他已经和白氏商量好了，从此以后，阿德就交给她抚养了。永泰早就为他这个傻儿子发愁，他担心这傻子不能给他养老送终就罢了，他还得养这傻子一辈子。不过，大家就住在一个院子里，每日抬头不见低头见，又不是仇人。只是眼下，他急于迎娶这个三十八岁的女人，不得不分主次，那女人虽说年龄大了些，皮糙肉厚了些，可是他这样的光棍儿还想要什么呢？只要是个女的就行了。他得把阿德搁置一边，不能让这傻儿子在关键时候变成他的累赘。

白氏听了这番话，半是喜悦半是悲伤：喜悦的是，这次好像坐实把阿德纳入自己麾下了，他们更要相依为命了；悲伤的是，这孩子死了妈又被爸抛开，她眼睁睁地看着他蜕变成了一个人世间的孤儿。好在他还有她这样一个坚如磐石的亲人，可是，如果有一天她也躺到对面的山头了，他该怎么办？这个世界上还有人会收留他吗？她提前用过世的眼光审视着趴在窗前的阿德，他背对着他们，透过玻璃呆呆地看着外面，不知道他在看什么，也不知道他是否听懂了他们刚才的对话。她看着他的背影，希望他能回过头来和她说句话，可是他固执地趴在那里，一动不动。她从玻璃里看到了他的倒影，粉红色的舌头耷拉在外面，湿漉漉的。他的脸上也湿漉漉的，全是泪。他用力贴在玻璃上，像是拼命地要把自己镶嵌进去。

三

那女人人高马大，长着一张银盆大脸，眼大嘴大，身上所有的零件都比别人大出了一号，似乎她身上的器官是在热带雨林里催大的，茂密、硕大。她和永泰站在一起，比永泰高出一大截子，像个衣柜似的能把永泰整个装进去。永泰猥琐地站在她的影子里倒是不介意，大一点小一点无妨，只要好用就行。那女人熟门熟路地和永泰住进一孔窑洞，白氏带着阿德住在另一孔窑洞，两户邻居似的并列着。做饭的时候，那女人独霸灶台，炒一顿菜能倒二两油，看得白氏眼睛都绿了，又不好过去把油壶夺下来，毕竟那女人过门没几天。大约因为那女人觉得自己虽是二手的，却是赴水暖村来给死人替补空位的，死人睡过的男人，她接着睡，死人用过的，她接着用，劳苦功高，霸占灶台多倒点油也是应该的。白氏用屋檐下的小泥炉做饭，搞得她和阿德像受气的小妾。

他们被迫开始了这种分分合合的相处，忽而合家团圆，忽而又人鬼两不拢。斗争了几日，白氏喉咙里堵了一团东西，几天咽不下去，又没有人可以诉苦，她便见缝插针地捉来阿德抱在自己膝盖上倾诉。阿德反抗，要跳下去，白氏死死捉住他不放，不管他听懂听不懂，她嘴里不停地和他说话："阿德啊，你说生个儿子有什么好，就是养一个仇人，再娶回来一个仇人。我省吃俭用攒下来的一点家底子几天就要被她榨干了，连点渣子都不留啊。阿德啊，你大了可不能这样啊。"她一边说一边使劲把阿德往自己怀里塞，似乎阿德身体里的热量正长出根须来，正往她身体里驻扎，他们像两株植物绞在了一起。白氏继续倾诉："阿德啊，等你长大了在城里买了房子会不会让奶奶住？"阿德一边徒劳地挣扎，一边嘴里发出呜呜的声音，可以理解成同意，也可以理解不同意。白氏当然是理解成同意了。顿时，她似乎已经把一张未来的通行证握在手里了，简直连月球都去得了了。她更紧地抱住了阿德。不过，她心里明白，水暖村之外的世界都是与阿德绝缘的。

在那女人过门后的第三个月，一个早晨，有不速之客来访了。天刚亮，白氏是第一个起来的，起来后一开院门就吓了一跳。门口蹲着一个人。她再仔细一看，是个十二三岁的小姑娘，她蹲在地上没有起来，翻起眼皮看着白氏，目光一寸一寸在她身上游走，很阴凉。白氏第一眼看到的就是她那两只冻得发青的光脚，她显然是光着脚跑过来的，脚上已经划开了好几道口子。然后她又看到了她那张脸，宽似银盆，眼大嘴大，活脱儿就是新过门的儿媳妇缩小了一号。她倒吸了一口凉气，知道来人是谁了。那女人这才过门没几天，油瓶就自己挂过来了。

她把那女孩安置在院子里的一张马扎上，由她一个人坐着，然后敲窗户通知那孔窑洞。那女孩像个犯人一样坐在空空的院子里，一边用两只光脚互相迟缓地摩擦着，一边偷偷打量着这院子，再不时偷偷看一眼白氏。

窑洞的门嘎吱一声开了，儿媳以蓬着头披着衣服的造型出现在那黑乎乎的门口。她惊讶而略带慌张地看着坐在马扎上的女孩，似乎正在鉴别她的真假，鉴别完毕，她终于缓缓地迈出了一条腿。当她终于走到女孩的身边时，她仍然用困惑的表情俯视着她，似乎到现在都没搞清楚她怎么会出现在这里。那女孩站了起来，叫了一声"妈"，眼泪已经下来了。儿媳紧张地看了看周围，与站在门口的白氏飞快地对视了一眼，然后，她低声对女孩说："采采，你怎么跑过来了？"采采用一只手擦着眼睛，说："我爸又打我，我不回去了。"儿媳又问："你的鞋呢？"采采使劲憋着嗓子里的抽咽，憋得自己粗声大气地说："一大早起来我还没穿鞋他就打我，我就跑出来了。"

儿媳一只手放在采采头上，似乎急着把她的话堵回去，她慌乱地又看了看四周，重点看了白氏一眼。白氏连头都不用回，只一个脊背就够用了。这么多年熬过来，那脊背早像块结实的案板一样，要不怎么经得住各种目光在上面剁来剁去？儿媳看了她一眼又扭头看着洞开的窑洞门，生怕那黢黑的门里突然再走出一个人来，她下意识地用一只手挡着采采，似乎想把她藏起来，要是能折起来随身装进口袋里，那就最好不过了。

白氏眼角的余光看到儿媳拉着那女孩向院门口走去，那女孩像头牛一样抵抗着，两只光脚抓着地，不愿走。然后儿媳又低声和那女孩说着什么，那女孩只是耷拉着头抽泣，并不说话。忽然之间，那女孩昂起头来尖叫了一声："我不走就不走。"儿媳赶紧把她往门外拖，一边拖一边看着窑洞里，似乎那里面随时会蹿出什么怪兽把她们吃掉。白氏站在后面救死扶伤般发话了："稀饭好了，还是让她趁热喝一碗吧，大早晨跑了十里路也不容易。"

采采蹲在地上喝稀饭的工夫，阿德起来了，永泰也起来了，一圈人站着，铁笼子似的围观地上的小姑娘。早晨的阳光从他们四肢之间的缝隙筛进来，斑斑驳驳地落在她的光脚上，像长出一层黑白的花纹，越发显出她的奇异。儿媳束手束脚地站在那里，似乎周身长出了好几双手和脚，都不知道该往哪里搁。她一边目测着采采喝稀饭的进度，一边侧耳聆听着周围几个人胸腔里回响的算盘声。大约每个人都正在心里打着个算盘吧，要是把这女孩留下，至少要养到她出嫁，那得花多少钱啊。不能不给她吃饭吧，也不能让她光着屁股跑吧？不能给他们小看了她们娘俩，儿媳心里冷笑一声，又高声催促采采一句："快点喝，喝完就送你回去。"

她提前给他们吃颗定心丸，免得吓着他们。这时候白氏又开口了："大清早跑过来，说什么也要吃了午饭再走吧？一碗稀饭管什么用，撒泡尿就没了。"儿媳不说话了，似乎得了赦令，暂时不用行刑了。白氏站在小泥炉边一副母仪天下的姿态，她从没有像现在这样高看过自己，也从没有这样鄙视过儿媳。白氏已经开始雍容大度地和面，准备做中午的手擀面。她自己也不觉得这是加快了赶人走的步子。

一碗手擀面吃下去，采采终究被她母亲拖着出了门。她的身体被母亲押着，眼睛却使劲转过来，绝望地看着他们，似乎想用目光在他们身上抛下锚来。然而她们已经开始下山了，那两缕目光挣扎了几下还是沉下去，不见了。永泰去干活，走了，白氏带着阿德久久地站在山崖上看着她们的背影。她眼睛里迅速闪过一道罕见的泪影，然后她像个屹立在山头的菩萨一样慈悲地说："可怜的孩子啊，遇上这样的妈。"

晚上白氏正要和阿德吃晚饭的时候，儿媳独自回来了，看来她已经成功把包袱甩掉。她像个刚从战场上逃下来的伤员，溃不成军地进了窑洞，饭也不吃，灯也不开，倒头就睡在炕上。白氏对她的鄙视仍然散发着余热，这点余热装在她的胸腔里足够烤熟几个土豆了。她想，这么狠心的女人还配吃什么晚饭？然而，第二天一大早，儿媳器宇轩昂地吃了满满两大碗和子饭，把前一晚没吃的又补上了。她吃得理直气壮，大约是觉得自己刚做了有功之臣，她刚为这个家赶走了自己的亲生女儿，战功赫赫，理应多吃点。

第三天晚上，刚到掌灯时分，院门嘎吱响了一声，伴随着几声细碎的脚步声。然后，脚步声消失了，院子里再次寂静下来。白氏心里咯噔一声，她从炕头上下来，穿上鞋，疾步向院子里走。在她走出窑洞的同时，她看到另一孔窑洞里也急急走出了一个人影，是儿媳。她们两个人无声地对视了一眼，然后同时看到了站在院子里的那个小小的身影。那影子被裹在黑暗里，面目模糊，薄薄地立在那里。尽管这样，白氏还是第一眼就认出了这影子是谁——采采。儿媳也认出来了。她们两个都没动，采采也没动，三个人在黑暗中安静、冰凉地对峙着，甚是稳当。

最初的惊讶之后，白氏心里一声冷笑，这孩子居然自己又找上门来了。她后悔不该喂她那碗手撵面，现在要被赖上了，准确地说是永泰要被赖上了。这时候三角形动摇了，儿媳走出窑洞，向院子中央的采采走过去。黑暗中，白氏听见儿媳低声说了一句："怎么又是光着脚跑过来的？"白氏又倒吸了一口凉气，这小姑娘简直是在使苦肉计嘛，再跑来又不穿鞋，这明显就是计谋了。她倚着门框替永泰后悔，只以为娶了个比自己大七岁的女人安稳点，却不知道其实是娶了母女俩。看这情形，他分明是中了她们的套。

儿媳把采采拉进了窑洞，这一晚采采就和她母亲还有永泰睡在一张炕上。一晚上人家睡得熨熨帖帖，倒是白氏一宿没睡。她在黑暗中睁着眼睛像做秋收一样算了一晚上的账。

第二天早晨一起来，儿媳就把采采拖到院子里，她脚上拖拉着一双永泰穿过的破布鞋，鞋太大，她站在这两只鞋里，像棵植物被栽在花盆里一样，走一步路都像跋山涉水似的。儿媳把她拖到院子中心往地上一扔，叫道："你走还是不走？"采采蹲在地上不起来，儿媳上去又拖她，她双手撑地牢牢把自己吸在地面上，她一边躲她母亲的手一边大声号啕着："我不走，我就不走，我回去了他还要打我，把我打死算了，你们都不要我，我也不想活了。"

矮墙上长出了一排黑压压的脑袋，麻雀似的蹲了一排，是街坊邻居听见哭声都赶来看热闹的。在水暖村，谁家有热闹而不让人看可是不道德的。什么是他们的道德？道德就是把所有近乎气绝的快乐和无以复加的伤口都割开了给人看供人消遣，绝不能独享。

儿媳抬起头来，无声地看了看那排蹲在墙头的脑袋，忽然就泪如雨下。她扭头进了窑洞，再出来时胳膊下夹着个小布包。永泰跟在后面，一脸惊慌。儿媳倚着门哭："我和采采走吧，你再找个女人过。"

永泰急得快跳起来了，让他再次变成光棍儿是一件多么残忍的事情。地上的采采大声抽泣着，倚门而站的儿媳无声地流泪，配合得真是天衣无缝。白氏看到此处已经明白，时局已定，这母女俩赢了。在水暖村可是救人一命胜造七级浮屠。白氏这一辈子也不是白给的，她在清晨的阳光里迈出了一步，带着巨大的影子走向采采。她慈眉善目地拉起采采，说："她不想走就让她留下吧，只是这上学的事……"她得和她们讨价还价。

儿媳还是倚着门，那个做道具的包包还被她夹在腋下。她看起来有一点疲惫。她收起了眼里所有真真假假的风情，不再说话，表示成交。

采采就这样留在了水暖村。

十三岁。

失学。

晚上和生母与继父睡在一张炕上。

四

儿媳在窑洞里叫了一声采采，没有人答应。她掀开帘子出了窑洞，站在院子里尖着嗓子又叫了一声采采，声音又干又硬，没有血色。正好采采从外面回来了，一进院子就看到了钟馗一样的母亲正站在那里。她母亲劈头一句问过去："又死哪儿去了？"阿德正在院子里玩蚂蚁，听见声音便抬起头来看着这母女俩。采采顿了顿，忽然跳起来冲着母亲尖叫："那你让我去哪儿？学也不让我上，我每天憋在这里想把我憋死啊？"她开始边哭边叫，"我知道你们都讨厌我，你们都不想让我住这儿，你们都想让我早点死。"

她这番话像寒光闪闪的兵器，一掷出去就把别人所有的穴位都点住了。她母亲显然战败了，呆若木鸡地看着她，阿德坐在地上吓得一动不动，就连正从门缝里往外偷窥的白氏也怔住了。她白氏可是一世英名，有铁腕的彪悍女人，居然被这样一个小姑娘吓住了？可她必须承认，她确实被吓了一跳，就像亲眼看着一只老鼠忽然摇身变成了一头大象。她看着眼前这个张牙舞爪跳着脚的小姑娘，想起那一日清晨她光着青色的脚赖在地上哭着不起来，真是判若两人。看来吃惊的不仅是她，儿媳也站在那里脸色发青。她想起自打采采住过来后，儿媳对采采一直是呼来喝去的，并没有什么好脸色，好像采采是她陪嫁过来的一个小丫鬟。她无非是自知理亏，结婚前讲好的谁都不带孩子，可是结婚之后没几天她的孩子就拖过来了。她主动毁了契约，大约总是心虚的，凭什么不养阿德却要养采采？面对丈夫和婆婆，她就像终日面对一个陪审团一样。所以她不得不对自己女儿粗声大气一点，大约只有通过呼来喝去，才能交代过去。她这点狠可不是白狠的，这点狠换来的便是采采的口粮，这样采采每日吃的喝的才有保障且名正言顺。哪知她在这里千方百计为采采争取口粮呢，采采却并不领她的情。

白氏的眼睛还夹在那道门缝里偷看着这母女俩，周身却打了个寒战。

儿媳一手扶头，做头痛状回窑洞里去了。自打她嫁过来，还陪嫁过来一样痼疾，就是头痛。干活累了头痛，不高兴了也头痛，她吃得营养不良了也头痛，这世上所有蝇营狗苟的事情都能变成她头上的紧箍咒，凡事稍有波动便能引发她头上剧烈、连绵的痛楚。每每看到她用弱柳扶风的姿势捧着她那张银盆大脸做头痛状，白氏便嗤之以鼻，她就是发着高烧再夹一泡尿也照样能锄完二亩地。

采采拖着自己的影子在原地呆呆地站了几秒钟，眯着眼睛环视了一圈，忽然看到了坐在墙角的阿德。她眯着眼睛微微笑了一下，皱了皱鼻子，然后拖着影子走到阿德面前。她俯视着这个傻子，然后问了一句："阿德啊，你在玩什么呢？"阿德伸着粉红色的舌头看了看她，举起了一只蚂蚁。采采在他面前蹲了下来，专心致志地盯着他的脸看："听说你至今都数不到十，是不是？我教你个儿歌吧。来，你跟我唱啊：'小蚂蚁，搬虫虫。'"阿德不吭声,畏惧地看着她。她歪着嘴角微笑着伸出一只手,捏了捏阿德的脸蛋,说:"这可是给一岁的小朋友唱的,你都五岁了还不会唱,果真是个傻子。他们就是不让我上学了我也比你聪明一百倍、一千倍、一万倍,气死你们全家也没用。"

站在门缝里的白氏听了这话差点被噎住,她嘎吱一声推开门,从窑洞里冲出来,像枚肥大的火箭一样降落在他们面前。采采一看见白氏就回头对阿德说:"阿德,你跟我唱啊:'小蚂蚁,搬虫虫,一个搬,搬不动,两个搬,掀条缝,三个搬……'"她边唱边朝白氏那个方向偷看了一眼,看她是不是还站在那里。一看见白氏岿然不动的影子,她就立刻掉过头继续唱,似乎是那女人塔一般的影子榨出了她颤颤的歌声。白氏站在那里威武地吆喝了一声:"阿德,进屋。"阿德像条小狗一样,伸着粉色舌头跟着白氏进去了。一进门,白氏就大声对他吼道:"以后少和她玩,听见了没有?"

阿德听见没听见,谁也不知道,院子里的采采倒是听得清清楚楚,她一边坚硬地微笑着,一边抓起一根草棍,开始在地上画圈,画了一圈又一圈。黄昏的阳光斜斜地落在她身上,把她的影子压在那些圆圈上,似乎她正心甘情愿地蹲在一个旋涡的中心,任是谁都别想把她拔出来。

白氏和儿媳一大早就扛着锄头下地去了,最近地里忙,只得把阿德留在院子里。阿德一个人坐在地上玩泥巴。采采凑过去,弯下腰看着他。她皱了皱鼻子,先从口袋里掏出一块糖递给阿德。阿德见了糖,眼睛一亮,飞快地把糖抢过去了。她说:"叫姐姐。"阿德一边吃糖一边含混不清地叫了声:"姐姐。"她见自己的贿赂初见成效,便蹲下去摸了摸阿德的头。她又说:"阿德,你捏的这是什么啊?"阿德像蜥蜴一样吸了一下舌头,说了一句:"这系(是)我的妈妈。"采采看着他手里那个泥人,忽然微笑了，她吊起一只嘴角问他："你妈妈呢？"阿德继续捏啊捏，并不抬头看她："她洗（死）了。"采采忍住笑，学他说话："什么是洗了？"阿德说："就系（是）躺在那里，不能吃饭，不能睡觉。"她把脸凑得更近些，几乎要贴住阿德那张圆脸了。她勉强抑制住声音里的快乐，因为压抑，竟有些打战，像是忽然看见了什么令她极度恐惧又极度兴奋的东西，她抖着声音问了一句："那……你……想你妈妈吗？"

阿德没有说话，他两只手还在笨拙地捏那个泥人。采采死死盯着阿德的那两只眼睛，终于，她看到那两只眼睛里结了一层透明的壳，冰花一样挂在上面，那壳越来越厚，终于承受不住重量，开始往下坠了。在阿德的泪水掉下去的那个瞬间，采采还是惊了一下，像被一道电流击了一下。她身体深处的某个部位细若游丝地疼了一下，像被什么咬了一口。但很快，那缕细若游丝的悲伤就被更庞大的东西吞噬了。她像在蚌壳里突然发现了一颗珍珠一样，一种近于邪恶的兴奋推着她伸出手去，伸进蚌壳柔软的肉里，她要摘出那颗珍珠。蚌壳的肉太柔软了，她触到它的一瞬间几乎流下泪来。那是怎样一种柔软的疼痛啊。可是，越是想着它的疼痛，她便越是不由得兴奋。

她不顾一切地要把手伸进那蚌壳深处。她紧紧地看着阿德的眼睛："你还记得你妈妈的样子吗？你一定不记得。"阿德大颗大颗地落着泪，还是不说话。她抽搐着笑了一下，又说："你能告诉我她长什么样吗？"阿德手里的泥人摔在地上，他终于开始失声痛哭。他哭得那么悲伤，像个大人、像个聪明人一样哭，那绝不是一个傻子的哭声。她被吓住了，同时又觉得自己像被针扎过穴位一样异样地过瘾，周身有一种奇妙的舒泰。她一边观赏着他痛哭，一边再往深里试探："你知道什么是洗（死）

了吗？就是，只要你还活着一天，你就再也见不到她，她再也不会回来看你，再也不能抱着你。你这可怜的傻子，你知道这世上什么人最可怜吗？就是没有了妈的孩子。可是我有。"阿德已经哭得趴在地上，他的泪水和泥土混在一起糊在他脸上，看上去他戴上了一副滑稽的面具，像个撕心裂肺的小丑。

她一边观赏着他的哭声一边断断续续地干笑着，可是她心里越来越疼痛。于是她一边笑一边开始流泪，倒像是怕哭泣的阿德太寂寞了，一定要陪着他哭一场。

就在这时，白氏从地里回来做午饭了。她一见趴在地上哭泣的阿德就嗖地冲过去，她把泥人似的阿德搬起来抱在自己怀里。她把阿德那张满是泥巴和泪水的脸紧紧贴着自己的脸。阿德还在哭，白氏一边拍打他一边用喷火的眼睛盯着采采。采采往后退了一步，说了一句："我没有推他，是他自己摔倒的。真的是他自己摔倒的，你问他。"阿德还在哭，像走进了一场无边无际的噩梦。

白氏一边说着"不哭了，不哭了"，一边把自己的衣服往起一撩，露出了两只倭瓜似的老乳房，那老乳房下垂很厉害，快能垂到裤腰带里去了。白氏把阿德的手放在自己乳房上，说："摸摸就不哭了哈，摸一摸就好了哈。"阿德把一张泥脸藏在她怀里，一边哭一边摸她的乳房，摸了几摸，果然就哭声渐小。摸到后来，他只剩下低低的抽泣了。这点残余的抽泣像秋天的枯枝败叶一样纷纷扬扬地落在他们的头上、肩上。

白氏看起来已经有点抱不动阿德了。采采看到她屈着膝盖挺起肚子，把自己架成一把椅子，竭尽全力要把阿德舒服地安顿在自己身上，她怕他掉下去，似乎他一掉下去就会摔成齑粉。他的整个人都挂在她那只老乳房上，像从她身体上长出的一个巨大而畸形的器官。采采不动，呆呆地、羡慕地看着他们，一滴泪挂在她脸上，在阳光下静静闪着光。

就在这时，儿媳从外面下地回来了。她一进院门，白氏的目光就嗖地追了过去，一下把她钉在那里。她指着采采对儿媳吼过去："你家原来还有没有一点家教，是不是再没人管她了？两只肩膀抬着一张嘴进来，每天吃了喝了还要欺负阿德。看见阿德傻，是吧？你让她从哪儿来的再滚回哪儿去，这里庙小，放不下她。"

儿媳看着眼前这形势评估了几秒钟，然后一声不响地揪着采采的衣领把她拖回了窑洞。不一会儿，里面传出了采采的哭声和尖叫声。她像疯了一样尖叫着："我知道你们都讨厌我，我知道你们都恨不得让我死了，好给你们省下一口饭。"

但采采并没有因此被赶出水暖村，据说，她那十里之外的父亲又娶了一个女人，那女人拖着两个孩子，又生了一个。一个萝卜一个坑，那里早就没有采采的坑了。自打她把自己点着，发射到水暖村，她就再也回不去了。每日送走一个一模一样的日子实在是一件艰难的事情，在无涯的时间长河中几乎没有上岸的地方。为了打发时间，她开始跑出去跟着村里人戳在山头上闲聊，也袖着两只手数山下的汽车，再就是眯起眼睛数对面的坟包。她学会了向村里人诉苦，她撩起衣袖，像个刚从战场上退下来的士兵一样向他们展示自己身上那些新的和旧的伤疤。她坐在地上拍着大腿，像村里所有已经生过孩子的妇人一样，向听众描述她生父是怎么打她的、她是怎么光着两只脚跑了十里路跑到水暖村的，跑到水暖村连口热水都没的喝，她就又被赶回去了。回去后怎么办？回去了就被打得更厉害了，谁让她跑了？她只好再一次偷偷跑出来，又是光着脚跑到水暖村来。

众人像看稀罕的露天电影一样包围她，似乎她是地球上最近才出现的最新物种。众人经年不洗澡的体味像砖头一样垒起来包围着她，竟让她感到一种异样的暖意，就像她在这世界上终于为自己找到了一个坑，足以把自己埋进去。她的倾诉越来越流利，像打了蜡。然而众人并不满足，问："还有呢？还有呢？"他们吃进去多少消化多少。她对着一堆模糊不清的脸笑了一下，努力讨好他们。然而他们还是不放过她，一直问："后面还有呢？后面还有呢？"她舔舔嘴唇，脸上烧得通红。

　　她又开始讲她的生母是怎么对她的。她千辛万苦跑来找她，她母亲连双鞋都不给她找就让她回去了。回去干什么？回去了还不是挨打？她母亲不肯收留她，是生怕女儿连累了她，怕她挂着个油瓶要被婆婆和丈夫小看，怕自己在他们面前活不出来。众人连声啧啧。她吊起眼角抹泪："好像我连个傻子都不如。"有人问："那白氏呢，白氏对你好不好？"采采冷笑："她恨不得一口把我吃掉，让我给她家省下粮食。她只认她那个傻孙子，只有他才是人。她们都不喜欢我，都不想让我活，她们恨不得我今天就死给她们看。"忽然又有人问："那永泰呢，永泰对你好不好？"采采听到这话，一边的嘴角吊起来又落下去："能好到哪儿去？他又不是我爸。我晚上就和他睡在一张炕上，他就睡在我旁边，他的手……"众人齐齐倒吸凉气，一边吸凉气一边暧昧地笑，末了这招儿真是过瘾。

五

这话在水暖村的上空飞了三圈之后，更加血肉丰满，只怕再飞一圈就要长出鼻子和眼睛了。最后成形的传言是永泰把人家十三岁的小姑娘给睡了，晚上母女俩一边一个伺候他。老实巴交的永泰听了这话，差点一口气没上来，他本想着，一个小姑娘也吃不了多少，家里就是添了双筷子，大不了把她养到出嫁。窑洞里都是大土炕，睡十几个人不成问题。晚上睡觉的时候，他睡炕头，采采睡炕尾，中间是他老婆。没想到，他在传言中已经把十三岁的继女给睡了。永泰连夜坐车走了，他要去省城打工，避避这漫天飞舞的邪恶蝙蝠。

儿媳见自己男人都被气跑了，加上自己在这传言里的形象实在有点不堪，简直是个拉皮条的，连着几天在路上碰到村里的男人，男人们都向她投来景仰的目光，似乎不能不慑于她们母女的巨大威力。她躲到无人处哭了一场，哭完了就回去把采采关起来，一顿好打。白氏不说话也不阻拦，躲在一边偷听。她听见儿媳在窑洞里一边打一边吼："谁让你那样说的，你为什么要那样说？这家里谁不让你吃饭了？你说，你为什么要那样和别人说？"

采采一边号哭一边歇斯底里地大叫，声音像刀片一样刮着人们的神经："我爸嫌我是累赘，影响他再找老婆，你也嫌我是累赘，怕你男人不要你了。他把我赶走，你也要把我赶走。我光脚走了十里的山路，你都不给我找双鞋穿，你根本就不是我亲妈，我亲妈早死了。我连傻阿德都不如。他妈死了还有人疼着他，怕他着凉，怕他感冒，怕他疼，怕他死。可我呢？你们就是把我当成一个累赘。你从来就是只顾你自己。我小时候，你和我爸一吵架就往外跑，整夜都不回来。我打着手电筒踩着大雪整晚上在山里找你，可是你管过我的死活吗？你放心，我这就死给你看。"说完，只听窑洞里咔嚓一声，什么东西碎了，瞬间的寂静之后便是儿媳突然迸出的惨烈号哭声。采采用玻璃片在自己脖子上划了一道。伤口并不深，在镇里的卫生站包扎了一下，采采就回家了。

儿媳被这一吓吓成了一个低眉顺眼的小媳妇，一连几天对采采连大声说话都不敢了，每顿饭都给她端到炕上。采采则坐在炕头，两眼盯着头顶上方的梁子。脖子里缠了一圈雪白的纱布，她只得把头高高地昂着，看起来好像她的头和身体是分开的，正各自浮动着。她这颗头倨傲地悬浮着，俯视着这院子里的两个女人和一个傻子。

纱布拆掉之后，脖子上留下了一道粉红色的伤疤，采采带着这艳丽的伤疤重新回到人堆里，活像个立下战功后荣归故里的士兵。这下她身上有确凿的证据可以证明她是个多么可怜的孩子。她昂着头，伸长脖子，一副随时要被砍头的架势，她站在那里被人们瞻仰着新鲜的伤疤，然后一遍一遍细细讲述这伤疤的由来。人们无限同情地一遍又一遍听她描述细节。白氏和儿媳不敢把她拖回来，怕她再给她自己一刀。于是她们只好装成聋子和盲人，什么都看不见也听不见。尽管如此，她们还是悄悄地羞愧难当，见了村里人就像做贼一样慌忙躲开。因为她们想象不出采采又编出了什么更有杀伤力的武器，她们也不知道她们在传言里又被赋予了怎样一副新鲜的面孔。

再新鲜的东西几天下来也就折旧了，采采脖子上的伤疤被村里人轮流瞻仰了一圈之后也黯然失色了。她还是成天往外跑，高高地伸长脖子，歪着头亮出那道粉色的伤疤，像一个佩戴着名表的人，不能不时时亮出来彰显一下，不然白戴在身上真是可惜。

日子又从春天飞到了夏天，水暖村从肥硕多汁的夏天里繁衍出更多的小鸡、小猪、小羊、小鲇鱼，还有小孩。白氏和儿媳、采采吵了架就跑到粪池边看鲇鱼，一看就是大半天，好像这鲇鱼才是她的亲人。

活蹦乱跳的生命破土而出，顶着那些白发苍苍的老人快快入土，好给新人腾出地方。村里的老人们一过六十，最大的心愿就是能拥有一口上好的棺材，一口优质的松木棺材上面描金画银，还缀以各种俏丽的花鸟鱼虫、各种人间没有见过的亭台楼阁，璀璨华丽得如天上的盛世。能躺到这样一口棺材里入土，那活着时无论受过多少苦都算值了，都能把这世间的苦难抵消得一干二净。所以村里的老人只要过了六十就哭着喊着要棺材，心情之急切与小孩子们要糖果没有二异。因为村人笃信，在这世上只要能活到六十就够一辈子了，六十岁之外再活几年都是白赚了，既然是白赚的，那就不可惜了。所以，即使随时从这个世界上撤掉，他们也没有太多悲伤。悲伤是留给活人的，对他们来说，最要紧的是那一口上好的棺材，好装着他们到达彼岸。

但往往是棺材割好、漆好，摆在那儿就差装死人了，老人却偏偏死不了了。有时候不是几年不死，而是二十年过去了，棺材都开始掉漆、开始腐朽了，人还没死，还坚如磐石地每顿饭吃两碗干面外加一碗汤面。但是棺材摆在外面，风吹日晒会加剧腐朽的速度，所以棺材割好后，一般都要被抬进窑洞里歇着。对村里的很多老人来说，棺材成了他们窑洞里的一种必备家具，就像20世纪90年代嫁闺女时必备组合家具一样，谁家没有，那就是落时，就要被人在背后笑掉大牙。老人往往也能把棺材充分利用起来，他们把棺材当柜子用，里面储藏着当年收获的莜麦、土豆、黄豆，棺材盖上则摆满锅碗盆勺，完全没有一点地府的阴气，相反，它和窑洞里的任何一件家具一样平凡、朴实，恪尽职守。

白氏眼看自己即将六十，转眼就是一辈子，自己已经是活到这个世界边上的人了，展望一下前景，她觉得黄土已经埋到她脖子上了，也该给自己备下一口棺材了。只是永泰终年在外打工，只怕这雇木匠割棺材的事还得她亲力亲为。不过，这一辈子又有哪件事情不是她亲自操持？就连当年接生也是她自己操持的。只是可怜了阿德，没爹没娘又是个傻子，万一哪天自己先入土了，又不能把他拽进土里。想到这里，她一阵悲从中来，又把阿德按在自己怀里，毫不厌倦地问那个已经问了阿德一万遍的问题："阿德啊，这个世上你最亲最亲的那个人是谁啊？"阿德把重复了一万遍的答案又重复了一遍："最亲奶奶。"他说得面无表情，就像把一篇演讲稿背得烂熟了，熟得都厌倦了、恶心了，还得继续一遍一遍地往下背。白氏半是满足半是不满足，又对阿德撒娇："再说一次，最亲的是谁？"阿德突然造反了，脸阴着："妈妈。"

"再说一次。"

"奶奶。"

"阿德，奶奶死了，你可怎么活啊？"

"奶奶，我想我妈妈了。"

阿德一边说一边又开始流泪，他咧开嘴，露出了粉色的舌头，表情和一个白痴完全一样。白氏有些吃惊、有些憎恶地看着他，心想，这个小孩怎么就养不熟呢？她养他这么长时间了，恨不得把心掏出来塞给他，把月亮摘下来哄着他，他居然没有绽开一丝一毫的裂缝，但凡有一点不高兴、一点委屈，第一个想起来的永远是他那已经睡在地下的母亲。而她不过是一滴油，永远融不进他们母子的血液里。那个死去的女人岿然不动地长期占据着霸主的地位，光是她的魂魄就够把白氏打败了。铁人白氏忽然心生一种异样的悲伤，这点悲伤很深很静，但是很有力。她浑身僵硬。她把阿德的哭声留在窑洞里，自己走到院子里。她又想去看看那些鲇鱼。

已经是初夏，夜风如水，儿媳和采采正在篱笆旁边吃晚饭。硕大橘黄的月亮从吕梁山上升起来了，整个水暖村浮动在透明清凉的月光里，微风过处如舟行水上。白氏坐在小泥炉旁边开始煮小米粥，红色的火苗在黑暗中舔着锅底，金色的小米粥呻吟着翻唱着，溅出一地清香。这时候，白氏忽然听见坐在那边的采采正和儿媳诉苦："……老有人朝我身上摸。我站在哪儿都有人伸出手来摸我这儿，还有这儿……"她一边说一边在自己身上几个开始凹凸的部位比画着，以验证自己被摸的经历是怎样不虚。这话像风一样吹过白氏的耳朵，却让白氏觉得异样地惊心动魄。她脊背上一阵阴凉，就像看到了什么似曾相识的可怕东西。

这话分明是她听过的，如此相似的邪气，如此噬人的气场，是在哪儿听过呢？她忽然想起来了，上一次听到的这话也是从采采嘴里说出来的。唯一不同的是听众，上次这番话是采采出了家门眉飞色舞地说给村人听的，说睡在她旁边的永泰晚上是如何一寸一寸摸她的。现在听众反过来了，她又在向家人诉说外人是怎么一寸一寸摸她的。

儿媳手里的筷子冻住了，她怔怔地坐着，一言不发。白氏顺着月光看过去，儿媳的脸正埋在一片阴影里。但白氏能感觉到，儿媳的目光此时正往她身上流动。她没有接，这样会显得她过于友好，但这种被依靠的感觉还是不能不令她舒泰。大家关起门来终究还是一家人。她们没有说一句话，没有对视一眼，就已经在黑暗中、在月光下结成了罕见的临时同盟。

白氏和儿媳开始跟踪采采。采采一出门，她们便轮流跟着她，观察她的动向。采采最怕一个人待着，谁家一有打架、死人、娶亲之类的热闹，她就立刻跟着人群呼啦啦地往那边跑。人群密密匝匝地围了好几层，连点缝隙都没有。她把自己压扁压平了硬往里塞，周围的铜墙铁壁把她箍死了令她动弹不得。有人在打嗝，有人在放屁，空气又厚又黏稠，吸进肺里像喝了糨糊一样。她试着踮起脚，看到的还是前面的后脑勺——层出不穷的后脑勺。然而，空气越是黏稠，她越是想搅进去。她专心致志地盯着前面那些后脑勺，表情是僵硬的，身体也是僵硬的。

没有人知道她在人群中等待什么。

只有站在暗处的白氏和儿媳看明白了。她在人群中等着那幻想中的抚摸。并没有一只手放在她身上。可是每天一回家一关上门，她就立刻幻想出层出不穷的抚摸与猥亵。那些男人，她不知道是谁，也看不清脸，也不知道他们的年龄，他们全部变成了一双双游走在她身上的手。她编得绘声绘色、生动逼真，为了追求真实效果，她甚至模仿男人们的动作在自己身上摸。她说："喏，他们就这样。"白氏和儿媳作为观众，看得目瞪口呆。她们明白了，这姑娘是有癔症了。也就是说，永泰睡在她旁边对她的抚摸不过是她自己想象出来的。

儿媳气喘如牛，倒像被猥亵的是她自己，她要标榜自己闪闪发光的节操，于是她喘着气一个耳光飞了过去。这个耳光力度之大，足以让采采后退三步。她站稳后披头散发地扬起了脸。白氏以为她又要像前几次那样歇斯底里地尖叫、号哭。可是她没有，她如同被鬼魂附体一样，忽然两眼发着诡异的极亮的光芒，妖媚地笑了。她对母亲妖娆地笑着，尖声说："我知道你们都讨厌我，你们都不喜欢我，没有一个人爱我。可是，你们不爱我，有人会爱我。那么多男人喜欢我，老盯着我看，还要往我身上摸来摸去。呵呵，他们是喜欢我才会这样的，不是吗？"她说着，闭上了眼睛，两只手摸到自己刚刚长出骨朵的小乳房上，再往下摸去又摸到自己的屁股上。她假想着那是两只男人的手，正在她身上游动，用她的语言来说，是他们正在爱她。采采娴熟地抚摸着自己，观众是无法呼吸、脸色惨白的白氏和儿媳。最后面还站着个面无表情的阿德。

儿媳掐着大腿哭了好几场，她感叹自己命运多舛、家门不幸，怎么能有这样一个可怕的女儿，被人看到了还以为是妖孽。她一边哭一边向白氏声辩，采采小时候可不是这样的，她以前就是个很正常的小女孩，上学的时候也是好学生，前夫家墙上至今贴着她上学时得的一排奖状。她离婚前也没有发现采采有哪里不正常，采采也从没有过这么可怕的举动。采采从小很害怕她爸爸，更不可能胡说。采采怎么突然就变成这样了，简直就是换了一个人。她哭着认为自己的女儿被调包了，眼前这个一定不是她生下来的女儿。这么丢人下去可怎么办啊？

白氏只是默默听着，并不答话。院门被严严实实地关上，采采被囚禁在院子里了，她母亲不许她再出去丢人。她呆呆地坐在篱笆前，用几个小时去玩篱笆上的一朵喇叭花。她眼睛里的那点妖气已经烧尽了，只剩下一堆荒凉的残垣，呆滞、凄凉。白氏久久地看着她小小的背影，心里忽然又一次一阵疼痛，她对这个姑娘的疼痛其实已经不是第一次了。有时候，人就为了那一点点被爱的感觉，都是情愿赴汤蹈火粉身碎骨的吧。年轻的时候，在丈夫死后，她不也有过这样的渴望吗？那种渴望一旦发作，简直就像一种赴死的冲动，不管以什么形式，不管多少次，不管是个什么样的男人，哪怕是残的、瞎的，是肺痨，只要有人给她一点点爱，她就会感激涕零，恨不得以身相报。再后来，她慢慢想明白，慢慢放弃了，慢慢磨成了一尊铁人。

那一瞬间她有一种上去抱住采采的冲动，可是这时候那小姑娘抬起头看了她一眼，忽然邪恶地笑了。白氏再一次怔住了。

六

两个女人又下地去了。采采挑起竹帘站在门口，院子中间种着一棵枣树，早晨的阳光清亮、透明，落在枣树的枝叶间像一串串铃铛。枣树下坐着阿德，他早早起来坐在那里捏泥巴。院门从外面锁了，不许他们出去。

采采的一条腿缓缓地从台阶上迈下来，就像那腿不是她自己的，她是很不情愿地提着它往前走了一步。院子里静极了，连阳光也是恬静的。坐在树下的阿德静悄悄的，他手里的几个泥人也像他一样闲适、自在。似乎整个世界都被装在透明的橱窗里面，只有她一个人心慌意乱地被关在外面，她进不去，别人也不出来。她无端地焦躁着、恐惧着，走到阿德身边。她俯视着阿德圆圆的脑袋，阿德却不抬头看她，还在专心地捏泥人。她在他对面蹲下来，问："你又在捏什么？"阿德不说话，像是根本就没有看见她，只一下一下地捏手里那丑陋的泥人。她知道他又在捏那个死去的女人，那女人死了一年多了，居然还日日被一个傻子惦记着，光这点惦记就够她再活几次了。但让她真正愤怒的是，连一个傻子都有可惦记的人，她却没有。

孤独和嫉妒压在她身上，像一个陌生人的体重，令她呼吸艰难，她随手抓起地上的一个小泥人摆弄着，好像那小泥人会载着她浮到岸上。阿德忽然抬起头来大声对她说："你放下我妈妈。"他的表情如此认真、严肃，以至让人怀疑他手里捧着的真是他妈妈身上的肢体。采采没有放下，眯着眼睛研究他的表情，一个字一个字地说："原来这系（是）你妈妈啊。"阿德的脸涨得通红，他像愤怒的公牛一样向她扑过来抢泥人。她拿着泥人往后躲，两个人摔倒在地上，泥人碎了。阿德坐在地上，两边的嘴角开始向下弯去，马上就要折了似的。他开始流泪。

采采看着他，先是摇了摇头咂了咂嘴巴，然后叹了一口气，说："你这傻子，你以后可怎么活啊，等那老东西死了，你可怎么活啊。到时候你怕连口饭都吃不上啊。你说，你总不能去讨饭吧？我也可怜，可是我和你不一样，我本来是能考上大学的，以前我们学校的老师都这么说我。可是他们不让我上学了，让我给他们省钱，给他们省粮食，他们觉得我就是个累赘。我敢保证，不出两年，他们肯定会把我嫁掉，把我嫁了我就不用吃他们的饭了。我嫁出去也就算了，可是你呢？傻子，谁愿意嫁给你啊？老东西再疼你也不能一辈子守着你，到时候你怎么办啊。"阿德仍然泪流不止，一副悲痛欲绝的样子。她抬头看看树梢上的阳光，有些着急，她怕两个下地的女人快回来了，回来了看见她惹哭了阿德，免不了又要打她一顿。

她皮笑肉不笑地哄他："阿德，我再给你捏个泥人好不好？我给你捏个妈妈。"阿德不理她，继续号哭。她看着地上的泥土，忽然心里一动，她舔舔嘴唇，声音略有异样地对阿德说："阿德，你真想见到你妈妈吗？"果然，阿德的哭声猛然止住了，他的两颗眼珠子还泡在泪光里，却忽然亮了一下，就像忽然被什么隐秘的东西照亮了。她指了指地上的泥土，试探着看着他，说："她就在这下面。"

阿德说话了，语气急切："她系（是）在下面睡觉吗？"她忽然一笑："不，她不是在睡觉。她只是在下面的那个世界里。我们的世界只不过是一个世界，下面，就在这土里，还有好几层世界，每一层世界里都有一个地王。我见过他们，就在地王图里，过年的时候就会在祠堂里挂出来。他们和我们一样，每天也在吃饭、睡觉、干活，他们也有钱花有饭吃，他们什么都不缺的。你妈妈她就在那个世界里，因为不在一个世界里，所以你看不到她。可是不管你看到看不到，她都在那里。"

阿德身体前倾，好像要把他整个人都送过来了。他说："那我什么系（时）候能见到她啊？"她邪邪地安静了一下，然后看着他的眼睛诡谲地笑了："只有等你死了的时候才能见到她，等你死了，你就和她团圆了。"阿德崇拜地看着她："那怎么才能洗（死）了啊？"

阳光透过树梢落在采采脸上，明灭不定，光影在她脸上筑起了一种时空的错觉，仿佛她正迅速向一个神秘的隧道深处退去。她的声音也是从那隧道深处浮上来的，诡异、幽暗："死的办法太多了，只要你想死就能死，可以上吊，可以投井，还可以像这样。"说着，她忽然从幽深的隧道里伸出两只手，渐渐合拢，围到阿德的喉咙上。就是这样一个傻子也有人不要命地爱他，她却没有。那两只手往里一收，阿德被卡住脖子，开始剧烈地咳嗽。那两只手忽然松开了，她整个人从隧道里跌出来，她浑身发抖地抱住阿德，一边剧烈地打战一边说："对不起，对不起，我不是故意的。你这可怜的傻子，我只是在和你开玩笑，姐姐在和你玩呢。"

阿德听不见她说话，他一边红着脸剧烈咳嗽，一边又开始号哭。他大声地抽泣着，一声比一声响亮。阳光已经爬到头顶了，正午了，两个女人马上就要从地里回来了。采采脸色苍白地看着阿德，她开始感觉到恐惧了。她想把他张开的嘴堵上，可她知道那样他只会哭得更厉害。忽然她像想起了什么，站起来迅速地抱起阿德。阿德反抗着，要从她怀里跳下去。她蛮横地抓起他的一只手，迅速塞进自己的衣服里，把那只手放在自己一只刚刚开始发育的乳房上。她说："你摸摸，你不是摸摸你奶奶的乳房就不哭了吗？你摸我的好不好？"

那只小乳房被塞到阿德手里的瞬间，他的哭声戛然而止。他不再哭泣也不再挣扎，整个人忽然变得异样宁静，好像她正抱着一怀柔静的光。他久久地靠在她怀里，不说话也不动，眼睛里还包着两滴泪，却不往下落。他那只捏过泥巴的手还在那只乳房上摸索着，她像母亲一样紧紧抱着他，把他的脸贴在她的脸上。正午的阳光从头顶落下，把他们包进去了，他们仿佛正躺在这世界的心脏里，都安全了。

她像刚跋涉了很多路一样，喘着气在椅子上坐定，怀里仍然抱着睡着的阿德。她把他那只手从她衣服里抽了出来，完好无损地放在他自己身上。她刚坐好，院门从外面开了，白氏和她母亲相继出现在门口。两个女人吃惊地看着树下的两个小孩。

自此，阿德成了采采的门客，一刻不见她便满院子寻找："姐姐呢？姐姐呢？"采采头一次被人这样需要，厌烦之中不乏得意，出出进进地应着他，以显示自己在这个家里头一次被需要了。两个女人都不在的时候，她就带着阿德在院子里的一亩三分地捏泥人、捉蝴蝶、采喇叭花贴在他额头上。阿德乐此不疲，和白氏倒是疏远了些。白氏因阿德平白得了采采不少爱，像负债了一般，心里愧疚。再加上觉得儿媳从没给过采采多少爱，她自己当然也没有，现在倒像所有人都在采采面前债台高筑了一样。她便开始主动向采采示好，煮几根玉米便送给采采一根，烤个红薯也递给采采一个，甚至当着儿媳的面塞给采采几块零花钱。采采接过钱、接过吃食的时候并不看她，只是拼命把鼻子皱起来，皱得高耸在脸上，好把眼睛压下去，似乎这样别人就看不见她的目光了。白氏给她什么她都不拒绝，仿佛她是一只摆在路边的大邮筒，别人可以随便往里塞信件。

儿媳看在眼里，脸上的霜气又重了一层。本来她就心里有气，自打采采气跑了永泰，她这第二任男人就基本不回家了，除非过年。她好不容易从前夫的凶暴下逃出来，逃到这里，却又入虎口，一不小心做了活寡妇。她怀疑永泰是不是已经在外面和哪个女人开始搭伙过日子了，听说但凡常年在外打工的男人，都会找个女人同居，俗称打伙计，两人虽不会结婚，但和夫妻也没什么区别。她白天、晚上地被闲置，身体里早就长满了荒草。她有心再离一次婚吧，这油瓶采采肯定还要拖过去的，她可以再光脚跑二十里山路跟过去，反正她娴熟得很。拖个油瓶，又大大降了她的身价。这十三四岁的姑娘，喂又喂不熟，嫁又不能嫁，又不能放出山外去挣钱，一放出去，估计她就只能卖淫了。采采想上学，她又没钱供，何况她自身尚且难保。这时候又见采采忽然做了叛徒，一夜之间投诚，到对面的队伍里了，她有意惩罚采采，便对她越发冷淡，出出进进好像她只是这屋里的一口空气，有她不多，没她不少。

采采自然感觉到了，为了把这惩罚以更大的力度反掷向母亲，她加倍讨好对面的老女人和小傻子。她殷勤地帮着白氏干活，忙前忙后。只是在无人处，她便诡异而悲伤地独自微笑，如漫天大雪下唯一的夜行人。

白氏对采采的表现很满意，作为奖赏，她带着采采和阿德一起去喂鲇鱼。这个黄昏，夕阳壮硕如血，洒满了丘壑纵横的吕梁山，连鲇鱼们的身上都闪烁着珠玉的光泽。采采一边看她喂鱼，一边问："你自己都不舍得吃，怎么尽把省下来的吃的都喂了这些鱼啊？"白氏看着这些前呼后拥向她游过来的鱼说："也不知怎的，我就是可怜它们。自打它们来了这水暖村，就住在这粪池里。我这辈子没有出过水暖村，没坐过汽车、火车，不知道外面是什么样子的，我就是觉得，要是它们能生活在别处的大池塘里，到处是干净的水，该多享福。"

白氏和儿媳下地干活的时候，采采就带着阿德满山乱跑，跑一圈又绕进水暖村的坟地。村里人在这个山头立着就能看见对面山头的坟地里飘荡着两个幽灵般的影子，不过没人觉得奇怪，还能有谁？肯定是傻子阿德呗。只是，他现在势力壮大，后面又跟了一个疯女子采采。那女子，真吓人，年纪不大，但见个男人就想往上贴。男人们一边咂嘴一边两眼放光，仿佛刚刚被采采的小乳房贴过。

采采和阿德在坟地里发明了一种游戏。他们找到一个废弃的坟坑，这个坟坑不知道为什么被废弃了，就剩下一个荒凉的长方形大坑，刚好能躺进一个人。阿德先躺了进去，他闭着眼睛躺了一会儿，忽然睁开眼睛说："我见到我妈妈了，她就在下面，她离我好近。"他翻身起来，开始用两只手在地里乱刨，似乎急于挖出一个母亲来。因为找不到，他更着急了，两只腿也开始跟着乱刨，他像只豪猪一样四肢拼命地在土里刨，如沉在一个很深的梦魇中。渐渐地，梦魇抽身离去了，剩下阿德的躯体躺在坟坑的底部。他不再动了，静静地睁开了眼睛，看着头顶的天空。他的眼睛像刚被过滤过一般，纯粹、安详，好像把整片蓝天都装进去了。在那一瞬间，傻子阿德看起来像个天上来的圣徒，周身散发着一种静谧的华美。连坐在一边旁观的采采也看得呆住了。

然后，采采把阿德拉上来，自己跳下去，躺在坑底。躺了一会儿，她突然唤阿德："阿德，要不你就把我埋在这里吧？我觉得活着真没有什么意思。"阿德呆呆地站着看着她。她躺在那里忽然流泪了："你真的把我埋了吧。我要让她们后悔。我有个亲妈却连你都不如，你妈就是死了她也爱你，可是没有人爱我，连我妈都不爱我。我恨不得能和你换过来。你说，我要是死了，她会不会哭？我活着就是别人的一个累赘，所有人都恨不得我能死。可是我死了就再也回不来了。你妈妈也不在下面，阿德，我都是骗你的，人埋到土里就烂掉了，最后烂成了一把骨头。地下没有什么地王，也没有那十层世界。好人不会上天堂，坏人也不会下地狱，人无处可去，死了就只是一把骨头。"

阿德脸色惨白地看着她，怔了片刻，忽然咆哮着跳了下去，正好砸在她身上。他一边用手拼命刨土，一边号哭："你骗我你骗我，我妈妈就在下面，我能看见她的。"他的手指开始往外流血，他还在不顾一切地刨土，要把他母亲刨出来。采采慌忙爬起来，抱住了阿德。他使劲挣脱了她，继续刨。采采害怕了，从后面又一次抱死了他，她气喘吁吁地说："是我骗你，阿德，你妈妈就在下面。下面有好多好多人正看着我们，我们看不见他们，可他们能看见我们。地下真的有十层世界，每个世界里有一个地王管着他们，所有的人死后都会去那里，所有的人死了都会再次相见的，你一定会见到你妈妈的。"

阿德的疯狂动作终于停住了，他指头流血，开始大声哭泣。采采也开始哽咽，便更紧地把他抱在怀里。他顺从地用头抵住她的下巴，整个人靠在她的怀里。她抓起了他的一只手，然后，那只手熟练地伸进她的衣服，放在她的那只乳房上。他们都没有发出一点声音，两个人就那么静静地在坑底抱在一起。他们头顶是一片切下来的四角天空，小心翼翼，蓝如水晶。

七

深秋到了，整个吕梁山染成了剔透的金色。金色的玉米棒子一串一串挂在枣树上、墙头上，窑洞前后金色的葵花垂着大脑袋在秋风中站着。柿子像着了火一样把整棵树都点着了。秋风过处，红枣落了一地，叮叮咚咚地砸着人们的头，小孩子们雀跃着跑过去，抢着捡地上的红枣。没有红的青枣就被放在火里烧，不一会儿，空气里就溢满了甜腻的枣香。这和吕梁山里的每一个秋天都没什么不同，唯一不同的是这个秋天又有哪个小孩子出生了、哪个老人死了。

就是这个秋天，铁人白氏忽然感到时常胸闷气短，干活干着就会忽然觉得天旋地转，眼前的黄土融化成了一截一截的，踩上去都是软的。她只能坐在地边的石头上，先歇息一番再继续。腰腹间经年积攒下来的脂肪像秤砣一样把她压在石头上，又松又老的乳房在胸脯上流着，流到了臃肿的小腹上，合为一体，隔着衣服看上去只看到那里像小山一样隆着一堆肉，她的目光跨过这堆肉，只能看到自己下面的脚尖。她心想，一辈子吃土豆、莜面，也凭空长出这么多肉来，简直是无本生利。歇息半天，刚站起来又是一阵眩晕，她扶着石头悲伤地想，怕是得给自己准备一口棺材了，说不定哪天摔倒了就再也爬不起来了。村里每年冬天都有这样的老人，不小心摔倒在雪地里，摔倒了就再也没爬起来过。还有一个老太太摔得太用力了些，连眼珠子都摔出去一只，四处找也没找到。她下葬的时候，只好在她眼窝里安了一颗小孩子们玩的彩色玻璃球，老太太带着一只五光十色的玻璃眼珠入了土。

白氏唯恐自己死了没处搁，快马加鞭地找了个邻村的木匠来给她割棺材，眼看着就要天冷了，一下雪就没法做木工活了。老木匠带着一个打下手的小木匠来了，住在旁边一孔废弃的窑洞里，白天父子俩来白氏院子里做棺材，晚上回破窑洞里窝着，连灯都不用点，光一点月光就够用了。白氏从地里回来就抱着阿德坐在一边专心看他们做棺材。棺材的雏形已经出来了，四块板一合，一个留给她躺的地方已经长出骨骼了，再过几天它就会长出血肉来，就差她往里一躺了。随着棺材一天天变真实了，她心里的那点恐惧也一天天变具体了，似乎是一个人已经能数到自己的阳寿终点了，知道自己哪天钻进那口棺材毕竟不是什么好事，觉得背上瘆得慌，阴惨惨的。

按照村里的规矩，她还得给自己留一张遗像，等人死了再留就来不及了。村里的老人一辈子不见得照一张相，但都要趁还活着还能走路的时候赶紧给自己留一张遗像。有个走街串巷的摄影师隔阵子就光顾一次水暖村，看近来可有快要死的老人照相。老人们一见摄影师来，就穿着自己平生最好的衣服，拄着拐杖前去村口照遗像。摄影师在村口挂好布景，布景是粗糙的青山绿水，绿得喜气洋洋，人一走过去，溅得人身上四处都是。摄影师知道黄土高原上的老人们一辈子抬头低头见的都是黄土，就是死了也是和黄土打交道，便在遗像里替他们恶补一番青山绿水。他不厌其烦地摆弄着老人们僵硬的脸："好，稍微笑一下。""好，把头稍微侧一侧。""好，看前面。""好嘞，大爷大婶，包你满意，快拿回家挂在墙上吧。"

是啊，挂在墙上随死随用，倒是方便。老人们把遗像拿回家挂在墙上，终日与死后的自己对视，死后的自己穿红戴绿，背景是一片辉煌的青山绿水，不知底细的还以为老人正在遥远的南国旅游呢。

越是接近棺材竣工，白氏便越是容易感受到身临其境的悲伤，这种悲伤越来越逼真，仿佛她马上就要穿戴好躺进这匣子里了。可是，她不能把阿德带走啊。她忽然就落下泪来，她说："阿德啊，我要是哪天死了，你可怎么活啊。"阿德伸着舌头说："奶奶，你也要洗（死）了吗？"白氏悲伤地点点头："人都要死的，但是有人死得早，有人死得晚。别人都说死了谁苦了谁，我倒觉得苦了的是活着的人，人死了就什么都不会觉得了，连活人哭不哭都不知道了。只是可怜阿德你啊，早早没了妈，你那老子又一年到头不回家来。"阿德眼睛亮了一下："奶奶，你洗（死）了系（是）不系（是）就能见到妈妈了？"又是他那母亲，她吼道："不许老提你那死去的妈。"

阿德不敢说话了，两边嘴角又开始往下撇，眼睛里浮出了一层水光。白氏叹了口气，一只手放在他额头上抚摸着，以一种从没有过的悲伤看着他说："阿德啊，要是有一天奶奶死了，你也会这样想奶奶吗？"阿德不说话，那层水光破了，泪水又纷纷扬扬挂了一脸。她抱住他说："你这孩子真没出息，这么爱哭，以后可怎么活啊，有人欺负你可怎么办啊。我哪天入了土，还有谁会管你？"

要给棺材上漆了，白氏选了一款轰轰烈烈的大红色，似乎不选这等酷烈的红便不足以对得起这蝼蚁般的一世，从生到死总应该嚣张一次吧。就算这不过是个盛死人的匣子，也应该搞得像嫁妆一样艳丽。然后小木匠在棺材上面描金画银，应白氏的要求，他在上面画了蟠桃盛会、三打白骨精、猪八戒背媳妇，画了各色花卉、各种时令水果。生前没吃过、没见过的，她都让他往上画，一时间，棺材盒子被她装饰得像个龙宫宝殿，金碧辉煌。

白氏连日沉浸在棺材的巨大气场中，遐想着死后的坦途。这一日，她忽然抬头，发现眼前站着一个端庄安静的姑娘，她竟吓了一跳。仔细一看，不过就是采采，正站在那里看小木匠上漆。可是她一定觉得哪里不对劲，在她抬头看到采采的那一瞬间，分明觉得采采脱胎换骨成另外一个人了，就像是另外一个人披着采采的皮囊站在那里，她看着她的目光，也不是采采。有一种静态的美丽像雪花一样正落在采采的眉梢和眼角，散发出一缕绝细的幽香。这姑娘又要摇身变成什么？她一直都有着她危险的变幻。

一连几日，采采都这样文静舒雅地站在一边看小木匠干活，给他端茶倒水，中午又把饭给他送过来。小木匠眉目清秀，但有些木头木脑，始终没有抬起头看采采一眼，只是寸步不离地盯着那棺材。不只是和小木匠，就连和旁人说话，采采也忽然变得细声细气，好像周围都是正在睡觉的人，她怕不小心就把别人吵醒了。她一旦温柔贤淑下来也让人觉得妖气森森，觉得还是哪里不对劲。白氏终于发现了，采采无论在做什么、无论和谁说话，把都眼角空出来，拴在小木匠身上。那点眼风真是风摇影动，沙沙作响。白氏恍然明白，采采这是看上小木匠了。

采采这边磨刀霍霍，随时都摆出以身相许的架势了，小木匠那边还是罗汉之躯，百毒不侵，或许他早看出采采不对劲，心想，她许是个花痴？他避之唯恐不及。白氏在一旁看得心痛。白氏真有心一把将她从小木匠身边拉开，不让她再像一条小狗一样围着那男子摇尾乞怜。可是她以后呢？现在她便可一眼看到采采的以后了，无非是哪个男人给她一点真的假的疼惜，她便会跟了他，只求对方对她有一星半点的好，她便不惜粉身碎骨。想到这里，白氏眼圈发潮，恨不得赶紧把这小木匠打发走。

又过了几日，棺材终于完工了。白氏二话不说，付了工钱，赶紧打发木匠走人。小木匠收拾东西往外走的时候，采采失魂落魄地跟在他后面，却不说一句话。事实上，从头到尾，她都没有和小木匠说过一个字。这一个字自然是再没有机会说出来了。小木匠挑着东西就往外走，并没有回头。采采眼睛发直，就要追出去。白氏迅速把院门关上，把自己庞大的身躯垛在那里，挡住了采采的去路。采采直着眼睛盯着白氏庞大的身体，仿佛不认识那是什么，她神情呆滞，似乎想把目光一寸一寸钉到这庞然大物里。

白氏一动不动。过了半天，采采忽然苏醒，她仿佛终于认清这眼前的城垛是什么了。她看着白氏，忽然邪恶地一笑，鼻子又皱了起来。她皱了几皱，终于开口了："棺材都做好了，你还不进去啊？"白氏见她皱起鼻子，情知她缓过来了，心里便松了口气，嘴上却天寒地冻地说："不劳你操心，什么时候进去是我的事。倒是你自个小心别被人拐跑了，又被人当脚下的一坨泥来踩。"

采采脸色惨白，却故意把小胸脯高高挺起来，斜睨着白氏说："我就愿意，你管得着吗？"说完，她开始在院子里出出进进地高声唱歌，以显示她毫不悲伤。她的声音打战，简直像只生物钟紊乱的公鸡。白氏看着她薄薄的背影，偷偷笑了。

第一场大雪下来了。冬至了，岁尾一天天逼近了。晾好的棺材已经被抬进了窑洞。窑洞里黑黢黢的，几件破旧的家具也早已辨不出颜色，这艳丽的棺材往屋里一放，简直让整间屋子熠熠生辉。棺材上画满了大大小小的传说，坐在炕上看过去简直有看戏台的效果，猪八戒和白娘子都从棺材板上走了下来，轰然在这幽暗的窑洞里为这祖孙俩开始表演。

棺材虽说艳丽，但散发出的邪气还是让阿德有些害怕。他说："奶奶，这系（是）什么？"白氏说："人死了就要睡进去，就是死了睡觉的地方。阿德啊，要是奶奶有一天睡进去了，你可不要哭啊。"阿德说："你要睡在里面，我也睡在里面。"白氏抱住阿德，不再说话。黄昏已至，窗外的大雪还在下，整个水暖村都被大雪盖住了，陷入了一种很深很静的睡眠。炉子里的红色火苗噼啪作响，散发着柏木的清香。窑里的一切在火光下都长出了一层虚弱但庞大的影子，像森林一样长在一起，包裹着炕上的祖孙俩。

虽然白氏给永泰去了两封信催他回家过年，但永泰只寄回来一点钱，还有一封信，说只要采采还在，他就不回来丢人现眼。儿媳读了信，连声冷笑，她高声说："估计他在外面已经有人了吧，要不怎么连过年都不回来一趟？看来这婚不离是不行了，还是离吧。你，也该满意了吧？"说完，她对采采一扬下巴，好像在欣赏采采的功德。她以一种全新的目光打量着采采，似乎今天才头一次发现这个人原来是长这个样子。她自然更无法相信这是她生下来的。采采则很投入地玩自己的一只指头，眼睛盯着那指头一语不发，任凭母亲的目光把她剥来剥去，她坐在那里，岿然不动。

窑洞里摆着一只老式座钟，时钟嘀嗒着像斧头一样凌空向她们砍下来。白氏坐在那里觉得身上无端地被砍了几刀。她忽然开口："想离就离了吧，大不了他再娶第三个老婆，你再嫁第三个男人，再多一个也不多。"

儿媳霍地蹦起来，还没来得及说话又被白氏堵回去了，白氏看了采采一眼说："至于这拖油瓶，估计你再带走还是嫌累赘，又要坏了你的好事。你不想带走就给我留下吧，我养一个是养，养两个也是养，就是多一口饭的问题，只要我不死就饿不死她。"

儿媳和采采同时回过头，像不认识一样惊讶地看着白氏。白氏并不看她们，用指头抖了抖衣服上的灰尘，她腹部的赘肉连同衣服一起抖动着，那些灰尘则像小鱼一样游进了周围的空气。

八

数九寒天到了。这时候已经到腊月二十三了，水暖村家家户户在灶台上摆上糖瓜祭拜灶王爷，好封住他的嘴，让他上天尽言好事。还有的人家在一旁摆上两颗鸡蛋，这鸡蛋是给黄鼠狼和狐狸的零食，因为它们是灶王爷的部下，不能不打点一下。二十三一过，年味就越来越重，人们忙着扫舍，忙着贴年画，忙着蒸馍馍，忙着杀猪、炸肉丸子，忙着把粪坑敲开，把丰收的鲇鱼捞出一头宰了吃。

人们年复一年地按一个程序往前折腾，人在世上一共不过几十年，却纷纷感觉被这年关岁尾蹂躏了两百次不止，实在是因为无处上岸。人们已经不再去指望哪天早晨醒来时摆在他们面前的日子会摇身一变，变得晶莹发亮，变成另一样东西。他们知道，唯一的变化无非是从这个山头挪到对面那个山头。

蹦跶了几日蹦过了除夕，大年初一这一天，人们口袋里装着瓜子花生走出家门，坐在别人家的炕上嗑着瓜子说三道四，仿佛把整个水暖村的历史都坐在自己屁股下面了。白氏接待着前来拜访的老妇人们，一面晃着肥乳哈哈大笑一面却如惊弓之鸟般提防着她们，往日她们来了又走了，这窑里就必定会少几样东西，是被她们顺便摸走了。

儿媳更忙，她要趁此佳节拜访村里村外的媒婆们，她得赶紧行动给自己找好下家，手中有粮才能心中不慌。于是，采采带着阿德漫山遍野地跑，带着他去村里的地王殿看热闹。这时候已经黄昏了，地王殿里寂静无人，只有香火缭绕，大殿已经很旧了，光线幽暗，在清冷的冬日里显得越发阴气森森。采采指着墙上壁画里那些大大小小的人，神秘地说："你看，人们死了就到那儿了。他们在那里也要结婚也要种地，和活人差不多。"阿德瞪大眼睛盯着壁画，忽然问："我妈妈系（是）哪个，她在哪里？"采采站在幽暗的光线里，带着掌握人物生死大权的得意说："那只有你自己去了那里才能知道了，我又不知道她长什么样子。"

天色越来越暗了，地王殿里没有点灯，鬼影幢幢。采采和阿德面目模糊地站在那里，心里忽然都生出了些恐惧，似乎误闯进了什么非人间的地方。采采说："阿德，我们回家吧。"阿德带着哭腔说："不，我想看到妈妈。"采采忽然大声尖叫起来："你这傻子，我都是骗你的，根本就没有地狱，人死了就是从这个世界上消失了，烂了。你永远永远都见不到你妈了。可是，你见不到她，你也不可怜，因为有人把你这傻子当成宝一样。"她顿了顿，声音忽然低下去了，"阿德，等春天我妈再嫁人了，我就又得跟她走了，我也不知道我会去哪里。你还有奶奶。你奶奶，她其实是个好人。"

天黑了，有人开始放鞭炮，整个村子欢呼雀跃着，亮如白昼。在转瞬即逝的光亮中，一大一小两个孩子拉着手穿过去了。鞭炮的光芒把他们长长的影子投在夜幕中，电影似的。

惊蛰了，百虫苏醒，土地解冻。又一年的农事要开始了。儿媳已经成功地找好下家，是个五十多岁的老光棍儿，除了知道像牛一样往死里干活，别的都不知道。儿媳和那老光棍儿经过一番谈判谈妥了条件，她虽是第三次出嫁了，那也是要待价而沽的。她的要求是得带着女儿嫁过去。那老光棍儿打了打算盘，最后答应了，她拖个十四岁的闺女过来也好，一过来就能干活，起码不用白养。

眼看着儿媳即将从自己眼皮底下再次出嫁，白氏嘴上不说什么，脸色却是不大好看的。好在春耕开始，地里的活占用了她的大部分精力，她也就早出晚归忙着耕地，婆媳两个尽量躲着不见彼此。

这一天，快到中午了，白氏忽然觉得有些头晕，但还是决定把剩下的一垄地耕完。她再一次弯下腰的时候，忽然就觉得全身的血都涌到头部了，血液就像洪水决堤一样凶狠野蛮地冲了过来，她整个人被冲刷着，再也站立不稳。白氏肥硕的身体轰然倒塌在地头。

等人们发现她，把她抬回去的时候，她还有些意识，但是已经不能说话了，半边身体不能动了，那只僵硬的手和那只僵硬的脚好像忽然和她已经没有关系了，它们只是苍白、呆滞地躺在那里，一动不动。人们心里想，这是中风了吧，估计活不了两天了。人们又瞥见了摆在窑里的那口艳丽的棺材，想，老寡妇还真有先见之明，这棺材做好没几天就要派上用场了。

儿媳不在家，睡到那老光棍儿家里去了。夜深了，昏暗的灯光下只有采采和阿德守在白氏跟前。白氏已经喝不下一口水了，眼睛只能勉强睁开一点。阿德哭累了，趴在炕沿上睡着了。这时躺在炕上的白氏忽然颤巍巍地抬起那只尚且能动的手，费力地睁着眼睛却扭不动脖子，只好拼命斜视着采采。她太用力了，以至眼珠子都要掉出来了。然后，她把自己那只手放在采采的手上。采采没有挪开，一直静静地看着她。她用尽全力握着采采那只手，斜着眼睛一眨不眨地看着她，两行泪无声无息地从她的眼角滚落下来，她却没有说出一个字。

白氏不吃不喝两天了，她两天没有一滴尿，两天之后忽然尿在裤子上，尿出来的却是血。儿媳加快了出嫁的进度，她要赶在白氏咽气之前出嫁，否则还得守孝。两个人像赛跑似的，不知道到底谁会跑到前面。

这个晚上，白氏用那只尚能动的手紧紧抓着阿德的一只手。阿德已经睡着了。采采缩在墙角里也睡着了，等到天亮睁开眼睛的时候，她忽然感到这窑洞里分外清冷，就好像忽然少了一个人一样。她朝炕上看去，那一大一小两个人都还在。阿德还趴在炕沿上没有醒来，他那只手还在白氏手里。她无端地觉得恐惧，颤巍巍地走到他们跟前。白氏一动不动地躺在那里，眼睛半闭着，露出一线纹丝不动的眼珠子。采采后退一步，然后把自己的手放在白氏的那只手上。那只手已经僵硬了。

白氏被水暖村的人装进了那口艳丽的红棺材，连同她生前用过的那把破木梳，她陪嫁过来的那只锈迹斑斑的梳妆盒也被一起装进棺材里。下葬这天，人们选了八条汉子抬着白氏的棺材向着对面的西山头走去。采采拉着阿德的手夹在人群里，跟着人群爬上对面的山头。他们亲眼看着红色的棺材慢慢被土埋了起来，直到最后，白氏变成了坟地里一座崭新的坟墓，站在一群肥肥瘦瘦的坟墓中间，宛如刚回到自己家里。从坟地回来，为了纪念白氏喂养鲇鱼的功德，村民们把粪池里的所有鲇鱼都捞出来宰了，用杀猪锅煮了满满一大锅雪白的鱼汤，在这东山头，全村人围着热气腾腾的大铁锅美美吃了一顿鱼宴。吃完鱼宴，天已经黑下来了，人们再次向坟地出发，该给死去的人烧夜纸了。

就着月光，人们跪在白氏的坟前烧纸，一边烧一边把酒倒上去，就算白氏喝过这酒了。酒一洒上去，火苗忽地变成鬼魅的蓝色，跳了起来，这蓝色的火焰照到每个人的脸上、眼睛里，看上去好像从每个人的眼睛里都能达到地面下那个最深的虚无之处。最后，火苗渐小，渐渐熄灭了，那一圈被点着的眼睛也跟着熄灭了。夜纸烧完，就等于把死人送到彼岸了，活着的人可以安心回自己家里睡觉了。散去的人心中不免凄惶，这次他们送白氏，下次还不知道是谁送他们。

刚才人们聚精会神地烧纸，没有注意到这个夜晚那两个小孩子都不在坟地里。这个夜晚是采采早已谋划好的，在白氏临死前，她就已经把这个夜晚谋划好了。那就是，等到村里人都去坟地里烧夜纸的时候，她偷偷潜进每一家的窑洞里翻箱倒柜，因为村里人没有锁门的习惯，都是邻居，锁门要被人笑话的。她在每一家的窑洞里都翻出了一点钱或者一点她以为能卖钱的东西。她要凑点路费，她要带着阿德离开水暖村。她想好了，去了城里，她可以打工，她什么都可以干，她可以赚钱，她可以一辈子养活这个小傻子。

等到烧夜纸的人离开坟地，采采带着一个小包和一个手电筒来到坟地里找阿德，她知道他一定在坟地里。她左一声右一声地喊阿德，却没有人答应。人们都已经下山了，她更着急了，万一他们发现自己家里都被翻过了，肯定会想到她。她怕被人们听到了，便捏着嗓子唤阿德的名字，坟地里却静悄悄的。

忽然，采采像想到了什么，她浑身哆嗦了一下，然后深一脚浅一脚地朝着白氏的坟墓跑去。坟墓是白天刚刚垒起来的，扎在坟堆里，看起来像个刚入校的新生，呆呆地立在那里，竟有几分羞涩。她拿手电筒往坟墓后面一照，果然看到了阿德。他看上去像鸵鸟一样把头扎进白氏的坟堆里，只把身子露在外面。看样子他是先在这坟墓上刨出了一个洞，然后把头钻了进去，结果新坟的土很松软，就势把他的脑袋埋进去了。她明白了，他是想从自己刨出的这个洞里钻进去，他以为钻进去就可以见到妈妈和白氏了。

采采开始号啕大哭，她一边哭一边拼命用手刨那些土，她要把阿德刨出来。她尖叫着："阿德，阿德，你说话，你说话啊。"

可是，阿德只是静悄悄的，没有说话也没有动。他被她刨出来的脸上满是泥土，鼻孔里和嘴唇间也是泥土。

她轰地跪倒在地，把整张脸都埋在泥土里，久久抽泣着。雪一样的月光大片大片砸下来，盖住了人间这些大大小小的坟墓。